Maria Grund

KRÄHEN TOCHTER

Thriller

Aus dem Schwedischen von
Sabine Thiele

PENGUIN VERLAG

Die Originalausgabe erschien 2023
unter dem Titel *Nattflygaren*
bei Polaris, Stockholm.

FSC www.fsc.org
MIX
Papier | Fördert
gute Waldnutzung
FSC® C014496

Penguin Random House Verlagsgruppe FSC® N001967

1. Auflage 2025

Neumarkter Straße 28, 81673 München
produktsicherheit@penguinrandomhouse.de
(Vorstehende Angaben sind zugleich
Pflichtinformationen nach GPSR)

Published by arrangement with Albatros Agency, Sweden.
Redaktion: Marie-Sophie Kasten
Umschlaggestaltung und -abbildung: www.buerosued.de
Satz: Uhl + Massopust, Aalen
Druck und Bindung: GGP Media GmbH, Pößneck
Printed in Germany 2025
ISBN 978-3-328-11278-5

www.penguin-verlag.de

Halten wir uns daher fest an den Händen,
damit, wenn die Vögel zu singen ansetzen,
keiner von uns fehlt.

Emily Dickinson

KAPITEL 1

»Ich sehe, dass alles gut werden wird.«

Die Tarotkarten liegen fächerförmig ausgebreitet zwischen ihnen. Camilla deutet auf die Karte, die Jorun gerade ausgewählt hat. Das Schicksalsrad.

»Reicht das denn?«, fragt Jorun. »Müssen wir nicht noch mehr Karten ziehen?«

Camilla zuckt mit den Schultern und streckt sich nach den Netzhandschuhen auf dem Nachttisch, um sie Jorun in den Schoß zu werfen.

»Die sind für dich.«

»Ganz sicher?«

»Bald kann ich mir so viele neue Sachen kaufen, wie ich will.«

Jorun schiebt die Karten zu einem Stapel zusammen und auf Camilla zu.

»Hör auf, so zu reden.«

Camilla steht auf, zieht das rosa Kleid aus, das eigentlich zu dünn und kindlich ist. Sie streckt die Arme nach oben. Hinter ihr wirkt die vom Badezimmerlicht erleuchtete Türöffnung wie ein breiter Pfeiler.

»Du wirst schon sehen, ich werde berühmt, auf der ganzen Welt.«

Jorun beißt sich auf die Lippe.

»Hör auf, dir Sorgen zu machen, ja?« Camilla lacht. »Wir sind doch die Wonder Girls.«

»Dann erzähl schon … Was hast du gesehen?«

Camilla schüttelt den Kopf, beugt sich vor und gibt Jorun einen Kuss auf die Stirn. Riecht nach Rum und Zucker. Dann lächelt sie und verschwindet im Badezimmer.

Jorun streift die Stiefel ab und legt sich aufs Bett. Sie dreht sich von der Badezimmertür weg. Camilla betätigt die Spülung der rostigen Toilette, ein gurgelndes, erschöpftes Geräusch ertönt, als sich das Wasser durch die Rohre bewegt. Summend dreht sie die Dusche auf.

Das Zimmer ist dunkel, die Wände altrosa und fleckig. Vor den Fenstern hängen dicke Gardinen, nur durch einen Spalt fällt das Licht der blinkenden Neonreklame auf den schmutzigen Teppichboden. Auf Camillas Nachttisch steht eine Flasche Rum neben einer Dose Haarspray und einer Packung Jenka-Kaugummis. Der Motelaschenbecher ist voller Zigarettenstummel und Kaugummi. Über dem Stuhl in der Ecke hängt Camillas Unterwäsche.

Jorun zieht die Knie an den Bauch und schließt die Augen.

Camilla hat sie immer weggeschickt, wenn Jimmy oder andere Typen bei ihr auftauchten. In der Zeit hat Jorun etwas zu essen für sie organisiert, hat es aus Autos auf dem Motelparkplatz gestohlen oder von Paletten bei der Tankstelle in der Nähe, wenn neue Ware angeliefert wurde. Ein paarmal ist es ihr auch gelungen, Schnaps, Erdnüsse oder vergessene Zigarettenpackungen aus den Motelzimmern mitgehen zu lassen, bevor die Putzfrau kam. Neben der Tankstelle ist ein kleines Café, in dem sie sich etwas holen, wenn Camilla ein bisschen Extrageld verdient hat. Camilla liebt Süßes. Gestern haben sie sich Limonade leisten können. Camilla hat natürlich ihre geliebte Pink-Panther-Limo gekauft. Die Frau hinter der Kasse hat ihnen kopfschüttelnd noch eine Packung Milch und ein paar Äpfel aufgenötigt.

Die meisten Typen, die Jimmy zu Camilla mitbringt, sind Stammkunden. Bamse. Slinky. Der Pferdemann. Neulich wollte er auch für Jorun einen mitbringen, aber das hat Camilla verhindert, gesagt, sie sei zu jung. Jimmy sagt allerdings, dass er nicht ewig warten wird und dass Jorun allmählich ihre Schulden abzahlen muss. Immerhin wohnt sie schon seit einer Woche im Motel.

Jorun setzt sich auf die Bettkante. Sie raucht nur, wenn sie mal alleine ist, so wie jetzt, während Camilla duscht. Jedes Mal, wenn sie sich eine Zigarette anzündet, sieht sie ihre Mutter vor sich. Wie sie von Licht umgeben zu sein scheint, wenn sie am Dampfabzug steht und einen Rauchring bläst. Dann macht sie noch einen, den sie in den ersten schweben lässt. Das Licht wird immer heller, bis sie verschwindet. Wobei eigentlich Jorun verschwunden ist, dieses Zimmer hat sie verschluckt. Das Zimmer hinter dem Neonschild mit der Aufforderung *Sleep*.

Sie weiß, dass sie nicht rauchen sollte.

Das weiß sie sehr wohl.

Aber sie will nicht damit aufhören. Sie ist jetzt sechzehn, erwachsen, lebt ihr eigenes Leben.

Sie saugt den Rauch tief in die Lungen und denkt wieder an ihre Mutter. Mama ist schön, auch wenn sie zu viel raucht. Warum sieht Jorun ihr nicht ähnlicher? Sie ist hässlich und hat einen hässlichen Namen. Warum hat man ihr nicht einen normalen Namen geben können, wie Maria, Sara oder Jenny?

Noch ein Zug an der Zigarette. Ob Mama wohl gerade

beim Dunstabzug steht? Bestimmt. Sie raucht und sieht aus dem Fenster, wie so oft am Abend. Der Schnee ist fast vollständig weggetaut. Vielleicht kommen bald die Schneeglöckchen durch. Mama mag Schneeglöckchen. Krokusse und die ersten Tulpen. Bestimmt steht sie am Fenster und schaut nach draußen.

Ihr leerer Magen meldet sich. Die Zimtschnecke, die sie vor ein paar Stunden gegessen hat, war klein. Die Rolle mit Karamellbonbons noch kleiner, außerdem trocken. Die Tarotkarten hat sie aus einem unverschlossenen Auto auf dem Parkplatz geklaut. Warum hatte sie nicht stattdessen etwas zu essen finden können?

Neben Camillas Kissen liegt eine Kekspackung. Als Jorun nach ihr greift, färbt Glitzer auf ihre Hand ab. Camilla mit ihrer ganzen Schminke ist wie eine Eiskunstlaufprinzessin, allerdings ohne Schlittschuhe und hübsche Kleider. Glitzer auf den Augenlidern, Glitzer auf den Wangen, Glitzer auf den Lippen. Jorun hasst Glitzer, aber wegen Camilla ist er überall. Die Kekspackung ist leer.

Stattdessen nimmt sie die Rumflasche vom Nachttisch und trinkt einen großen Schluck. Der Rum ist von Jimmy. Die Marke, die auch Musiker und Dichter trinken, sagt er.

Ein eiskalter Luftzug hüllt sie ein.

Plötzlich steht er in der Tür. Jimmy.

»Wo ist sie?«

Sein Gesicht glänzt verschwitzt, als wäre er gerannt. Das Hemd spannt über der Brust, er wirkt aufgebracht.

Mit einer hitzigen Bewegung stürzt er zum Badezimmer, den Kopf zur Seite gelegt, als lausche er Camilla, die mit weicher, samtiger Stimme unter der Dusche singt.

»Warte!«, ruft Jorun und eilt ihm nach.

Camilla schreit auf, als er den Duschvorhang zur Seite reißt. Er zerrt sie aus der Badewanne, schleift sie aus dem Bad und wirft sie aufs Bett.

»Spinnst du eigentlich total?«, keucht er.

Camilla setzt sich auf, zieht die Beine an die Brust.

»Die Typen an der Tankstelle sagen, dass du die Polizei angerufen hast«, fährt Jimmy fort. »Wegen Palme? Was glaubst du eigentlich, was du da machst? Was soll der Scheiß? Willst du uns die Bullen auf den Hals hetzen?«

Camilla schüttelt den Kopf.

»Du machst mich krank, kapierst du das?«, faucht Jimmy.

Jorun versucht unbeholfen, Camilla ein Handtuch zu geben.

Sofort verpasst Jimmy ihr eine Ohrfeige, und Jorun stolpert nach hinten gegen die Badezimmertür. Tränen brennen in ihren Augen.

Jimmys Gesichtsausdruck verändert sich. Sein Handgelenk zuckt kaum merkbar. Dann lässt er sich neben Camilla auf die Bettkante sinken, beugt sich über sie. Fährt mit zitternden Händen über ihren Körper. Über die Schenkel, die Arme.

»Wie oft habe ich dich schon gebeten«, murmelt er. »Mach nicht ständig Ärger.«

Er streicht mit den Händen über ihre Schultern, den Hals. Dann packt er sie plötzlich hart an der Kehle. Camilla versucht, seine Hände wegzuzerren, tritt wild um sich.

»Schh«, flüstert er, während er sie in die Matratze presst.

Joruns Herz verkrampft sich. Sie spürt, wie sie fällt. Die Wände kommen näher, senken sich über sie. Obwohl sie keinen Ton von sich gibt, dreht Jimmy sich zu ihr um.

»Wag es ja nicht zu schreien«, sagt er leise.

Die Tür ist zwei Meter entfernt, vielleicht drei. Nur ein paar Schritte am Bett vorbei, auf dem Camilla gerade im Laken verschwindet.

»Denk nicht mal daran.« Jimmy gibt Camilla frei.

Die hustet, reibt sich den Hals und tastet mit den Händen um sich. Unzusammenhängende Wortfetzen fallen aus ihrem Mund und ersterben in dem dunklen Teppich. Speichel rinnt über ihre Lippen.

Das Geräusch von fließendem Wasser erfüllt den Raum, die Dusche läuft immer noch. Jorun ist wie gelähmt.

Gegen Jimmy hat sie keine Chance.

Das weiß sie.

Da legt Jimmy wieder die Hände um Camillas Hals, presst die Daumen fest gegen ihren Kehlkopf. Jorun weiß nicht, wie viel Zeit vergeht, aber es fühlt sich wie eine Ewigkeit an.

Sie atmet schwer.

»Bitte …«

Doch Jimmy macht weiter. Jorun hebt die zitternden, merkwürdig kalten Hände und stürzt sich auf ihn, schlägt die Fingernägel mit aller Kraft in ihn hinein.

Er schreit gellend auf, bekommt ihr Handgelenk zu fassen und schleudert sie hart zu Boden.

Er geht neben ihr in die Hocke und mustert sie. Der Raum dreht sich um sie, sie schmeckt Blut. Sie streckt sich nach einem Stuhl, aber Jimmy tritt ihn Richtung Tür.

»Verdammte Huren …«

Jimmys Stimme ist gedämpft, bedrohlich, wie von einem wilden Tier. Jorun schließt die Augen, will ihn ausblenden. Sie denkt an ihre Mutter im Licht des Dunstabzugs. Schneeglöckchen und Wonder Girls.

Ein gedämpftes Geräusch ertönt. Und noch eins. Und noch eins. Klopft da jemand an die Tür?

Doch Jimmy reagiert nicht.

Er legt sich auf sie, presst sie schwer in den Teppich, bis sie keine Luft mehr bekommt. Er legt die Hände um ihren Hals und drückt zu, bis alles ganz still wird und sie sich nicht mehr bewegen kann.

Die Luft wird zu Eis in ihren Lungen. Alles um sie herum wird still. Sie hört nur noch das Klopfen, wie ein Herzschlag.

Bilder zucken vor ihrem inneren Auge vorbei. Koffer, die aufgeklappt und geschlossen werden. Mama, die weint und elektrische Stühle zeichnet.

Dann wird alles dunkel.

Bis sie ein Licht sieht.

Doch es ist nicht Mama.

KAPITEL 2

Sanna Berling steht in der Tür zur Polizeikantine und blickt sich um. Im Radio läuft klassische Musik. Es riecht nach Essen und Kaffee. An einem Tisch sitzen ein paar Kollegen und unterhalten sich leise. Die Teller vor ihnen sind leer. Sanna versucht, sich an ihre Namen zu erinnern. Der jüngste der Gruppe, Torbjörn Fredriksson, ein rothaariger Mann in den Dreißigern mit starkem Überbiss, blickt kurz auf, dann murmelt er den anderen etwas zu. Daraufhin stehen alle auf, nicken ihr knapp zu und verlassen die Kantine.

Sie setzt sich an einen Tisch am Fenster.

Der Kaffee ist immer noch brühend heiß. Sie nippt daran, bevor sie ein wenig in ihrer Portion Fleischbällchen mit Kartoffelbrei herumstochert, die Preiselbeeren zur Seite schiebt, dann auch die Fleischbällchen. Sie frühstückt kaum, isst auch selten etwas zu Mittag, weshalb das Abendessen normalerweise ihre Hauptmahlzeit ist. Doch nicht heute. Auch nicht in den letzten Tagen. Sie hat überhaupt keinen Appetit.

Sie weiß, dass sie nie vergessen wird, wo sie sich befand, als sie die Nachricht hörte. Wie das Autoradio knisterte und knackte, bevor die zitternde Stimme meldete, dass der schwedische Ministerpräsident tot war, erschossen an der Kreuzung Tunnelgatan und Sveavägen, mitten in Stockholm. Sie war an dem Abend auf dem Weg nach Visby. Sollte am Tag darauf die Fähre von Gotland zum Festland nehmen, um hier in Oskarshamn ihren Polizeianwärterdienst anzutreten.

Die Musik verstummt. Die Sendung zum Mord an Olof Palme wird fortgesetzt. Die Radiostimme berichtet aus der Innenstadt von Stockholm, Menschen werden interviewt. Viele sind erschüttert, finden keine Worte. Jemand weint.

Sanna stellt den Teller ab, trinkt einen Schluck Kaffee. Sieht aus dem Fenster auf den Parkplatz. Der Asphalt glänzt im Licht der Straßenlaterne. Hier und dort sind schwarze Eisflecken zu sehen. Vor nur knapp einer Woche war sie dort zum ersten Mal eingebogen, stolz, ihren Dienst antreten zu dürfen. Doch ihr Enthusiasmus wurde von einem Gefühl, nicht erwünscht zu sein, vertrieben, sobald sie das Revier betreten hatte.

Polizeimeister Jussi Rantala empfing sie in seinem Büro, einem großen Zimmer mit blau gestrichenen Wänden und Pokalen von Langlaufwettbewerben in den Regalen. Er sah Sanna durchdringend an und begrüßte sie knapp. Dann ging er mit ihr aus dem Raum und stellte sie den anderen als die neue Anwärterin vor. Ohne Namen. Nur »die Anwärterin«. Trotzdem immer noch besser als »Fuchs« oder »Scheißfuchs« genannt zu werden, dachte sie, herabwürdigende Spitznamen, die Polizeinachwuchs sonst oft zu schlucken hatte.

Nach der Vorstellung schickte Rantala sie ins Lager, um neue Notizblöcke und Stifte für alle zu holen. Dann sollte sie ihm eine Packung Zigaretten kaufen. Bisher hat sich daran nichts geändert. Sie wird herumgeschickt und macht Erledigungen für alle.

»Blondie?«, ruft eine belegte Stimme. »Rantala will, dass wir uns was anschauen.«

Blondie. So nennen sie sie seit ein paar Tagen. Sie dreht sich um. Torbjörn Fredriksson steht in der Tür.

»Jetzt«, sagt er.

Sie sieht ihn an. Die kleinen Augen liegen tief in dem sommersprossigen Gesicht.

»Worum geht's?«

»Irgendwelche Probleme im *Sleep Inn,* dem Motel im Norden der Stadt.«

Sie nickt, aber nicht enthusiastisch genug für Torbjörn.

»Du weißt, dass man letzte Woche den Ministerpräsidenten erschossen hat?«, sagt er verärgert.

»Ja?«

»Die meisten hier haben also genug anderes zu tun. Jetzt mach schon, damit wir die Sache schnell abklären können.«

Die Zeit auf dem kurzen Weg zum Motel vergeht langsam. Sie lassen die Lichter der Stadt hinter sich und biegen auf die E22 ab, die an vielen Stellen vereist ist.

Es herrscht blaugraue Dunkelheit. Hier und da sind die erleuchteten Fenster von Höfen und Häusern auf dem niedrigen Bergkamm oder tief im Wald zu sehen. Dazwischen liegen weite Ackerflächen.

Die Kälte dringt ins Auto, Sannas Atem bildet weiße Wölkchen. Der Ernst der Situation überwältigt sie plötzlich. Torbjörn schweigt, und sie wagt es nicht, Fragen zu stellen. Ihr ganzes Leben hat sie sich hierauf vorbereitet. Sie hat den Polizeiberuf im Blut und ist mit der Vorstellung aufgewachsen, dass man die Arbeit mit dem Kopf und dem Herzen betreibt. Gerade fällt es ihr schwer, ihr Herz im Zaum zu halten. Ihre Gefühle sind laut und in Aufruhr, inmitten der sie umgebenden Stille.

Sie sieht zum Seitenspiegel. Ihr Blick ist fest, die Hände liegen ruhig auf den Knien. Doch ihr Rücken ist verschwitzt.

Vor ihnen taucht das Motel mit seinem Neonschild und den erleuchteten Fenstern auf. Ein längliches Gebäude mit einem schwach beleuchteten Parkplatz auf der Ostseite.

Als sie aussteigt, sind nur die vorbeifahrenden Autos auf der Straße zu hören. Sie sieht auf die Uhr, kurz nach halb sieben. Streckt sich, um die Uniform besser auszufüllen.

Die Tür mit dem Schild »Rezeption« öffnet sich, ein Mann tritt heraus. Torbjörn geht zu ihm und stellt sich vor.

Der Mann nickt knapp.

»Zimmer 1033«, sagt er und deutet auf eine Tür beim Parkplatz. »Die Putzfrau hat Sie angerufen.«

»Worum geht es?«, fragt Torbjörn.

»Die Dusche läuft, und sie haben die Tür mit irgendetwas blockiert und machen nicht auf.«

»Wer hat das Zimmer gemietet? Wie lautet der Name?«

»Da muss ich nachschauen.«

Sanna sieht zu Zimmer 1033, am anderen Ende des Gebäudes.

»Sie haben versucht, hineinzukommen?«

Der Mann nickt. »Wie gesagt, sie haben von innen irgendetwas vor die Tür gestellt. Haben wohl Angst, dass sie jetzt rausgeworfen werden. Das ist nicht die erste Verwarnung.«

Torbjörn geht zu Zimmer 1033, Sanna folgt ihm.

Das Fenster ist beschlagen, gedämpft ist laufendes Wasser zu hören. Sanna bemerkt einen Spalt zwischen den Gardinen und versucht, hindurchzuspähen. Das Zimmer ist dunkel. Auch mit der Taschenlampe sieht sie nichts.

»Soll ich zurück zum Wagen gehen und Verstärkung rufen?«, fragt sie flüsternd.

Torbjörn schüttelt den Kopf, geht zur Tür und hämmert dagegen.

»Polizei!«, ruft er. »Aufmachen! Sonst kommen wir rein.«

Er tauscht einen Blick mit Sanna und nickt ihr auffordernd zu. Sie drückt die Türklinke hinunter, spürt den kalten Schlüssel im Schloss in ihrer Hand, als sie ihn dreht. Die Tür lässt sich immerhin so weit öffnen, dass sie einen Fuß in den Spalt schieben und den Stuhl wegtreten kann, der sich im Teppich verkantet hat.

Ein schwerer Geruch nach Eisen und Magensäure schlägt ihr entgegen, als sie das Zimmer betritt. Zusammen mit den Wasserdampfschwaden aus dem Badezimmer ist es fast nicht auszuhalten. Als sie die Hand vor den Mund schlägt, fällt ihre Taschenlampe zu Boden.

Im Hintergrund hört sie, wie Torbjörn würgt und flucht. Er murmelt etwas vom Funkgerät, seine Schritte entfernen sich.

Da sieht sie den Körper. Er liegt auf dem Boden, beim Bett. Bewegungslos. Der Rücken ist mager, die Schultern und Hüften schmal. Ein Mädchen, es sieht sehr jung aus. Vermutlich ein Teenager.

Sanna wird übel, als sie sich über das Mädchen beugt und am Hals nach einem Puls sucht. Nichts. Sie packt die schmalen Schultern und ruft etwas. Lauscht, sucht nach Atemzügen. Nach mehreren verzweifelten Versuchen, das Mädchen wiederzubeleben, gibt sie notgedrungen auf. Die Tote ist schlaff, die Augen starren leblos zur Decke. Die

Haare sind nass, und um den Hals sind rotbraune Würgemale zu erkennen.

Der Gestank nach Erbrochenem ist widerwärtig. Sanna wischt sich mit dem Ärmel über Nase und Mund. Als sie zu Boden blickt, sieht sie, dass sie mitten in der Lache steht.

Sie geht ins Badezimmer. Die Luft ist schwer und feucht, und als sie das Wasser abstellt, rutscht sie beinahe aus. Über der Badewanne ist ein Fenster, der Riegel ist gelöst, doch es ist zugeschlagen.

Plötzlich hört sie ein schwaches Wimmern.

Sie geht zurück ins Schlafzimmer. Panik schnürt ihr die Luft ab, als sie die Gestalt in der Ecke sieht. Zusammengekrümmt sitzt sie am Boden und blickt zu ihr auf, mit großen, blutunterlaufenen Augen.

Noch ein Mädchen. Es lebt.

KAPITEL 3

Von allen Dingen, die sie an diesem Land hasst, ist ihr die Dunkelheit am meisten zuwider. Der Winter ist so verflucht lang und anstrengend. Die ganzen Silberfuchspelze und Fuchsboas. Menschen, die Kadaver als Kleidung tragen.

Henriqueta de Jesus Oliveiras Dias' erster Winter in Schweden war schön. Sie liebte das viele Weiß. Wenn es schneite, was oft vorkam, war sie glücklich. Doch die Tage dazwischen waren grau und nass. Die Kälte, die Unruhe, das Eingesperrtsein. Der schwedische Winter ist wie die schwedische Seele, schön, aber düster.

Wenn sie an jenen ersten Winter zurückdenkt, fällt ihr wieder die eiskalte Wohnung ein. Das Küchenfenster mit den Eisblumen an der Scheibe. Das Wachs, das von der brennenden Kerze wie weiße Lava auf den Tisch tropfte. Die Luft war schwer von Schimmel und dem Geruch nach Hasch aus der Nachbarwohnung. Es war dunkel, zugig und eng. Vor dem Haus krächzten die Krähen in der großen, alten Eiche. Mama trank Kaffee und blätterte in ihren Zeitschriften. Mama nannte sie dramatisch, wenn sie sie ermahnte, dass sie die Rechnungen bezahlen mussten, aber das war ihr egal. Mama nannte sie auch »Schnabel«, das gefiel ihr sogar. Außerdem passte es. Schließlich lernte sie Schwedisch, indem sie sich durch das Vogelkundebuch pickte, das Mama ihr geschenkt hatte. *Nya fågelboken,* ein abgegriffenes Scheusal aus dem Jahr 1970. Mama hatte es aus einer Mülltonne gerettet, es sorgfältig abgewischt und in rosa Seidenpapier samt Schleife eingepackt. Auf dem Umschlag war die Illustration eines Waldkauzes, gemalt von Raymond Harris Ching. Sie liebte dieses Bild, die großen schwarzen Augen des Kauzes und die rostbraunen Federn.

Als sie das Buch bekam, konnte sie es vor Freude nur stumm anstarren. Dann strich sie mit den Fingern über den Rücken des Kauzes. Großvater hatte ihr beigebracht, dass Waldkäuze überall leben. Man sieht sie fast nie, weil sie nur nachts jagen. Sie fliegen lautlos im Dunkeln, gleiten stumm nach unten zu ihrer Beute. Großvater hatte immer gesagt, dass fantastische Dinge geschehen können, wie zum Beispiel, dass man einen jagenden Waldkauz sieht, auch wenn es etwas dauern kann. *Hab Geduld. Die Nacht ist lang.*

Wieder sieht Harriet ihre Mutter vor sich. Die dunklen Haare, die funkelnden Augen. Das Lächeln, bei dem sich die Geborgenheit wie Sonnenwärme unter ihrer Haut ausbreitete. Die Liebe in ihrer Stimme.

»Querida Henriqueta …«

Es ist lange her, dass jemand sie so genannt hat, Henriqueta. In diesem Land sagt man Harriet zu ihr.

Harriet.

Eine Bewegung im Augenwinkel. Sie dreht sich zu Delilah. Verdammt. Warum muss es immer so sein? Warum können sich die Menschen nicht um ihre Tiere kümmern? Und warum kann sie die Dinge nicht einfach auf sich beruhen lassen?

Die Schlange liegt unter der Stehlampe. Ihre Haut glänzt im Licht, das Muster windet sich hübsch um den festen Körper. Doch die Schwellung am Bauch ist nicht zu übersehen. Das silbergraue Kaninchen darin.

Schritte. Die Tür wird geöffnet.

»Was machst du schon wieder hier? Habe ich dir nicht gesagt, dass du das Tier in Ruhe lassen sollst?«

Harriet steht schnell vom Boden auf.

»Tut mir leid, ich habe geputzt und ihr nur die Lampe angemacht, damit sie es warm hat …«

»Das reicht.«

Delilahs Besitzer arbeitet in der Nähe auf einer Baustelle. Er ist klein, hat aber Hände wie ein Milchbauer. Ein erstickender Gestank nach Schweiß, Öl und Alkohol macht sich im Zimmer breit.

»Raus jetzt.«

Als sie durch die Tür geht, schaltet er die Lampe aus und tritt Delilah. Eingeschüchtert gleitet sie unters Bett, prallt dabei gegen den Bettpfosten und zuckt zusammen.

Harriet will sich auf ihn stürzen, beißt aber die Zähne zusammen.

»Grande filho da puta«, murmelt sie leise, während sie die Tür hinter sich zuschlägt.

Sie geht zum Putzraum. Der kleine Verschlag dient auch als Personalzimmer und geht zum Parkplatz des Motels hinaus.

Das Neonschild leuchtet wie eine Diskokugel, drüben bei den Streifenwagen. Ein Sanitäter führt jemanden zum Krankenwagen, der ein Stück entfernt steht. Harriet schaudert. Das Mädchen sieht so klein aus unter der Decke.

Von oben ertönt ein kratzendes Geräusch.

Sie sieht zur Dachrinne, entdeckt eine einsame Amsel, die da oben herumplantscht. Es ist ein Männchen. Sie würde gern die Hand nach ihm heben, bleibt jedoch reglos. Denkt an die Mädchen in Zimmer 1033, versucht sich vorzustellen, was eigentlich passiert ist.

»Entschuldigung?«

Die Stimme klingt atemlos. Die Polizistin, die auf sie zu kommt, ist hellblond und hat eisblaue Augen.

»Sie waren es, die uns angerufen hat?«

Harriet nickt, zupft die hässliche Uniform zurecht, die ihr das Motel aufzwingt.

Die Polizistin nimmt Notizblock und Stift aus der Brusttasche.

»Ich heiße Sanna Berling. Können wir uns hier unterhalten, oder sollen wir woanders hingehen?«

Sie ist viel zu jung, um Polizistin zu sein. Typisch, dass sie eine Anfängerin schicken.

»Dürfte ich zuerst nach Ihrem Namen fragen?«, beginnt die Polizistin.

»Henriqueta de Jesus Oliveiras Dias …« Sie verstummt. »Aber alle nennen mich Harriet.«

Verlegen sieht sie auf ihre Hände hinunter, ist sich ihres Akzents schmerzhaft bewusst. Auf alles andere ist sie stolz, ihre Grammatik, den Wortschatz. Doch der Akzent tut ihr jedes Mal weh, wenn sie den Mund öffnet.

Die junge Polizistin macht sich eine Notiz. Harriet mustert sie. Ihre Fingernägel sind sauber und kurz geschnitten, die Haare glänzend gebürstet. Doch sie strahlt eine gewisse Einsamkeit aus.

Harriet sieht zu dem Mädchen beim Krankenwagen.

»Wie geht es ihr?«

»Jorun Larsen ist am Leben.«

»Und Camilla?«

Etwas zuckt in den eisblauen Augen auf.

»Leider war Camilla Nyman bereits verstorben, als wir eintrafen.«

Harriet legt die Hand über den Mund, weiß nicht, was sie denken, was sie sagen soll. Die Polizistin beobachtet sie.

»Bitte erzählen Sie genau, was passiert ist und warum Sie uns angerufen haben.«

»Ich sollte frische Handtücher zu Zimmer 1033 bringen. Ich habe geklopft, aber niemand hat geöffnet. Normalerweise machen sie immer auf, deshalb bin ich unruhig geworden. Das Fenster war völlig beschlagen, als ob sie sehr lange geduscht hätten.«

»Und da haben Sie versucht, die Tür zu öffnen?«

Harriet nickt.

»Aber etwas hat sie von innen versperrt, es ging nicht. Ich habe immer wieder geklopft, laut, aber nichts hat sich gerührt.«

»Und dann sind Sie zur Rezeption gegangen?«

»Ja, das bin ich, und ich habe gesagt, dass ich mir Sorgen mache.«

»Und dann ist der Mann von der Rezeption mit Ihnen zu dem Zimmer gegangen?«

Harriet schüttelt den Kopf. »Er hat mir gesagt, ich soll weiterarbeiten und nicht die Gäste stören.«

Der Stift bewegt sich schnell übers Papier.

»Und was haben Sie dann getan?«

»Ich habe mir das Telefon genommen und die Polizei angerufen.«

Die Polizistin blättert um.

»Jorun Larsen gibt an, dass ein gewisser Jimmy im Zimmer war. Sagt Ihnen der Name etwas?«

Harriet nickt. *»Filho da puta …«*

»Können Sie etwas über diesen Jimmy sagen? Zum Beispiel, wo er sich aufhalten könnte?«

»Schauen Sie mal bei der Tankstelle.«

Die Polizistin macht sich eine Notiz.

»Er hat sie hereingelegt, hat sie ausgenutzt.«

»Camilla Nyman?«

Harriet nickt.

»Sie und Jimmy waren zusammen, aber irgendwie auch wieder nicht. Er kam auch mit anderen Männern zu ihr.«

Die Polizistin sieht sie ernst an.

»Und Jorun?«

»Das weiß ich nicht. Sie ist vor einer Weile einfach aufgetaucht.«

Die Polizistin nickt langsam.

»Warum kam es zum Streit, was glauben Sie?«

Harriet schüttelt den Kopf und schluckt gegen das Unbehagen an, das ihr den Hals zuschnürt.

»Und wohin sind Sie dann gegangen?«, fährt die junge Frau fort.

»Wie bitte?«

»Als ich hier ankam, waren Sie nicht draußen, nicht bei der Rezeption und auch nicht bei Zimmer 1033.«

»Man wirft mich raus, wenn ich nicht arbeite. Ich muss die ganze Zeit etwas tun, sonst …«

»Haben Sie etwas gesehen, ist Ihnen bei der Arbeit etwas Besonderes aufgefallen?«

Harriet schüttelt den Kopf.

»In welchen Zimmern waren Sie?«

Die Stimme ist gefühllos, kalt, wie die Augen der jungen Frau. Dieselbe hellblaue Iris wie bei einer Dohle. Doch es scheint ihr nicht egal zu sein. Sie stellt weiter Fragen. Sie sagt die Namen der Mädchen, als ob sie Menschen für sie wären, die etwas bedeuten. Mädchen mit einem Leben, mit Träumen. Mädchen mit einem Namen.

»Ich war nur in einem Zimmer. Einer der Langzeitmieter hat eine Schlange, er behandelt sie so schlecht, ich putze immer, wenn er nicht da ist …«

»Eine Schlange?«

Es fühlt sich seltsam an, über Delilah zu reden, vor allem jetzt. Trotzdem nickt sie.

»Ich kann Ihnen eine Telefonnummer geben, wenn Sie ihn anzeigen wollen«, sagt die Polizistin mit plötzlich viel weicherer Stimme. »Fällt Ihnen zu Camilla und Jorun sonst noch etwas ein?«

Harriet denkt nach. Als sie sich wieder zur Regenrinne dreht, ist die Amsel nicht mehr da. Eine kleine Feder schwebt zu Boden. Eine kohlschwarze Schwungfeder. Ein Männchen. Die Amsel wird auch Schwarzdrossel genannt. Das erwachsene Männchen ist schwarz mit gelbem Schnabel und gelben Augenringen. Das Weibchen dagegen ist dunkelbraun mit braunem Schnabel. Wie immer dreht sich alles um das Männchen.

Das dezente Räuspern der Polizistin reißt sie aus ihren Gedanken.

»Irgendetwas?«, sagt sie. »Fällt Ihnen noch etwas ein?«

»Er wollte, dass sich Camilla still und unauffällig verhält«, sagt Harriet. »Er wollte, dass sie im Zimmer bleibt, so wenig wie möglich gesehen wird. Wenn sie gestritten haben, dann vielleicht weil Camilla wieder die Aufmerksamkeit auf sich gezogen, irgendetwas angestellt hat. Das hat sie ziemlich oft getan.«

Die junge Polizistin dreht den Stift zwischen den Fingern.

»Ich hätte die Tür eintreten oder das Fenster mit einem Feuerlöscher einschlagen sollen«, sagt Harriet leise.

»Sie haben das Richtige getan, indem Sie uns gerufen haben.«

»Ach ja? Sie ist doch tot.«

Die junge Frau sieht sie an.

»Sie haben das Richtige getan«, wiederholt sie bestimmt.

KAPITEL 4

»Hey, Blondie! Schläfst du im Stehen?«

Polizeimeister Jussi Rantala räuspert sich in der Türöffnung zum Personalraum. Wie immer trägt er eine Pilotensonnenbrille mit braunem Gestell. Sein schmales Gesicht ist ordentlich rasiert, das dichte graue Haar mit Wasser gekämmt, die Nase lang und krumm.

Sanna steht mit einer Tasse Kaffee aus dem Automaten am Fenster. Es ist schon wieder Abend. Ein Tag ist seit dem Einsatz im Motel vergangen. Ihr Körper schmerzt vor Müdigkeit. Den letzten Tag hat sie vor allem mit Papierkram und sinnlosen Erledigungen verbracht, die Rantala ihr aufgetragen hatte, damit sie nicht im Weg war.

Rantala schüttelt den Kopf.

»Du siehst müde aus«, sagt er.

»Ich denke an gestern Abend.«

Rantala nickt zu einem Stuhl.

»Willst du dich nicht setzen?«

Sie schüttelt den Kopf, trinkt noch einen Schluck Kaffee. Ihr Blick fällt auf die Akte in Rantalas Hand.

»Ein bisschen Lektüre für dich«, sagt er und legt die Mappe auf den Stuhl.

»Wie lief es?«

»Wie du ja weißt, haben wir Jimmy Gustavsson gestern

ziemlich schnell festsetzen können. Und genau wie Jorun Larsen sagte, war er im Motelzimmer. Er hat sofort gestanden, Camilla Nyman erwürgt zu haben. Alles geklärt.«

»Warum? Warum hat er es getan?«

»Camilla Nyman hat geglaubt, etwas gesehen zu haben, was uns beim Palme-Mord helfen könnte. Deswegen hat sie bei der Polizei angerufen, sie war überzeugt, sie würde eine Belohnung bekommen und berühmt werden. Vermutlich war sie besoffen oder so. Laut Jimmy hat sie viel Rum getrunken. Er hat wohl Angst bekommen, als er das mit der Polizei gehört hat, und die Beherrschung verloren.«

»Wissen wir, warum Jorun Larsen überlebt hat?«

»Sie hat der Putzfrau ihr Leben zu verdanken. Weil die nicht aufgehört hat, an die Tür zu klopfen, hat Jimmy schließlich losgelassen und ist durch das Badezimmerfenster abgehauen.«

Sanna denkt an die Frau. Groß, mager, fast schon androgyn. Die tadellos gestärkte Uniform. Sie hat irgendwie abwesend gewirkt, aber freundlich alle Fragen beantwortet. Ihr Akzent war fremdartig und schwer einzuordnen gewesen.

»Jorun Larsen wurde vor sieben Tagen als vermisst gemeldet«, fährt Rantala fort. »Seither hat man nach ihr gesucht.«

»Okay«, sagt Sanna gedämpft.

Niemand hatte sie zu den Vernehmungen am gestrigen Abend oder heute im Lauf des Tages dazugerufen, alle waren zu beschäftigt, um sie miteinzubeziehen. Obwohl sie und Torbjörn als Erste am Tatort gewesen waren. Als sie sich nach Jorun Larsen erkundigt hatte, hatte man ihr nur knapp geantwortet.

Rantala räuspert sich wieder.

»Wir müssen dafür sorgen, dass sie nach Hause zu ihrer Familie kommt. Du fährst sie heim.«

Sanna strafft die Schultern, nickt zurückhaltend.

»Sie ist erst sechzehn Jahre alt«, spricht Rantala weiter. »Ihre Mutter kann heute Abend nicht herkommen und sie abholen.«

»Wo wohnt sie denn?«

»Augu.«

Erst nach einem Moment wird ihr klar, warum ihr der Ortsname so bekannt vorkommt.

»Augu wie …«

»Ja, genau.«

Der Mädchenmord in Augu. Vor zwei Jahren war ein siebzehnjähriges Mädchen in der småländischen Kleinstadt verschwunden. Ihre zerstückelte Leiche wurde in zwei Koffern hinter einem alten Schuppen an einem Waldsee gefunden. Es gab keine verwertbaren Spuren, keine Zeugenaussagen, die Polizei war ratlos. Bis der Fall einige Zeit später quasi durch Zufall gelöst wurde. Man suchte nach einer dreiunddreißigjährigen Frau aus Malmö, die ebenfalls vermisst wurde. Die Polizei konnte das Verschwinden mit einem bisher nicht vorbestraften Mann in Verbindung bringen, einem Lastwagenfahrer namens Jan Svensson. In seinem Haus fand man eine Gefriertruhe mit der zerstückelten Leiche der Frau. Schon bald war klar, dass Jan Svensson an dem Abend in Augu im Gasthaus übernachtet hatte, an dem das siebzehnjährige Mädchen verschwunden war. Schließlich gestand er auch den Mord an ihr.

»Wir benötigen alle Streifenwagen, du musst also mit deinem Auto fahren«, sagt Rantala. »Natürlich reichst du die Quittungen für Benzin und andere Ausgaben ein und bekommst die Kosten erstattet. Lass die Uniform hier, dann gibt es kein großes Aufsehen, wenn du die Kleine ablieferst.«

Er sieht auf die Armbanduhr.

»Ihr werdet erst ziemlich spät dort sein. Bleib in Augu im Gasthaus, dann kannst du dich morgen früh in Ruhe mit den Eltern unterhalten. Das Gasthaus soll die Rechnung an mich schicken.«

Rantala deutet mit einem Nicken zu der Akte auf dem Stuhl.

»Da drin stehen ein paar Sachen über Jorun Larsen, die vielleicht nützlich sein könnten.«

Sie nimmt die Mappe und klappt sie auf. Es dauert einen Augenblick, bis sie erkennt, dass sie auf die Ermittlungsunterlagen zum Mordfall in Augu blickt.

»Du sagtest doch, Informationen zu Jorun Larsen? Und was ist das hier?«

»In gewisser Weise geht es um sie. Das Mordopfer war Julia Larsen, Joruns große Schwester.«

KAPITEL 5

Das Licht der Neonröhren ist kalt und steril, leblos. Jorun sitzt an dem Tisch im Vernehmungszimmer, zum Schutz vor dem kalten Boden trägt sie dicke weiße Socken, außerdem Polohemd und Jogginganzug, die wahrscheinlich jemand aus der Kiste mit den Fundsachen oder dem Diebesgut gezogen hat. In der Hand hält sie eine Tasse mit heißem Wasser und einem Teebeutel.

Sie senkt den Blick und beißt sich auf die Lippe.

Sobald sie die Augen schließt, sieht sie die schlafende Camilla neben sich im Bett. Ihre Wangen glitzern, und ihr Mund bewegt sich leicht, während sie träumt. Dann wieder die schrecklichen Bilder. Camillas Haare sind tropfnass. Jimmy legt die Hände um ihre Kehle, und sie ertrinkt im Laken.

Sie hatte Camilla an der Bushaltestelle neben der Tankstelle kennengelernt. Der Spätwinterabend war kalt und feucht. Jorun war ausgestiegen, um auf die Toilette zu gehen, und wartete auf den nächsten Bus. Der braune Schneematsch drang in ihre Stiefel. Ein Mädchen, ein bisschen älter als sie selbst, kam ihr in hochhackigen Stiefeln, kurzem Rock und dicker Jacke entgegen. Sie hielt eine brennende Zigarette in der Hand, und in einer Wolke aus Rauch und Parfüm fragte sie, ob Jorun ein paar Kronen für was zu trinken übrig hätte. Sie kauften sich zwei Flaschen Pink-Panther-Limo an der Tankstelle, redeten, und kurz darauf hielt Camilla ihr Handgelenk, während sie zum Motel gingen, um dort Rum zu trinken und weiter über ihre Träume vom Reisen zu reden. Zum ersten Mal behandelte sie jemand als Erwachsene. Joruns Herz wurde mutiger, wenn Camillas Augen sie unter dem Glitzerlidschatten ansahen. Jetzt ist das Herz erkaltet, übrig ist nur noch ein Bluterguss.

Ihre Augen brennen. Sie wischt mit dem Ärmel darüber und sieht nach oben zu den Neonröhren. Das Licht beruhigt sie, zumindest im Moment.

Schritte hasten über den Flur. Da draußen herrscht geschäftiges Treiben. Bald wird jemand kommen und sagen, dass man sie jetzt heimfahren wird.

Sie hebt die Hand an den Hals. Ihre Kehle tut so schrecklich weh. Unter dem Polohemdkragen verbirgt sich der Bluterguss. Der Arzt, der sie untersucht hat, hat ihr Schmerztabletten und noch etwas anderes verschrieben, von dem sie müde und leicht benommen wird. Er hat gesagt, sie hätte keine ernsthaften Verletzungen, doch der Bluterguss würde erst nach einer ganzen Weile verschwinden. Wie kann sie keine ernsthaften Verletzungen haben, wenn es sich doch so anfühlt, als sei alles kaputt?

Sie weiß nicht, wie lange Jimmy sie gewürgt hat. Zuerst ging alles so schnell, dann unendlich langsam. Die Teppichfransen krochen über ihre Haut, als er sie zu Boden presste. Die Kälte in der Brust. Alles war so still. Keine Engel. Kein Gott. Nur die Einsamkeit und die höllischen Bilder. War es Julia kurz vor ihrem Tod auch so ergangen? Hatte sie dieselbe Einsamkeit durchlebt? Sie wird es nie wissen.

Wieder wischt sie sich mit dem Pulloverärmel über die Augen.

Sie hat kein Recht, sich zu bemitleiden.

Das weiß sie.

Alles, was im *Sleep Inn* passiert ist, ist ihre eigene Schuld. Sie war von zu Hause weggelaufen. Sie hatte sich hinausgeschlichen, nachdem ihre Mutter auf dem Sofa eingeschlafen war, und war zur Bushaltestelle gegangen, um nie wieder zurückzukommen.

Doch jetzt wird sie bald zurückkehren. Das hat der rothaarige Polizist gesagt, bevor er den Notizblock zugeklappt und sie allein im Vernehmungsraum zurückgelassen hat.

Sie trinkt einen Schluck Teewasser. Sie weiß nicht mehr, wie lange sie hier schon sitzt. Keine Ahnung, wo ihre Uhr ist. Vielleicht noch im Motel.

Dinge, Menschen, jederzeit kann man sie verlieren, überall. Julia hat sie verloren und jetzt auch Camilla. Sie hat das Gefühl, als folge ihr der Tod überallhin.

Die Tür wird geöffnet. Der rothaarige Polizist steckt den Kopf ins Zimmer, sagt, dass sie in ein paar Minuten nach Hause gefahren wird.

Sie nickt, und er lässt sie wieder allein.

Beim Gedanken an das stille rote Holzhaus wird ihr schwindelig. Die Diele mit dem Wandspiegel, der Geruch nach Mamas Zigaretten und dem Abwasch in der Spüle. Mama, die das Tuch immer fester um die Haare wickelt. Die wie besessen Zeitungsartikel über Hinrichtungen in anderen Ländern ausschneidet und diese an den Kühlschrank klebt. Ihr Kopf ist voller Gift, ihre Arme mit Zeichnungen von elektrischen Stühlen bedeckt, auf denen den ganzen Tag über Schuldige hingerichtet werden. Sie spricht wenig, doch ihre Worte sind hart und schneiden direkt ins Herz. Jorun denkt an die Badewanne, die Mama mit Tränen gefüllt hat, die auch ihre Tränen waren, bevor sie weggelaufen ist. Jetzt kann Jorun nicht mehr weinen. Es ist, als wären die Tränen in ihr versteinert.

Sie will nach dem Rothaarigen rufen, darum bitten, dass sie das Revier allein verlassen darf. Sie will von hier weg. Doch sie schweigt und sieht nur wieder nach oben zu den Leuchtröhren.

KAPITEL 6

Der Honda steht ganz hinten auf dem Revierparkplatz. Sanna öffnet vorsichtig die Tür zum Rücksitz und wünscht sich dabei, sie müsste nicht ihren ganzen Besitz dort lagern, weil das Kofferraumschloss kaputt ist.

Das Zimmer, das sie bei einer Familie in Oskarshamn gemietet hat, hat zwar Schrank und Kommode, riecht aber seltsam, weshalb sie ihre Kleidung und anderen Sachen im Auto aufbewahrt, bis sie eine neue Unterkunft gefunden hat. Auf dem Beifahrersitz liegt das Schaffell ihres Vaters. Sie rollt es zusammen und zwängt es zwischen zwei Tüten auf dem Rücksitz, damit Jorun Larsen nicht darauf sitzen muss.

Sie schaudert leicht, als ihr klar wird, dass sie immer noch die Mordakte in der Hand hält. Sie öffnet die Fahrertür und schiebt sie unter die Fußmatte.

Als sie ein paar Minuten später mit den Händen am Lenkrad dasitzt, fällt ihr Blick im Rückspiegel auf das Schaffell. Es ist das Einzige, was ihr von ihrem Vater geblieben ist. Bei der Arbeit hatte er es immer dabei.

Sie sieht ihren Vater vor sich. Ingemar Berling, Polizist in Visby. Er saß gerade am Meer in seinem Streifenwagen und aß sein Mittagessen, als auf dem Revier ein Notruf wegen eines potenziell betrunkenen Fahrers einging und die Zentrale ihn in ein Wohngebiet im Norden von Visby schickte.

Ingemar sah das Auto sofort, als er in das Viertel einbog, einen blauen Opel, der auf der falschen Straßenseite dahinschlingerte, auf den Kreisverkehr und die Landstraße 149 zu. Er hatte keine Zeit, auf den Kollegen zu warten, der bereits unterwegs war. Ingemar gelang es, den Wagen am Gehsteig zum Halten zu bringen, und klopfte dann ans Fahrerfenster. Ein Mann kurbelte es herunter. Ingemar bat ihn auszusteigen, doch der Fahrer weigerte sich. Auf dem Rücksitz saßen zwei Kinder, ein fünfjähriges Mädchen und der zweijährige Bruder, nicht angeschnallt und ohne Jacken. Ingemar half den Kindern aus dem Auto und befahl ihnen, auf dem Gehsteig zu warten. Währenddessen schloss der betrunkene Mann sich in dem Opel ein und wollte nicht herauskommen. Ingemar ging zu seinem Streifenwagen zurück, funkte den Kollegen, der immer noch unterwegs war, an und wollte dann eine Decke für die Kinder aus dem Kofferraum holen. Die Zeugen schilderten, wie ein Motor aufheulte und Kinder schrien. Der Opel fuhr direkt auf Ingemar zu und tötete ihn beinahe auf der Stelle.

Sanna kam danach erst bei Verwandten unter und schließlich in einer Pflegefamilie. Eine zehnjährige Vollwaise, deren Mutter gestorben war, als Sanna gerade mal ein Jahr alt gewesen war. Aus reiner Sturheit erzielte sie so gute Leistungen in der Schule in Visby, dass sie zwei Schuljahre überspringen konnte, und bewarb sich danach als eine der Jüngsten aller Zeiten an der Polizeihochschule. Ihr einziger Wunsch war, Polizistin zu werden, wie ihr Vater.

Als sie vor dem Revier vorfährt, sieht sie Jorun Larsen sofort, die hinter den Glastüren am erleuchteten Empfang wartet. Jemand hat ihr eine große Daunenjacke und eine Mütze gegeben, und sie trägt Winterstiefel.

Sanna steigt aus und bedeutet dem Mädchen zu kommen. Öffnet die Beifahrertür. Jorun starrt in den Innenraum, als ob es dort spuken würde.

»Ich kann auch hinten sitzen, falls …«, beginnt sie, verstummt aber beim Anblick der vielen Tüten auf dem Rücksitz.

»Tut mir leid, dass es so eng und unordentlich ist«, sagt Sanna. »Aber ich habe hier vorne für dich Platz gemacht.«

Jorun setzt sich, lehnt den Kopf zurück und schließt die Augen. Sanna besteht darauf, dass sie sich anschnallt, bevor sie den Motor wieder anlässt. Das Radio schaltet sich ein, es wird immer noch über den Palme-Mord berichtet.

»Wäre es möglich, dass wir beim Motel vorbeifahren?«, fragt Jorun.

»Was im Zimmer war, hat man als Beweismaterial sichergestellt, aber du bekommst deine Sachen sicher später zurück. Wenn alles untersucht ist, schickt man sie dir nach Hause.«

»Nein, ich wollte nur sehen, ob die Putzfrau da ist, die …«

»Ich verstehe, aber ich habe die Anweisung, dich auf direktem Weg nach Hause zu fahren. Deine Mutter wartet auf dich. Die Fahrt dauert ein paar Stunden, je nachdem, wie die Straßen sind, mein Auto ist ziemlich alt …«

Jorun nickt schweigend und zupft an einem Nagelhäutchen. Die Haare fallen ihr über die Wangen.

Sanna zögert, wirft dem schlaksigen Teenager einen Blick zu. Sieht auf den Polohemdkragen, unter dem sich das schreckliche Trauma verbirgt, das sie durchgemacht hat. Die grauen Augen voller Trauer.

Sanna weiß nicht genau, warum, vielleicht aus Mitleid, aber sie wendet und fährt in die entgegengesetzte Richtung, zum *Sleep Inn*.

KAPITEL 7

Der Schlüsselbund klirrt an Harriets Hüfte. Ständig muss sie daran denken, was am Abend zuvor passiert ist. Die Polizeiautos, dicht an dicht auf dem Parkplatz. Wie es dem überlebenden Mädchen wohl geht?

Harriet bleibt vor Delilahs Zimmer stehen. Alles ist still. Vielleicht ist der Schlangenbesitzer vor dem Porno eingeschlafen, dessen Stöhnen vorhin zu hören gewesen war. Sie geht zum nächsten Zimmer. Flüchtet sich in andere Bilder, um den Ekel zu verdrängen.

Die Kindheit in der Serra de Estrela. Die Berge und die Hitze. Der Eisvogel, der im Bach an der steilen Böschung fischt. Großvater im Schatten unter den Olivenbäumen. Die Gassen und der blühende Friedhof von Seixo Amarelo.

Die Teenagerjahre mit ihrer Mutter in Schweden. Mamas Stolz, als sie dank der Hilfe einer Verwandten die kleine Wäscherei im Zentrum von Stockholm kaufen konnte. Ihre Kastanienaugen waren schwer vor Tränen und Glück gewesen. Das Vertrauen in den schwedischen Traum unendlich.

Die Tulpen. Manchmal kaufte Mama Tulpen auf dem Marktplatz, die in braunes Papier eingeschlagen waren. Zu Hause legte sie sie in den Kühlschrank und hob sie auf, bis jemand zu Besuch kam. Pfirsichfarbene Tulpen.

»Hey, du!«

Delilahs Besitzer steht in seiner Zimmertür und winkt sie herrisch zu sich. Als sie sich nähert, stößt er die Tür weit auf. Es stinkt nach Schnaps und Schweiß. Im Fernseher in der Ecke läuft immer noch der Porno, ist jedoch auf lautlos gestellt. Auf dem Boden unter dem Kunststoffsessel liegt ein Handtuch.

»Ich gehe zur Tankstelle und hole Bier, so lange kannst du hier putzen«, sagt er.

Sie nickt, versucht, normal zu atmen.

»Und fass die Schlange nicht an. Ich weiß nicht, was sie gefressen hat, aber wenn die Beule nicht verschwindet, muss ich sie wohl aufschneiden.«

Er stapft davon und verschwindet um die Ecke.

»Puta que o pariu«, murmelt Harriet, während sie Gummihandschuhe anzieht.

Als Erstes schaltet sie den Fernseher aus. Dann kniet sie sich auf den Boden und späht unters Bett. Delilah liegt still da. Als Harriet die Hand nach ihr ausstreckt, bewegt sie sich leicht. Sie scheint zu zögern, dann schlängelt sie sich langsam zur Stehlampe. Harriet schaltet sie ein und dreht die Heizung an der Wand auf.

»Ist sie gefährlich?«, fragt eine helle Stimme.

Harriet blickt auf und sieht Jorun in der Tür stehen. Das Mädchen hat die Hände in einer zu großen Daunenjacke vergraben, die Haare hängen ihm ins Gesicht.

»Nicht für dich.« Harriet steht auf.

Jorun nickt.

»Der Mann an der Rezeption hat gesagt, dass ich Sie hier finde.«

Harriet lächelt schwach, geht auf Jorun zu.

»Wie geht es dir?«

Das Mädchen zuckt mit den Schultern, tritt mit der Schuhspitze gegen die Schwelle.

»Ich muss jetzt hier putzen«, sagt Harriet. »Aber wenn ich fertig bin, kann ich uns einen Tee kochen, wenn du magst.«

»Ich kann nicht bleiben«, erwidert Jorun. »Ich soll nach Hause. Die Polizistin, die mich gefunden hat, fährt mich. Sie wartet auf dem Parkplatz.«

Harriet nickt, weiß nicht, was sie sagen soll.

»Wolltest du etwas Bestimmtes?«

»Ich wollte mich nur bedanken, für … Sie wissen schon. Wenn Sie nicht wie eine Verrückte an die Tür geklopft hätten, wäre ich vielleicht …«

Jorun macht ein paar zögernde Schritte auf Harriet zu und schlingt die Arme um sie.

Überrumpelt sieht Harriet nach draußen, während Jorun sie festhält. Delilah schlängelt sich über den Boden, die Beule glänzt im Schein der Lampe.

»Wohin fahrt ihr?«, fragt Harriet.

Jorun lässt sie los.

»Die Polizistin fährt dich doch heim, hast du gesagt, nicht wahr?«, spricht Harriet weiter.

»Augu heißt der Ort, das liegt im Süden.«

»Im Süden?«

Jorun nickt.

»Darf ich mir deine Jacke ausleihen?«, fragt Harriet und zieht die Gummihandschuhe aus.

Jorun sieht sie verwundert an, zieht dann aber die große Daunenjacke aus.

Vorsichtig legt Harriet die Jacke auf den Boden, hebt die Schlange darauf und wickelt sie wie ein Paket ein, aus dem nur der Kopf herausschaut. Vorsichtig nimmt sie sie hoch.

»Komm«, sagt sie.

Sie gehen zum Putzraum, aus dem Jorun auf Harriets Bitte ihre Kleider, den Mantel und die Handtasche holt. Darin bewahrt sie ihren wichtigsten Besitz auf: den Pass, ihr Geld und das Vogelkundebuch.

Als sie auf den Parkplatz treten, steigt die junge Polizistin mit den Augen einer Dohle aus dem Wagen und kommt auf sie zu.

»Was ist hier los? Was ist das?«

Verblüfft mustert sie die Daunenjacke, und Harriet versteckt vorsichtig Delilahs Kopf.

»Darf ich mitfahren?«

»Ich habe keinen Platz.« Sanna nickt zu dem Auto, hinter dessen Rücksitzfenstern sich die Tüten stapeln. »Außerdem ist das eine Dienstfahrt, da darf ich nicht einfach irgendjemanden mitnehmen ...«

»Hey, was soll das?«, brüllt plötzlich jemand hinter ihnen.

Harriet erkennt die Stimme sofort, sie gehört Delilahs Besitzer.

»Bitte«, sagt sie und legt die Hand auf Sannas Arm.

Da schiebt Delilah den Kopf mit den schwarzen Augen hervor.

Sanna zuckt zurück.

Ein Schatten bewegt sich an der Schmalseite des Motels. Der klein gewachsene Mann mit den großen Händen kommt auf sie zu. Sanna mustert ihn abschätzend. Dann reißt sie die Tür zum Rücksitz auf, zieht alle Tüten heraus, behält nur das Schaffell und eine kleine Tasche mit Kleidung. Das Fell legt sie über den Sitz.

»Rein mit euch«, sagt sie drängend.

Harriet steigt hastig mit Delilah ein, zieht die Tür hinter

sich zu und verriegelt sie, während sich die beiden anderen auf die Vordersitze werfen.

Sanna fährt abrupt an.

Im Rückspiegel sehen sie, wie ihnen der Mann mit schweren, unsicheren Schritten folgt. Als sich das Auto entfernt, wird er langsamer und brüllt etwas.

Harriet zieht Delilah näher zu sich.

»Nie wieder«, flüstert sie. *»Nunca mais …«*

KAPITEL 8

Eva Boström setzt sich im Bett auf und reibt sich die Augen. Ulf ist nicht da. Ein Zettel liegt auf dem Nachttisch. *Bin zum Laden. Marianne hat angerufen, die Lieferung ist gekommen.*

Wie lange hat sie geschlafen? Draußen ist es dunkel. Die Armbanduhr sagt, dass es bereits halb acht Uhr abends ist. Sie hatten sich doch nur für fünfzehn Minuten ausruhen wollen. Dann hatte sie das Abendessen kochen wollen, sie hatten Hochzeitstag. Warum ist sie nicht vom Telefon aufgewacht? Warum hat er sie nicht geweckt?

Sie steht auf und geht nach unten.

Im Wohnzimmer steht ein Kuchenteller mit einem zerknüllten Stück Küchenpapier auf dem Couchtisch, auf ihrer neuen Ausgabe von *Hänt i veckan* ein halb volles Glas Orangensaft. Aus der Küche dringt ein vertrauter Geruch. Auf einem Schneidebrett liegen Brotkrümel und ein benutztes Messer. Eine halbe Scheibe Schinken. Der ganze Kühlschrank ist voll mit leckerem Essen, das sie am Abend genießen wollten, doch er hat sich ein Schinkenbrot gemacht und ist zum Laden gegangen.

Nachdem sie abgewaschen hat, macht sie Wasser warm und gibt ein paar Tropfen Putzmittel hinein. Damit wischt sie die Arbeitsfläche ab, die Küchenschränke und die Handgriffe. Sie schneidet eine Zitrone in Stücke und säubert damit die Spüle und den Wasserhahn. Danach sieht sie zum Kühlschrank. An der weißen, glänzenden Tür haften hässliche Magneten. Sie kauft immer Magneten, die Ulf zum Lachen bringen sollen. Ein Gespenst, ein Kaninchen im Smoking, kleine Sommerhüte, die sie herzförmig angeordnet hat. Die Hüte sind eher für sie, aber mit dem Herz meint sie Ulf.

Sie ist nicht traurig oder enttäuscht. Sie vermisst ihn nur, wenn sie nicht zusammen sind. Will sich um ihn kümmern, will seine Niedergeschlagenheit eine Weile verscheuchen. Wollte zusammen mit ihm ihren Hochzeitstag feiern. Ausnahmsweise etwas Schönes machen, etwas Positives.

Während sie sich ein Glas Wein einschenkt, sieht sie zum Wohnzimmer. Das Haus ist karg eingerichtet. Das lange Sofa, die Bilder und die Teppiche hat er von seiner Mutter geerbt, die sie mit einigen sorgfältig ausgewählten Möbelstücken in Weiß oder weichen Pastelltönen kombiniert hat. Viel hat sie bei IKEA gekauft, manches aber auch über Anzeigen. Der Schreibtisch in der Ecke stammt von einem Nachbarn. Die Schubladen sind voller Briefe von ihrem Patenkind Fatima, das in Chile wohnt. Eva konnte keine eigenen Kinder bekommen, sie ist froh, dass sie Fatima hat. In den Briefen an sie kann Eva ihre Gedanken formulieren und ganz sie selbst sein. Fatima braucht sie.

Sie wünschte, bei Ulf wäre es genauso.

Wieder wandern ihre Gedanken zum Kühlschrank. Das Rinderfilet, für das sie extra zehn Kilometer gefahren ist, damit es eine Überraschung wäre und nicht aus Ulfs eigenem Laden stammte. Alles, was sie für die Soße und die Kartoffeln gekauft hat, für den Krabbencocktail als Vorspeise. Vielleicht essen sie es dann morgen.

Sie wählt die Nummer des Lebensmittelladens. Es klingelt ein paarmal, dann meldet sich Marianne.

»Augus Livs, wie kann ich Ihnen helfen?«

»Hallo, Marianne, hier ist Eva. Ist Ulf gerade in der Nähe?«

»Er portioniert das Fleisch. Die ganze Lieferung kam auf einen Schlag.«

»Und wie läuft es?«

»Du kennst ihn ja, im Kühlraum will er auf keinen Fall Hilfe.«

Sie weiß sehr gut, wie Ulf ist. Starrköpfig und eigensinnig. Er lässt keine Frau in die Nähe der Messer oder Maschinen, niemand darf ihm helfen, das Fleisch zu zerteilen und abzupacken.

»Na gut, dann lasse ich dich jetzt weiterarbeiten, damit du bald zumachen kannst. Es war nichts Wichtiges«, sagt sie seufzend. »Ich rede mit ihm, wenn er nach Hause kommt.«

»Es könnte spät werden, nur damit du Bescheid weißt. Es ist schon eine ganze Weile her, dass ich ihn so aufgedreht erlebt habe.«

»Was meinst du damit?«

»Keine Ahnung, er wirkt irgendwie fröhlich. Fast schon begierig darauf zu arbeiten. Ich würde mich nicht wundern, wenn er heute noch die ganze Lieferung verarbeitet oder es zumindest versucht. Ich glaube sogar, dass ich ihn da drin singen gehört habe …«

Eva erstarrt. Singen? Warum sollte Ulf auf einmal anfangen zu singen? Marianne muss sich verhört haben. Vor sich hin gemurmelt hat er vielleicht, aber nicht gesungen. Er ist doch depressiv.

Oder ist er das vielleicht gar nicht mehr?

Ihr Herz schlägt schneller. Hoffnung steigt in ihr auf.

Die letzten Jahre waren schwer gewesen. Seit Ulf depressiv geworden war und Probleme mit den Nerven bekommen hatte, war alles eine ständige Gratwanderung gewesen. Sie hatte alles dafür getan, ihm den Alltag so weit wie möglich zu erleichtern, Stressfaktoren zu reduzieren. Damit er die Arbeit schaffte, den Laden weiter betreiben konnte. Viele verlassen sich auf Ulf, darauf, dass er genügend Kraft hat, für den Laden und die Angestellten da zu sein. Sie tut alles, um nicht im Weg zu sein oder ihn aufzuregen. Außer Marianne ist sie die Einzige, die weiß, wie es ihm wirklich geht. Der äußere Anschein ist alles in dem kleinen Ort.

»Das ist doch großartig, oder?«, sagt Marianne. »Jetzt wird es besser, du wirst sehen. Jetzt wird er wieder er selbst.«

Eva weiß nicht, was sie sagen soll. Sie leert das Weinglas.

»Ich muss abschließen und die Kasse machen, bevor es zu spät wird«, sagt Marianne. »Soll ich Ulf etwas ausrichten?«

»Nur, dass ich jetzt wie immer noch bei meinem Vater vorbeischaue. Wenn er mich erreichen muss, bin ich dort.«

Sie bleibt noch eine Weile an der Arbeitsfläche stehen, das leere Glas in der Hand. Versucht, sich die letzten Tage in Erinnerung zu rufen, ob ihr eine Veränderung an Ulf aufgefallen ist, doch ihr fällt nichts ein.

Dann sieht sie sich um.

Auf der anderen Seite des Wohnzimmers befinden sich die Diele und das Bad. Dort brennt Licht. Im Badezimmerschrank bewahren sie Ulfs Medikamente auf.

Sie überprüft die Tabletten, aber er scheint nicht mehr als seine übliche Dosis genommen zu haben. Das ist also nicht der Grund, warum er so fröhlich ist.

Sie betrachtet sich im Spiegel. Die Bluse ist bis oben geknöpft. Sie trägt eine mehrreihige Perlenkette. Die aschblonden Haare locken sich an den Wangen. Sie streicht mit den Fingern über den Mittelscheitel, die Haare glänzen und liegen perfekt.

Sie verteilt Rouge auf den Wangen und trägt Lippenstift auf. Dann sieht sie auf ihre Armbanduhr. Wenn sie Marianne auf dem Weg zu ihrem Vater nicht begegnen will, muss sie noch ein paar Minuten warten, bevor sie losgehen kann.

In der Waschküche faltet sie die Wäsche ihres Vaters. Die Baumwolle ist weich und warm unter ihren Händen. Mit jedem Kleidungsstück, mit jedem zusammengelegten Strumpfpaar, jeder Unterhose steigen heftige Gefühle in ihr auf. Als sie die Wäsche in die Kunststofftasche legt, schlägt ihr Herz schnell.

Ein kalter Wind bläst, und sie geht rasch, die Tasche mit der Wäsche in der Hand. Regelmäßig muss sie den Schal gegen die Kälte hochziehen.

Die kleinen Straßen in diesem Teil von Augu sind von immergrünen Hecken gesäumt. Es raschelt leise, als sich ein Vogel darin bewegt. Die Häuser sind viel kleiner als in dem älteren Teil, in dem ihr Vater wohnt, doch warmes Licht fällt aus den Fenstern, die Gärten sind gepflegt. Die klassischen Holzfassaden sehen fast schablonenartig aus. Gestrichen mit der roten Farbe aus der Kupfergrube im Norden, mit Sprossenfenstern und kleinen, kunstvoll verzierten Veranden.

Hier ist der Spätwinter nicht so schlimm. In den Wohnvierteln ist es ruhig und friedlich, dahinter erstrecken sich Wälder, karge Moore und Äcker. Im Westen liegen die beiden Waldseen, die der Stadt ihren Namen gegeben haben. Wenn man genau hinsieht, ähneln sie zwei Augen. *Augu* bedeutet Augen auf Altnordisch. Man erzählt sich, dass vor langer Zeit Menschen bei den Seen geopfert wurden, aber so richtig glauben kann sie das nicht. Mit Sicherheit weiß man nur, dass das Gebiet um die Seen im Mittelalter besiedelt war, weil die Holzkirche des Ortes aus dem vierzehnten Jahrhundert stammt.

Sonst gibt es nicht viel Interessantes. Der kleine Ort ist zum großen Teil um eine Holzstofffabrik herum gebaut, die mittlerweile stillgelegt und dem Verfall überlassen ist. Ein Großteil der alten Angestellten fand neue Arbeit bei einer Firma in der Nähe, die Bauteile aus rostfreiem Stahl für Großküchenspülmaschinen herstellt. In Augu gibt es auch ein Sonnenstudio, eine Autowerkstatt, das Gasthaus, ein Altersheim, Ulfs Lebensmittelgeschäft sowie einen Kindergarten und eine Schule mit Unter- und Mittelstufe. Neben dem Schulgebäude befindet sich die Schul- und Gemeindebibliothek.

Wegen des Altenheims hat Augu ein Rattenproblem. Seit einigen Jahren leidet die Einrichtung unter Personalmangel, und als sich im Mülltonnenhaus Ratten eingenistet hatten, hat man den Haushaltsmüll einfach über einen Holzzaun auf das unbebaute Nachbargrundstück geworfen. Andere Hausbesitzer taten es ihnen nach. Rattengift und Fallen haben das Problem ein wenig gemindert, doch viele Familien haben immer noch Ratten im Keller, auf dem Dachboden und in den Nebengebäuden. Es ist ein ständiger Kampf ohne Sieger.

Eva nimmt die Abkürzung durch das Kiefernwäldchen kurz vor dem Zentrum. Die kupferroten Baumstämme recken sich wie Masten in den Himmel. Das Heidekraut knirscht unter den Stiefeln.

Das Zentrum von Augu besteht aus der Bushaltestelle, dem Lebensmittelladen Augus Livs, der Videothek, einem kleinen Platz mit dürren Bäumen und einem Parkplatz, der bis auf Ulfs Auto und Tonys Motorrad leer ist. Tony ist der Besitzer der Videothek. Vor Augus Livs steht noch ein silberfarbener Alfa Romeo. Ein paar Jugendliche hängen vor der Videothek herum und werfen Eva uninteressierte Blicke zu, bevor sie davonradeln.

Sie überlegt, ob sie im Laden vorbeischauen soll, geht dann aber weiter. Wenn sie ihn jetzt stört, kommt er vielleicht noch später nach Hause oder, noch schlimmer, wird wütend. Die Titelseiten der Zeitungen vor dem Laden sind immer noch voller Schlagzeilen zu Olof Palme und dem Mord. Sie versteht es einfach nicht. Eine Woche ist jetzt schon vergangen, viel zu lange, ohne dass etwas passiert ist.

Die Tür des Alfa Romeos wird geöffnet. Ein Mädchen im Teenageralter steigt aus. Sie bewegt sich selbstsicher, wie alle jungen, hübschen Mädchen, die mit jedem Atemzug die Welt zu erobern scheinen. Die hellblonden, fast schon weißen Haare fallen ihr in Locken über die Schultern. Die niedliche Stupsnase ist wie bei einer Puppe. Eva hat das Mädchen schon mal irgendwo gesehen. Es holt einen Rucksack aus dem Wagen, lehnt sich an die Tür, zieht eine Packung Kaugummi aus der Tasche und sieht auf die Uhr. Sie steckt einen Kaugummi in den Mund, kaut und bildet eine große Blase. Dann sieht sie plötzlich direkt zu Eva, ihr Blick ist herausfordernd, fast schon feindselig.

Eva erreicht die E22 oder »die Hauptstraße«, wie alle hier

sagen. Der Wind bringt den Geruch nach Abgasen mit sich. Sie zieht den Schal über den Mund. Aus dem Augenwinkel sieht sie das Gasthaus von Augu. Wie immer stehen ein paar Lastwagen davor. Am Eingang hängt das Schild mit der Aufschrift »Zimmer frei«.

Auf der anderen Straßenseite erstreckt sich der alte Teil von Augu, der im Prinzip aus einer Straße und fünf Häusern besteht. Das Haus von Evas Vater ist als einziges noch bewohnt, die Nachbarn sind bereits alle im Heim. Einige Zäune sind eingeknickt. In einer Einfahrt liegt eine grüne Plane über einem Haufen Schutt, die großen Steine, die sie festhalten, sind moosbewachsen. Bis auf die Straßenlaternen und das Licht, das aus dem Haus ihres Vaters fällt, ist es dunkel. Doch Eva hat keine Angst, sie kennt die Gegend seit ihrer Kindheit, ist hier aufgewachsen, neben der verkehrsreichen Straße.

Das große Haus ist von Efeu überwuchert. Die tiefliegenden Sprossenfenster sind erleuchtet, und wie immer knirscht die Haustür, als sie sie öffnet.

»Papa?«, ruft sie beim Eintreten.

Als niemand antwortet, sucht sie hastig die Zimmer ab. Er liegt wieder im Bad, hat wohl mit dem Rollator das Gleichgewicht verloren, war vielleicht auf dem Weg zur Toilette. Zum Glück hat er sich nicht verletzt, nur eingenässt.

Kurze Zeit später hat sie ihn gewaschen, ihm frische Kleider angezogen und Suppe warm gemacht. Danach bringt sie ihn ins Bett, hält seinen Nacken, während er Wasser aus dem Becher mit dem Strohhalm trinkt. Sie streicht ihm über den Kopf, als er sich zurücklegt.

»Papa … Wie soll das alles nur werden?«

Er summt nur etwas, er kann schon lange keine Wörter

mehr formen. Sein Gesicht ist geschwollen, die Augen glänzen glasig.

Dass die Pflege ihres Vaters so hart werden würde, hatte sie nicht erwartet. Als es mit dem Pflegedienst nicht mehr funktionierte, hatte sie sofort beschlossen, alles zu übernehmen. Doch sie hätte sich nie vorstellen können, dass es sie so fordern würde.

Sie sieht auf die bläulichen Blutergüsse an seinem Handgelenk, die von dem Sturz im Bad stammen mussten.

Die Tränen überraschen sie. Plötzlich sind ihre Wangen feucht. Doch sie lässt die Hände ihres Vaters nicht los, um sie abzuwischen. Sucht nach Worten für das, was in ihrer Brust arbeitet.

Lächelnd beugt sie sich über ihn, legt den Mund weich an sein Ohr.

»Ich muss dir etwas erzählen.«

Er drückt ihre Hand.

»Papa … Ich glaube, Ulf ist wieder fröhlich.«

KAPITEL 9

Sanna sieht das kleine rote Holzhaus schon von Weitem. Nicht, weil es irgendwie auffällig wäre, sondern weil alle Fenster erleuchtet sind, während das restliche Viertel im Dunkeln liegt. Als sie langsam in die Einfahrt einbiegt und das Scheinwerferlicht von den Fenstern zurückgeworfen wird, öffnet sich die Haustür. Eine Frau tritt heraus.

Die große, schmale Gestalt geht über den Steinplattenweg zum Tor und öffnet es, dann reißt sie die Beifahrertür auf, hilft Jorun heraus und schlingt die Arme um sie.

»Ich dachte, ich würde dich nie wiedersehen.«

Regina Larsen trägt einen langen Morgenmantel und Pantoffeln, die Haare sind unter einem roten Schal verborgen. Verängstigt sieht sie zu Sanna.

Die stellt sich vor und erklärt, dass sie am nächsten Vormittag noch einmal vorbeikommen wird. Regina nickt und schiebt Jorun vor sich zum Haus, wo sie ihr fast unmerklich einen Stoß versetzt und sie über die Schwelle schubst.

Sanna blickt noch einen Moment auf das Haus, bevor sie wieder ins Auto steigt.

Harriet gähnt und fährt sich mit der Hand durch die dunklen Haare.

Sie hat sich auf dem Rücksitz umgezogen, die Uniform gegen Jeans und eine dunkelblaue Strickjacke getauscht.

»Was machen wir jetzt?«, fragt sie leise.

Jorun hat die ganze Fahrt über geschlafen. Um sie nicht zu wecken, haben sie geschwiegen.

»Ich muss hierbleiben und morgen mit Joruns Mutter reden«, sagt Sanna. »Es gibt hier ein Gasthaus, dort haben sie bestimmt auch ein Zimmer für Sie.«

»Aber ich habe doch sie dabei.« Harriet zieht Delilah vorsichtig zu sich.

Sanna wirft einen Blick in den Rückspiegel.

»Wenn Sie nichts sagen, sage ich auch nichts.«

In dem Zimmer im Gasthaus ist es warm und dunkel. Sanna streift die Schuhe ab und hängt ihre Kleider auf. Sie spürt die Müdigkeit im ganzen Körper. Sie duscht lange in dem engen Bad und zieht frische Hosen und ein T-Shirt an. Dann kocht sie Wasser in dem kleinen pastellfarbenen Wasserkocher, der zusammen mit Kaffee und Filtern auf einem Tisch in der Ecke steht.

Sie stellt sich Harriet im Nachbarzimmer vor. Eine seltsame Frau. Aber die Schlange ist noch merkwürdiger. So nahe war Sanna einer Schlange noch nie, schon gar nicht einer Python. Sie schaudert bei der Vorstellung, dass das Tier die ganze Fahrt über auf dem Rücksitz gelegen hat.

Vor dem mit gelber Bettwäsche bezogenen Bett stehend, klappt sie die Akte auf, die ihr Rantala gegeben hat. Zuoberst liegt ein Dokument, das ihr beim ersten Blick in die Mappe nicht aufgefallen war. Informationen zur Stadt Augu, darunter auch eine Zusammenfassung der Ermittlungen, die in den Jahren vor Julia Larsens Ermordung in der Gegend durchgeführt worden waren. Neben ein paar Fällen von häuslicher Gewalt, Schlägereien vor der Videothek und

Sachbeschädigung in der Kirche fällt ihr etwas besonders ins Auge. Verstümmeltes Vieh. Ein Bauer hatte vor sechs oder sieben Jahren Anzeige wegen verletzter Kühe erstattet. Er hatte geschworen, dass Teufelsanbeter dafür verantwortlich gewesen sein mussten.

Sanna schaltet das Licht ein, blättert weiter. Die Ermittlungen zum Mordfall Julia Larsen sind umfassend. Berichte und Vernehmungen, unterschiedlich lange Zusammenfassungen. Bei einigen handelt es sich um längere Gesprächsprotokolle, andere sind nur ein oder zwei Absätze lang. Viele Männer waren vernommen worden, der Freund, der Vater, Lehrer und Nachbarn. Sanna liest die Sachverständigenaussagen. Die Spurensicherung hatte Julias Zimmer untersucht, die Koffer, die ihre Leiche enthielten. Fotos, viele Fotos. Zuletzt Anmerkungen zum Urteil gegen Jan Svensson.

Sanna legt die Ermittlungsunterlagen neben die Kaffeetasse auf den Nachttisch.

Im Bericht des ersten Polizisten, der am Tatort gewesen war, werden die Koffer erwähnt. Sie waren groß und weiß und lehnten an einem alten Schuppen in Gemeindebesitz, unten an einem der Waldseen. Der Schnee war völlig unberührt, bis auf die Spuren des Zeugen, der die Polizei alarmiert hatte, ein älterer Mann, der in der Morgendämmerung mit seinem Hund spazieren gegangen war. Die Stelle war abgeschieden. Nur die Krähen waren zu sehen gewesen. Sie hatten in den Bäumen gesessen, als ob sie die Koffer bewachten. *Ein verdammt unheimliches Gefühl,* hatte der Polizist geschrieben und die Worte unterstrichen. Der Gestank war schrecklich gewesen, er hatte gedacht, jemand wollte den Leuten einen Streich spielen, indem er Schlachtabfälle an der Stelle deponiert hatte. Statt Verstärkung zu rufen hatte er einen Koffer geöffnet, aus der Julia Larsens Kopf in den Schnee fiel. Er war, ebenso wie die anderen Körperteile, in mehrere Schichten Plastikfolie eingewickelt gewesen.

Sanna blättert vor und zurück, liest hier und da. Julia Larsen wurde am Morgen des zehnten Januar 1984 von ihrer Mutter, Regina Larsen, als vermisst gemeldet. Julia war ein normaler Teenager. Sie ging in die Schule, hatte durchschnittliche Noten und war vor der Videothek ein paarmal beim Rauchen und Biertrinken erwischt worden. Ihr Freund Andreas Ljunggren hatte an dem Abend von Julias Verschwinden ein Basketballmatch und daher ein Alibi. Er war der Letzte aus ihrem näheren Umfeld, der Julia Larsen lebend gesehen hatte.

Sanna nimmt ein Foto aus der braunen Akte, auf dem eine abgetrennte Hand mit pastellfarben lackierten Nägeln zu sehen ist. Auf einem anderen Foto ist ein Fuß abgelichtet. Sanna ist übel, als sie die Bilder hin und her dreht, wieder in die Akte legt und den Bericht des Rechtsmediziners herausnimmt. Die Todesursache war eine Überdosis Diazepam, das in Beruhigungstabletten enthalten ist und sedierende und muskelentspannende Wirkung hat. Die Leiche war mit einem Messer und vermutlich einer Drahtsäge zerteilt worden, die von Chirurgen bei Amputationen verwendet wird. Danach hatte man sie in die zwei Koffer gelegt. Auf der Haut fanden sich kleine Flecken Textilkleber. Julia Larsens Magen enthielt keine Nahrung, aber sie hatte Saft getrunken. Bei einem Satz zuckt Sanna zusammen. Der Täter hatte Julia am ganzen Kopf die Haare ausgerissen.

Sie zögert, dann sucht sie das Foto des Schädels. Eiseskälte durchströmt ihren Magen. Julias Gesicht ist friedlich. Die Augen sind geschlossen, die bleichen Wangen von Sommersprossen übersät. Der kahle Kopf verleiht ihr etwas Überirdisches, Elfenhaftes.

Sanna liest, dass man Julias Haare in einer Holzschachtel fand, die fest verklebt in einem der Koffer lag. Auch die Schachtel hatte der Täter in Plastikfolie eingewickelt.

Sanna blättert weiter und findet ein Foto von einem ungewöhnlichen Gegenstand.

Ein kleiner gefalteter Papierkranich.

Laut dem Bericht fand man ihn in dem Reißverschlussinnenfach eines Koffers. Die kleine Figur war aus weißem Papier, normalem Schreibmaschinenpapier. Sie war nicht in Plastikfolie gewickelt, woraus Polizei und Spurensicherung schlossen, dass sie vielleicht dem Täter gehörte und unbeabsichtigt in dem Koffer geblieben war. Doch in dem Beweismittelbeutel leuchtet der Kranich fast in seiner Reinheit. Außerdem fanden sich keinerlei verwertbare Spuren daran.

Sanna blättert durch die Unterlagen zu Jan Svensson, dem Täter.

Jan Svensson arbeitete als Lastwagenfahrer für ein dänisches Unternehmen und war im ganzen Norden unterwegs. Wenn er nach Schweden zurückkehrte, sammelte er in den Großstädten oft Prostituierte auf. Vergewaltigte sie. Eine Frau in Malmö sagte aus, Jan Svensson hätte ein besonderes Interesse an der dreiunddreißigjährigen Lydia Ström gehabt. Ein paarmal hätte er sie mitgenommen, bis sie schließlich verschwand. Sanna betrachtet ein Foto von Lydia Ström, das ein paar Jahre vor ihrem Tod aufgenommen worden war. Ihr Blick ist stechend, auf der Stirn blühen rote Flecken. Vielleicht Wundrose, vielleicht nur Muttermale.

Sie legt das Foto beiseite und entdeckt eins von Jan Svenssons Führerschein. Er ist glatt rasiert, mit ordentlich gekämmtem Pony und einem bis zum Hals geknöpften Jeanshemd. Über dem Kragen ist eine kleine Tätowierung zu sehen, das Unendlichkeitssymbol. Die Augen hinter den großen Brillengläsern verursachen Gänsehaut.

In Jan Svenssons Wohnung wurden zwar Teile von Lydia Ströms Leiche gefunden, doch dort konnte er sie nicht umgebracht haben. Man fand nicht eine einzige Blutspur. Die Wohnung war winzig, das Badezimmer nicht größer als eine Gästetoilette mit Dusche. Außerdem war das Mietshaus hellhörig. Doch Jan Svensson gestand nie, wohin er Lydia Ström gebracht, wo er sie ermordet und zerstückelt hatte. Er erzählte auch nicht, was genau mit Julia Larsen passiert, wohin er mit ihr gefahren war. Der Tatort wurde nie gefunden. Jetzt sitzt er seine Strafe in einem Gefängnis in der Nähe von Kalmar ab, ohne Möglichkeit auf Bewährung.

Sanna starrt vor sich hin, dann blättert sie zurück. Hält inne. In Jan Svenssons Wohnung fand man eine Gefriertruhe mit Leichenteilen, und bei der Vernehmung gestand er, Stücke seines Opfers verzehrt zu haben. Doch Julia Larsens Leiche war vollständig. Es gab keine Anzeichen dafür, dass sie vergewaltigt oder anderweitig sexuell missbraucht worden wäre. Sie war keine Prostituierte. Niemand, der im Zusammenhang mit ihrem Verschwinden befragt wurde, hatte sie als risikofreudig beschrieben, als jemanden, der getrampt oder sich einem Fremden angeschlossen hätte.

Ein kalter Schauer überläuft Sannas Rücken und Arme. Die Abweichungen zwischen Lydia Ström und Julia Larsen sind augenfällig. Doch Jan Svensson war in der Nacht von Julia Larsens Verschwinden in Augu, das steht fest. Er schlief hier im Gasthaus. Zwei Belege liegen vor ihr, eine Quittung aus dem Restaurant, eine für die Übernachtung, außerdem eine Nahaufnahme des Zimmerschlüssels mit der Nummer sieben. Das reicht, damit die Puzzleteile zusammenpassen.

Es klopft leise an der Tür. Sanna öffnet und lässt Harriet herein.

Die Putzfrau bleibt an der Tür stehen, ihr langer magerer Schatten ruht auf dem Boden.

»Ich wollte mich nur bedanken«, sagt sie. »Dass wir mitfahren durften.«

Sanna nickt. Sie ist zu müde, um sich zu unterhalten. Andererseits haben sie während der Fahrt kaum ein Wort gewechselt. Harriet macht einen Schritt ins Zimmer.

»Das Mädchen«, sagt sie. »Kommt es zurecht?«

»Sie hat viel durchgemacht.«

Harriet nickt. Dann flüstert sie etwas Unverständliches. Sanna hält es für Portugiesisch, ist sich aber nicht sicher.

»Sie sind neu«, sagt Harriet. »Fangen gerade erst als Polizistin an?«

»Ja.«

Sanna sieht, wie Harriet zur Ermittlungsakte auf dem Bett blickt.

»Tut mir leid, Sie arbeiten«, sagt die Putzfrau.

Sanna nickt. Harriet wendet sich zur Tür, zögert.

»Hat es mit dem Mädchen zu tun?«, fragt sie und sieht wieder zu der Akte.

Sanna nickt.

»Ihre Schwester wurde vor zwei Jahren hier im Ort ermordet.«

»Ai meu deus«, murmelt Harriet und schlägt die Hand vor den Mund. »Weiß man, wer …«

»Ja, man hat ihn gefasst.«

Harriet nickt angespannt und murmelt: »Gute Nacht.«

Als Sanna wieder allein ist, klappt sie die Akte zu, schaltet das Licht aus und geht ans Fenster. Der Himmel ist klar. Die Sterne leuchten. In einiger Entfernung sind die gelbroten Lampen der Tankstelle zu sehen. Ab und zu huschen Scheinwerfer vorbei, Lastwagen, die langsam die Straße entlangfahren. Als sie sich entfernen, sieht Sanna ihr dunkles Spiegelbild in der Scheibe.

Hinter sich bemerkt sie den Schlüssel im Türschloss. Sie sperrt ab und bleibt mit dem Schlüssel in der Hand stehen, streicht mit den Fingern über die eingravierte Zahl im Anhänger.

Es ist die Nummer sieben.

KAPITEL 10

»Entschuldigung?«

Harriet schiebt die Tür zur Küche einen Spalt auf. Eine Spülmaschine schaltet sich ein.

Der Besitzer des Gasthauses schüttelt mürrisch den Kopf und geht an ihr vorbei in den Restaurantbereich. Er ist etwa Mitte vierzig, mit dichtem Schnurrbart. Die Kleider sitzen eng, aber nicht auf ansprechende Art. Trotzdem ist er attraktiv. Sie versucht, sich an den Namen auf dem Schild an der Rezeption zu erinnern, den sie beim Einchecken gesehen hat. Er will ihr nicht einfallen.

»Was brauchen Sie?«, fragt er. »Die Küche ist geschlossen.«

»Ich will kein Essen, ich wollte nur fragen, ob Sie zufällig einen Heizlüfter oder so etwas haben? Oder eine Wärmflasche?«

Er stellt die Stühle umgedreht auf die Tische.

»Falls es kalt im Zimmer ist, haben wir Decken.«

»Ich habe Probleme mit den Bronchien, daher hätte ich gern einen Heizlüfter oder so etwas, falls Sie das haben. Ich bräuchte auch eine extra Lampe, wenn ich lese. Ich kann die Sachen selbst nach oben tragen, und ich bezahle natürlich dafür.«

Die Lüge wegen der Bronchien bereitet ihr ein komisches

Gefühl. Sie ist überrascht, wie leicht es ihr fällt, wegen Delilah die Unwahrheit zu sagen.

Er stellt die letzten Stühle hoch.

Sein Gesichtsausdruck ist misstrauisch. Oder vielleicht kommt es ihr auch nur so vor.

Als er sie und Sanna zuvor nach oben gebracht hat, hat er kaum etwas gesagt. Die asketische Einfachheit ihres Zimmers hat Harriet überrascht, keine unnötigen Dinge, kein Krimskrams. Hier im Restaurantbereich sieht es genauso aus. Fast keine Dekoration, nur einfache Holzmöbel und ein paar wenige Dinge an den Wänden. Man merkt seinen geübten Bewegungen beim Hochstellen der Stühle an, dass er diese Arbeit schon seit Jahrzehnten macht. Gleichzeitig wirkt er hektisch, ungestüm. Harriet kann das Gefühl nicht abschütteln, dass er wütend ist, sie merkt es an seinem unruhigen Blick.

Sie wartet schweigend.

»Seid ihr von der Polizei?«, fragt er.

»Ich bin Putzfrau.«

»Aber die andere, die ist Polizistin?«

Harriet nickt zögernd, unsicher, ob sie diese Information weitergeben darf.

»Was macht sie hier?«, fragt er weiter.

Sie antwortet nicht.

»Also gut. Rechts neben der Rezeption ist der Abstellraum, da drin sind ein kleiner Heizlüfter und eine Lampe. Nehmen Sie, was Sie brauchen, und tragen es in die Liste an der Tür ein.«

»Danke.« Sie lächelt so warm wie möglich.

»Wir mögen hier keine Polizei.«

»Danke«, wiederholt sie leise und verlässt den Restaurantbereich.

Die Rezeption ist genauso dunkel wie bei ihrer Ankunft. Doch jetzt fallen Harriet ein paar Dinge auf. Eine seltsame Nische, die aussieht wie ein menschliches Gesicht, ist hinter dem Tresen in die Wand gehauen, vielleicht irgendein Kunstwerk. Darin stehen Kerzen und Bilder von Jesus und Maria in abgestoßenen Rahmen. Außerdem die Plakette, die verkündet, dass der Gasthausbesitzer mit dem Schnurrbart Birger Wedin heißt.

Sie findet die Tür mit dem verschnörkelten Schild »Abstellkammer«. Daneben hängt eine Pinnwand mit einigen Anschlägen. Vor allem alte Ankündigungen für Konzerte oder Veranstaltungen in anderen Orten. Eine Werbung der Tankstelle in Augu für gratis Kaffee und Wurst bei jeder Tankfüllung. Doch dann fallen ihr zwei Augen auf, und mit den Fingern berührt sie das Foto eines Teenagerjungen, unter dem steht, er sei von zu Hause weggelaufen, in einer Stadt ein gutes Stück nördlich von hier. Wer ihn sieht, solle die angegebene Nummer anrufen, eine Belohnung sei auch ausgesetzt.

Plötzlich nimmt sie den schwachen Geruch nach nassem Fell wahr.

»Was machen Sie da?«, fragt eine helle Stimme.

Auf dem fadenscheinigen Teppich neben der Rezeption steht ein etwa zehn- oder elfjähriges Mädchen.

»Was machen Sie mit dem Zettel?«, fragt sie.

»Ich schaue ihn mir nur an.«

»Brauchen Sie etwas?«

»Danke, ich wollte nur ein paar Sachen aus dem Abstellraum holen, ich habe schon um Erlaubnis gebeten … Ist der Besitzer dein Vater?«

Die Augen des Mädchens sind rund wie die eines Kätzchens. Es trägt ein Wollkleid, in der Hand hält es Lederhandschuhe. Ihr Gesicht ist blass, die Haare mausbraun. Das Kleid ist rot, wie bei einem Rotkehlchen. Nach einer Legende war das Rotkehlchen mit keiner Farbe gesegnet gewesen, bis ein Tropfen Blut aus einer Dornenkrone auf seine Kehle fiel und sich ausbreitete. Das Leben eines Rotkehlchens besteht zum großen Teil darin, sein Revier zu verteidigen. Dabei wirft es sich in die Brust und singt. Das ist ganz natürlich. Das Mädchen hat nichts Böses im Sinn.

Harriet versucht zu lächeln.

»Ich heiße Harriet, ich habe vorhin eingecheckt. Wie heißt du?«

Das Mädchen beobachtet sie. »Kristina«, antwortet es mit heller, klarer Stimme. »Und das weiß ich, ich habe gesehen, wie Sie beide angekommen sind.«

Harriet nickt. Der Geruch nach nassem Fell ist verschwunden, und sie fragt sich, was die Ursache gewesen sein mag. Vielleicht hat sie es sich auch nur eingebildet.

»Sagen Sie Papa nicht, dass Sie mich hier gesehen haben«, sagt Kristina. »Ich soll eigentlich schlafen.«

»Ich verrate nichts, versprochen.«

»Gut.« Kristina dreht sich um und geht davon. »Dann verrate ich auch nichts von der Schlange, die Sie in Ihrem Zimmer haben.«

Es ist warm und feucht im Zimmer. Delilah liegt auf dem Bett, als Harriet mit dem Heizlüfter, der Stehlampe und einer großen Wärmflasche hereinkommt, die sie in der Abstellkammer gefunden hat. Außerdem hat sie einige Plastikdosen in einer Tüte mitgenommen.

Nachdem sie die Dosen mit Wasser gefüllt und im Zimmer verteilt hat, dreht sie die Dusche wieder auf und stellt die Heizung auf die höchste Stufe. Feuchtigkeit ist wichtig für Delilah. Harriet füllt die Wärmflasche mit heißem Wasser, legt sie aufs Bett und hebt Delilah darauf. Dann steckt sie den Heizlüfter ein und stellt ihn neben das Bett.

Bei der sich ausbreitenden Wärme denkt sie an ihr Heimatland, die Berge, ihren Großvater, der immer schwarz gekleidet gewesen war. Der mit seiner Schafherde die Abhänge hinauf und hinab gewandert war, immer auf die Sonne zu. Jeden Tag nach der Schule rannte sie durch das trockene Gras und suchte nach ihm. Manchmal schlief er gegen einen Olivenbaum gelehnt, oft saß er jedoch am Bach und hielt die geschwollenen Füße ins Wasser, die großen Stiefel über die Schulter geschlungen.

Großvater brachte ihr alles über die Natur bei. Dass der Fingerhut giftig ist, aber in der richtigen Dosierung gegen Herzkrankheiten helfen kann. Dass man nie vergessen darf, mit einem Raben zu sprechen, wenn man auf einen trifft, dann steht einem ein gutes Jahr bevor.

Delilah ändert leicht ihre Position auf der Wärmflasche. Die Schlange ist respekteinflößend. Wenn sie plötzlich zubeißen sollte, würde die Wunde wegen der Platzierung der Zähne im Kiefer stark bluten, doch eine Python hat kein Gift. Und Delilah hat bisher, trotz allem, was ihr zugestoßen ist, noch keine Anstalten gemacht, zuzubeißen oder auch nur gezischt.

Als Harriet sich neben Delilah legt und das Licht ausschaltet, regt sich die Unruhe. Ihr Geld reicht noch für ein paar Wochen, doch was soll sie dann tun? Sie braucht Arbeit, damit sie Delilah dann mit sich nach Hause in die Berge und die Wärme nehmen kann.

Morgen wird sie besonders aufmerksam Ausschau nach einem Raben halten.

KAPITEL 11

Sanna bindet sich die Schuhe und verlässt das Zimmer. Sie kann nicht länger herumliegen und an die Decke starren. Draußen ist es stockfinster, die Luft schmeckt nach Frost und Regen. Sie weicht den Pfützen auf dem Parkplatz nicht aus, das schmutzige Wasser spritzt auf ihre Hosenbeine.

Am Stadtrand dreht sie um und blickt auf die Wohngebiete zurück. Identische rot gestrichene Holzhäuser mit weißen Kanten, wie das Haus, bei dem sie Jorun Larsen abgeliefert hat. Die meisten sind dunkel, hier und da brennt ein Außenlicht.

Sie geht weiter, in den Wald hinein. Folgt dem schwarzen Weg zwischen den alten Bäumen. Hier konnten sie ungestört wachsen. Nach kurzer Zeit kommt sie zu einem Übersichtsschild, wo die Seen und Wanderwege eingezeichnet sind und vor dem Baden gewarnt wird, da das Wasser abrupt tiefer wird.

Dann gibt es nur noch die Bäume und sie selbst. Erst an einem der Seen bleibt sie stehen und merkt, dass sie die Wohngebiete weit hinter sich gelassen hat.

Der See ist pechschwarz, der Mond spiegelt sich geisterhaft auf der Oberfläche. Ein paar Meter vom Ufer entfernt steht ein Schuppen. Sanna ruft sich die Karte und die Fotos in der Akte in Erinnerung. Hier hat man die Koffer mit Julia Larsens Leiche gefunden, an die graue Holzwand gelehnt.

Am Ufer geht Sanna in die Hocke. Ihre Schuhe sinken in den Matsch ein, in den sich Laub und kleine Äste mischen. Sie streckt die Hand aus, berührt das glatte Wasser. Ihre Fingerspitzen prickeln vor Kälte.

Einen Moment später geht sie zum Schuppen, legt die Hand auf das Holz. Die Tür knarzt protestierend, als sie sie öffnen will. Sie rüttelt ein paarmal daran, bis sie das Vorhängeschloss in einer Metallöse am oberen Rahmen entdeckt. Durch eine Spalte zwischen den Latten späht sie hinein. Soweit sie sehen kann, ist der Schuppen leer.

Sanna sieht die Koffer vor sich, wie sie an der Wand lehnen, sich überirdisch weiß gegen das graue Holz abzeichnen. Sie müssen schwer gewesen sein. Um sie durch den Wald zu schleppen, brauchte es Kraft. Sie fragt sich, wie sie jemand den ganzen Weg von der Straße bis zum See tragen konnte, ohne von jemandem gesehen zu werden. Auch mitten in der Nacht kann man ja auf einen Hundespaziergänger treffen oder einen schlaflosen Wanderer, wie sie selbst.

Warum sollte Jan Svensson ausgerechnet Julia Larsen ermorden, einen Teenager in einer kleinen Stadt, wenn er sich davor für Prostituierte in Großstädten interessiert hat? Warum sollte er so von seinem Muster abweichen, so große Risiken eingehen? Sie versucht, sich Jan Svensson im Wald vorzustellen, wie er die Koffer schleppt, schwitzt und sich abmüht.

Doch es will ihr nicht gelingen.

KAPITEL 12

Der Morgen ist wieder grau und trist, und während Laila Edwall in der Küche das Frühstück vorbereitet, überlegt sie wie immer, wie sie ihre Tochter aus dem Bett bringen soll. Sie geht zur Treppe.

»Rosie!«

Nichts rührt sich im Obergeschoss.

Die Eieruhr klingelt in der Küche, und sie eilt zurück zum Herd. Sie dreht den Wasserhahn auf und hält den Topf unter den kalten Strahl. Während die Eier abkühlen, schneidet sie Paprika in Streifen und ritzt sich dabei in einen Finger.

Irgendwo in der unordentlichen Küchenschublade liegen Pflaster. Sie wühlt zwischen Paketschnur, Briefmarken und Jörgens Listen. Die erstellt er für alles. Jörgen ist ein richtiger Listenmann. Er notiert sich Sachen, die im Haus repariert werden müssen, Pflanzenkäufe für den Garten, was er alles nicht mehr essen will, um zehn Kilo abzunehmen, Orte, an die er reisen, und Bücher, die er lesen möchte, und so weiter. Sie fand es immer schon lustig, dass er Listen schreibt und sie dann in der Schublade versteckt.

»Guten Morgen«, sagt er hinter ihr und gähnt. »Ist der Kaffee schon fertig?«

Laila holt eine Tasse, schenkt Kaffee ein und gibt sie ihm. Er streicht mit der Hand über ihren seegrasgrünen Morgenmantel aus samtartigem Polyester, den er ihr vor drei Jahren zu Weihnachten geschenkt hat.

»Eier sind auf dem Herd, Brot im Toaster«, sagt sie.

Er lächelt sie liebevoll an und gähnt dann noch einmal herzhaft. Die Jahre haben an ihnen beiden Spuren hinterlassen. Jörgens Haltung ist schlechter geworden, die vielen Stunden Arbeit als Busfahrer sind dafür verantwortlich. Der Bauch hängt ihm über den Hosenbund, das Doppelkinn lässt den Kopf schwer erscheinen. Doch das Funkeln in seinen Augen ist noch da. Ein Feuer brennt in ihnen, wenn sein Blick auf ihr ruht.

»Ist Rosie schon unterwegs?«, fragt er. »Ich habe gar nicht gehört, wie Annelie geklingelt hat.«

»Annelie war noch nicht da«, sagt Laila. »Zum Glück. Rosie ist wirklich deine Tochter; dass sie morgens nicht in die Gänge kommt, hat sie nicht von mir.«

Die Türklingel läutet.

»Rosie, Annelie ist da! Ich packe dir dein Pausenbrot ein, beeil dich!«

Annelie Martinsson steht schweigend kauend mit einem Brot in der Hand vor der Tür.

»Guten Morgen«, sagt Laila. »Komm rein, sie ist noch nicht unten …«

Annie hustet, verströmt dabei einen Geruch nach Messmör, der süßlichen braunen Butter. Laila seufzt. Sie weiß nicht, was am schlimmsten ist: dass die beste Freundin ihrer Tochter immer mit einem stinkenden Brot ins Haus kommt oder dass sie zusammen mit ihrem Onkel und einem Haufen Hunde außerhalb der Stadt auf einem verlotterten Bauernhof wohnt. Conny Martinsson, der Onkel, hat seine Arbeit verloren, als die Glashütte im Westen zumachen musste.

Davon hat er sich nie erholt und sich aus der Gemeinschaft zurückgezogen. Er scheut die Menschen genauso, wie sie ihn scheuen. Er wohnt auf einem Hof ohne Strom oder Wasser, inmitten leerer Weiden. Rosie hat von dem toten Wild erzählt, das im Schuppen von den Dachbalken hängt. Riesige Fleischstücke ohne Kopf. Und dass an Annelies Zimmerwand ein Elchschädel hängt.

Annelie beißt wieder von ihrem Brot ab. Laila wird leicht unbehaglich zumute.

Sie eilt die Treppe nach oben, um Rosie zu holen. Vor ihrem Zimmer bleibt sie stehen und klopft an die Tür.

»Rosie, ihr verpasst noch den Bus …«

Als sie die Tür öffnet, schlägt ihr ein eiskalter Luftzug entgegen. Sie sieht das unberührte Bett und stürzt zum offenen Fenster, beugt sich hinaus und sieht in den Garten. Eine quälende Sekunde lang bildet sie sich ein, dass Rosie leblos auf dem Boden liegt, doch es handelt sich nur um einen Erdhaufen.

»Jörgen!«, schreit sie.

Er rennt die Treppe nach oben. Schweigend stehen sie im Zimmer ihrer Tochter.

»Aber wo ist sie denn?«

Laila überprüft die anderen Schlafzimmer, nach wenigen Sekunden ist sie zurück. Schüttelt den Kopf, sieht ihren Mann an.

Jörgen ist bleich.

»Rosie!«, brüllt er mit brechender Stimme und schiebt seinen mächtigen Oberkörper durch das Fenster.

Laila ist wie gelähmt. Vielleicht durch die Leere im Zimmer. Oder wegen der Panik auf Jörgens Gesicht. Wenig macht ihr so viel Angst, wie wenn Jörgen beunruhigt ist.

Er dreht sich zu ihr, murmelt, er wolle nach dem Auto sehen, verlässt das Zimmer.

Sie bleibt allein zurück. Atmet tief die eiskalte Luft ein. Das Fenster bewegt sich im Wind. Die Angst schließt sich um sie, Tränen steigen ihr in die Augen, alles verschwimmt.

Das muss ein furchtbarer Albtraum sein.

KAPITEL 13

Am Morgen ist es angenehm ruhig im Laden. Eine Stunde der Entspannung, bevor sie öffnen, normalerweise sind dann nur sie und Ulf da. Marianne Johansson sieht auf die Uhr über der Kasse. Viertel vor acht. Wo bleibt er nur? Vielleicht hat er gestern lange an der Fleischlieferung gearbeitet und ist jetzt zu Hause und zieht sich um. Trotzdem ist es seltsam. Ulf war in all den Jahren, in denen sie gemeinsam im Laden arbeiten, noch nie so spät dran.

Sie bindet sich die Schürze mit den roten und blauen Streifen um, die frisch gewaschen duftet. Das gelbe Namensschild steckt bereits über der linken Brust, sie befestigt es immer schon zu Hause, nachdem sie die Schürze gebügelt hat. Ulf schätzt ihre Gewissenhaftigkeit, sie bügelt sogar die Rüschen über den Schultern.

Alles ist bereit. Sie will nur noch etwas mehr frischen Broccoli auslegen. Wie beliebt er doch geworden ist. Mittlerweile verkaufen sie zehnmal so viel Broccoli wie vor einigen Jahren. Dasselbe bei den frischen Kräutern. Wer hätte gedacht, dass sie mal Töpfe mit Petersilie im Laden haben würden? Es ist schwer zu sagen, welcher Bereich in den letzten Jahren am schnellsten gewachsen ist, Obst und Gemüse oder die Fertiggerichte. Vielleicht doch die Fertiggerichte. Nudeln mit Würstchen sind der Renner.

Nachdem Marianne den Broccoli ausgelegt hat, ist es fünf vor acht. Sie wirft einen raschen Blick in den Kühlraum, Ulf hat die Fleischlieferung nicht fertig verarbeitet, so lange kann er demnach gestern Abend nicht geblieben sein. Ihr Magen verkrampft sich. Wo mag er nur sein?

Sie bleibt vor Ulfs Büro stehen. Ein senfgelber Raum ohne Fenster. Der Schreibtisch quillt über vor Papier, hauptsächlich Bestellungen und Quittungen, aber auch Prospekte und alte Werbezettel. Dahinter steht auf dem Boden ein kleiner Tresor, auch auf ihm stapeln sich Unterlagen und Prospekte. Eigentlich ist Ulf recht ordentlich, er hebt einfach nur viel zu viel auf.

Die Pinnwand ist voller Zettel. Viele mit den Namen und Telefonnummern von Jugendlichen, die Arbeit suchen. Ihr wird schwer ums Herz, wenn sie an alle denkt, die etwas von Ulf wollen. Am schlimmsten sind die jungen Mädchen. Ihr falsches Lächeln, das perlende Lachen. Ulf verschließt die Augen vor ihren Manipulationen. Gibt ihnen Ferienjobs, wo sie dann verschlafen, wenn sie überhaupt auftauchen. Gratis Süßigkeiten, Limo und Zeitschriften. Sie nutzen ihn aus, wo sie nur können.

Marianne geht in den Pausenraum und trinkt ihren Kaffee aus. Im Radio laufen Nachrichten. Man diskutiert über die Strecke, auf der Olof Palme das letzte Geleit gegeben werden soll. Das Radio ist sehr leise eingestellt, Ulf will es so. Ein Einkauf im Laden soll nicht deprimierend sein. Sie schaltet es aus, sieht wieder auf die Uhr. Sie macht sich Sorgen, dass etwas passiert sein könnte, will aber nicht bei ihm zu Hause anrufen. Stattdessen geht sie hinaus und schließt auf. An der Kasse schaltet sie alles ein und betätigt den Hebel am Laufband.

Als jemand die Tür öffnet, blickt sie hoffnungsvoll auf. Vielleicht ist es ja Ulf, auch wenn er nie den Kundeneingang nehmen würde.

Ein Mann kommt zur Kasse, Schweißtropfen perlen von seinem Haaransatz. Sie erkennt ihn wieder, er fährt manchmal den Bus. Im Laden hat sie ihn bestimmt auch schon mal gesehen.

»Das ist jetzt wahrscheinlich eine seltsame Frage«, beginnt er, »aber haben Sie gestern Abend gearbeitet?«

»Ja, bis zur Schließung. Warum?«

»Unsere Tochter ist verschwunden, deshalb frage ich jetzt herum, ob jemand sie gesehen hat.«

»Die Jugendlichen heutzutage wissen, wie sie uns Angst machen können, nicht wahr?«

Er ignoriert die Bemerkung, ist sichtbar gestresst. Niedergeschlagen schüttelt er den Kopf und zieht ein Foto hervor.

»Sie heißt Rosie«, sagt er. »Sie haben sie gestern Abend nicht zufällig gesehen? Vielleicht hat sie etwas gekauft? Oder war sie vor der Videothek?«

Marianne erkennt das Mädchen sofort wieder.

»Ja, ich habe sie schon oft hier gesehen«, sagt sie. »Aber gestern nicht.«

»Sind Sie ganz sicher?«

Sie nickt entschieden und legt ihm die Hand auf den Arm.

»Geben Sie mir Ihre Nummer und noch ein paar Informationen, und sobald ich sie sehe, rufe ich Sie an. Wenn Sie das Foto hierlassen, hänge ich es auch auf.«

»Zuletzt haben wir sie gestern zu Hause gesehen, da hatte sie Jeans und ein rosagestreiftes Polohemd an. Ihre Daunenjacke ist auch rosa, ihre Schuhe sind diese großen, dicken, die im Moment alle Kinder anhaben …«

»Moon Boots?«

Er nickt. »In Weiß.«

Marianne macht sich Notizen und gibt ihm den Zettel. Als er seine Nummer aufschreibt, wirkt er für einen kurzen Moment ein wenig erleichtert, bevor er sich verabschiedet und geht.

»Was war denn los?«, fragt Ulf plötzlich hinter ihr.

Sie dreht sich hastig um.

»Da bist du ja. Ich wollte gerade bei dir anrufen und fragen, ob alles in Ordnung ist.«

Er sieht sie müde aus seinen dunkelblauen Agen mit den dichten Wimpern an, gähnt.

»Wie geht es dir eigentlich?«, fragt sie ihn.

»Ich habe schlecht geschlafen«, antwortet er und massiert sich die Schläfen. »Was wollte der Mann? Er ist gegangen, ohne etwas zu kaufen.«

Ulfs dunkle Haare glänzen, als er mit der Hand hindurchfährt. Marianne wird ganz warm, als er sie ansieht.

»Er sucht nach seiner Tochter«, sagt sie und gibt ihm das Foto. Ulf betrachtet es. »Sie ist gestern Abend nicht nach Hause gekommen. Du hast sie wahrscheinlich auch nicht gesehen, oder?«

Er schüttelt den Kopf und gibt ihr das Foto zurück.

»Da drin wartet Arbeit auf mich«, sagt er und deutet ungeduldig auf den Kühlraum.

»Kaffee?«, fragt sie.

Er schüttelt den Kopf.

»Ich will nicht gestört werden«, murmelt er und wird blass.

»Aber Ulf … Du siehst ja ganz verstört aus.«

Er zuckt mit den Schultern und verschwindet wortlos im Kühlraum.

KAPITEL 14

Im Traum sieht Jorun wieder, wie Camilla die Tarotkarten legt. Im Hintergrund hört sie die Landstraße, einen LKW, der bremst, und etwas, das mit hoher Geschwindigkeit getroffen wird. Camilla flüstert lächelnd: *Wir sind doch die Wonder Girls, schon vergessen?* Die Stimme klingt, als käme sie aus einem Aquarium.

Jorun wacht schweißgebadet auf.

Es ist warm im Zimmer, trotzdem hat sie die Bettdecke bis zum Kinn hochgezogen. Zupft an der dicken Naht, wo Mama den Bezug ausgebessert hat. Über ihr ist ein flimmernder Teppich aus Licht, dünne weiße und gelbe Schleier flattern durch die Jalousie herein.

Sie sollte aufstehen und mit Mama frühstücken.

Das weiß sie.

Mama steht immer früh auf. Fährt jeden Tag mit dem Fahrrad zur Arbeit in die Fabrik, egal wie das Wetter ist. Nur wenn hoher Schnee liegt, lässt sie sich von Papa mit seinem alten Fiat Panda fahren. Jorun sieht auf die Uhr an der Wand. Vielleicht ist Mama schon weg. Dann hört sie unten in der Küche Tassenklirren. Stimmt, Mama hat ja gesagt, dass sie heute frei hat und nicht am Fließband stehen wird.

Jorun streckt sich nach den rosa Tabletten, die der Arzt in Oskarshamn ihr gegeben hat. Gegen die Albträume helfen sie nicht, aber wenn sie wach ist, blenden sie die schrecklichen Bilder aus, die Erinnerungen, machen sie ruhig. Vielleicht ist sie wegen der Tabletten so müde und angenehm schlaff. Sie schluckt eine ohne Wasser. Dann hievt sie sich aus dem Bett und versteckt die Tabletten unter der Matratze. Mama würde sie ihr ganz bestimmt wegnehmen.

Der Arzt hat ihr erklärt, dass sie wahrscheinlich Stresssymptome, oder wie auch immer das heißt, entwickeln würde. Aber erst in einigen Wochen. Sie soll auf ihre Träume achten und darauf, ob die Ereignisse sie auch bei Tag verfolgen. Wenn sie bestimmte Situationen meidet oder sich zurückzieht, sind das ebenfalls Anzeichen. Plötzliche Aggressivität oder übermäßige Ängstlichkeit sind mögliche Symptome, außerdem soll sie sich auf Schlafschwierigkeiten einstellen. Jorun denkt, dass das alles bereits auf ihr Leben seit Julias Ermordung zutrifft. Zumindest bis jetzt, da sie dank der rosa Tabletten nicht mehr so viel fühlt.

Im Badezimmer ist alles alt und abgenutzt. Das Waschbecken, die Toilette, die Lampen. Der alte Heizkörper unter dem Fenster heizt nicht mehr. Doch es riecht sauber. Der Boden knarzt, als sie sich auf die Toilette setzt.

Schritte.

»Die Handtücher sind frisch gewaschen«, sagt Mama auf der anderen Seite der dünnen Tür. »Im Schrank liegt eine neue Zahnbürste, Shampoo und Spülung stehen in der Dusche, die Marke, die du magst …«

Die Schritte entfernen sich wieder, die Treppe hinunter.

Jorun lässt sich ein Bad ein. Duschen kann sie nicht, sie erträgt das Geräusch des Wassers nicht. Sie lässt sich in die Wanne sinken, nimmt ihren eigenen Geruch wahr: muffig, nach Zucker, Schweiß, Teewasser und noch etwas anderem.

Etwas Schlimmerem. Tod. Sie weiß, dass sie sich so oft waschen kann, wie sie will, der Gestank nach Camillas Erbrochenem wird immer an ihr haften. Doch das Badewasser tut gut. Vielleicht liegt es an den Tabletten, doch ihr wird warm. Als sie die dreieckige türkisfarbene Flasche Jane-Hellen-Shampoo nimmt, den Verschluss öffnet und den Duft einatmet, wird sie ganz ruhig. Mama hat sich richtig erinnert.

Nach dem Bad geht sie in ihr Zimmer zurück und zieht sich saubere Jogginghosen und ein T-Shirt an. Bei einem raschen Blick in den Spiegel zuckt sie zusammen. Sie sieht eine Fremde mit nassen Haaren und leeren Augen. Der Bluterguss am Hals ist noch deutlich zu erkennen. Bilder stürzen auf Jorun ein, trotz der Tabletten. Sie setzt sich aufs Bett.

»Brauchst du etwas?«, ruft Mama von der Treppe.

Sie steht auf und zieht die Kommodenschublade auf. Macht so viel Lärm wie möglich, damit Mama hört, dass sie etwas tut. Wühlt herum, bis sie ein Poloshirt findet, und zieht sich um.

Der Flur zwischen den Zimmern im Obergeschoss ist leer und leblos. An den Tapeten sind noch die Spuren zu sehen, wo einmal Fotos gehangen haben. Die Tür zu Julias Zimmer ist geschlossen. Jorun bleibt stehen, betrachtet sie ruhig. Drückt die Klinke.

Julia hatte das Zimmer selbst helllila gestrichen, und Mama war ausgeflippt. *Du spinnst doch. Ich habe mehrere Monatsgehälter für die Tapete bezahlt, ist dir das klar?*

Julia hatte überall Bilder von David Bowie aufgehängt. Sie wollte ihren Schmuck und ihr Make-up sichtbar aufbewahren, damit ihre Freundinnen sich fertig machen konnten, während sie Musik hörten, bevor sie in den Ort zogen, um Jungs zu treffen. Vielleicht ärgerten die Jungen Mama am meisten, die Vorstellung, dass Julia jeden Abend da draußen unterwegs war, bei irgendjemandem auf dem Mofa mitfuhr oder, noch schlimmer, mit zu jemandem nach Hause ging. Doch sie konnte Julia nicht aufhalten oder alles, was um sie herum passierte, niemand konnte das. Die Jungen im Ort waren wie verhext von Julia und ihrer Ausstrahlung. Sie war hübsch und lustig, lebhaft. Sie war alles, was Jorun nicht war.

Sie hört Mama wieder in der Küche und kehrt in die Gegenwart zurück. Sie sollte nicht in Julias Zimmer sein. Mama und sie haben eine Übereinkunft. Mama hat versprochen, Julias Sachen erst wegzugeben, wenn Jorun bereit ist, und Jorun hat dafür versprochen, nicht in ihr Zimmer zu gehen.

Und doch ist sie jetzt hier.

Beim Blick in Julias Spiegel erinnert sie sich an die Lippenstiftküsse, die ihre große Schwester immer auf das Glas drückte. Bei dem Spiegel unten in der Diele machte sie das auch immer. Wenn Mama mit ihr schimpfte, grinste sie nur und gab eine freche Antwort.

Auf dem Tisch unter dem Spiegel liegen Julias Haarspangen und ihr Schmuck. Jorun nimmt eine lila Haarspange in die Hand, schließt die Finger darum. Julia war eigen mit ihren Sachen gewesen. Jorun durfte sich nie etwas ausleihen. Jetzt denkt sie an das Schmuckstück, das fehlt. Eine dünne silberne Kette mit einem Anhänger in Form eines J. Es war Julias Lieblingsschmuck, doch jetzt ist die Kette nicht mehr da. Sie muss sie getragen haben, als sie verschwand.

Jorun wendet sich zum Fenster, vor dem immer noch derselbe schwarze Baum steht. Dahinter erstrecken sich die leeren Felder, der Wald und der große Weg.

Sie drückt den Lichtschalter, will alles da draußen ausblenden, doch nichts passiert. Kein Strom. Oder Mama hat alle Glühbirnen herausgedreht. Doch was spielt das für eine Rolle, wenn das Licht für jemanden ist, der tot ist.

Mama kommt auf sie zu, sobald sie die Küche betritt, und zieht Joruns Stuhl zurück. Sie trägt eines ihrer knöchellangen Hauskleider mit braun-grünem Muster. Die dunklen Haare hat sie im Nacken zu einem dicken Knoten geschlungen. Sie lächelt, doch ihre Augen sind schwarze Abgründe.

»Heiße Schokolade?«, fragt sie und reicht ihr eine dampfende Tasse. »Ich habe Sandwiches im Ofen, sie sind gleich fertig.«

Jorun trinkt die heiße Schokolade in einem Zug aus, wischt sich den Mund mit dem Ärmel ab.

Da sieht sie, dass Mama weint. Am Herd lehnt und weint. Jorun weiß nicht, was sie tun soll.

»Verdammt noch mal«, schluchzt ihre Mutter. »Das wollte ich nicht … Ich habe mir doch vorgenommen, nicht zu heulen.«

»Das macht doch nichts, Mama.«

»Verdammt noch mal, Jorun.«

Sie versprüht Speichel, als sie mit der Hand auf den Tisch schlägt.

Jorun kneift die Augen zusammen. Da ist das Donnerwetter, das sie verdient. Die Enttäuschung in Mamas Stimme ist wie eine brennende Ohrfeige.

»Wie kannst du mir und Papa so etwas antun, nach dem, was mit Julia passiert ist? Wie kannst du nur einfach so weglaufen? Wie egoistisch kann man sein?«

Jorun fühlt sich, als habe sie die Verbindung zu ihren Händen verloren, sie kann sich nicht vom Tisch wegbewegen. Will sich nur aufrecht halten und nicht in die Finsternis stürzen. Sich zusammenreißen, damit sie nicht beide zusammenbrechen.

Jorun hat kein Recht, traurig zu sein.

Das weiß sie.

Es ist schließlich ihre Schuld, dass Mama weint und wütend ist.

Mama greift nach ihr, zerrt ihren Kragen nach unten, starrt auf den Bluterguss, der sich darunter verbirgt. Sie zuckt zurück, ihre Augen sind dunkel wie die Nacht, als sie Jorun einen Blick zuwirft, unter dem diese schrumpft. Ein Blick, als wäre Jorun ein fremdes Tier, nicht ihre Tochter. Jorun sitzt nur schweigend da und atmet.

Mama dreht sich zum Herd und holt das Blech heraus.

»Jetzt essen wir«, sagt sie schniefend.

Jorun schielt zu Julias früherem Platz. Der Stuhl ist nicht mehr da. Sie sieht, wie Mamas Hände zittern, als sie ihr Sandwich schneidet, wie sie tief Luft holt, bevor sie die Gabel zum Mund führt.

»Danke für das Shampoo«, sagt Jorun.

Mama nickt, steht auf und holt noch mehr heiße Schokolade. Schenkt ihr bis zum Tassenrand ein.

»Iss jetzt.«

Plötzlich klingelt es an der Tür. Mama geht in die Diele.

»Entschuldigung, dass ich beim Frühstück störe«, sagt Sanna, als sie in die Küche tritt.

Die Stimme ist klar und fest. Sie sieht Jorun freundlich an.

»Kaffee?«, fragt Mama und gießt ihr eine Tasse ein, ohne die Antwort abzuwarten.

Sanna setzt sich auf einen Stuhl und nickt, als ihr Mama

die Kaffeetasse zuschiebt. Dann wendet sie sich an Jorun und mustert sie nachdenklich.

»Wie geht es dir?«

Jorun zuckt mit den Schultern, rutscht auf ihrem Stuhl ein wenig nach unten.

Mama holt Sahne aus dem Kühlschrank und gießt etwas davon in ihren Kaffee. Als sie die Tür schließt, fällt Jorun auf, dass die Zeitungsausschnitte nicht mehr dort hängen. Mama wusste, dass die Polizei heute vorbeikommen würde, vielleicht hat sie sie deshalb versteckt. Artikel über die Todesstrafe, Dokumentationen von Hinrichtungen. Der Kühlschrank sah nicht immer so aus. Vor ein paar Jahren hingen noch Stundenpläne und Zettel für Schulveranstaltungen daran. Doch mit Julias Tod hat sich alles verändert.

Sanna gibt Mama einen Briefumschlag und trinkt einen Schluck Kaffee.

»Wir werden noch einmal mit Jorun über das reden müssen, was im Motel passiert ist. Hier sind ein paar Informationen zu dem Vorgehen. Und ein paar Telefonnummern, wenn Sie mit jemandem reden wollen, einem Psychologen … Das sollten Sie relativ bald machen. Sie beide, damit Sie die Anzeichen erkennen, falls Jorun …«

»Danke«, unterbricht Mama die Polizistin. »Haben Sie Hunger?«

Sanna verneint, trinkt ihren Kaffee aus.

»Haben Sie Fragen an mich?«, erkundigt sie sich ein wenig unbeholfen.

Mama schüttelt den Kopf und verschränkt die Arme vor der Brust. Wirft Jorun einen raschen Blick zu. Beide schweigen.

Sanna steht auf, sieht sich in der Küche um, als erwarte sie, dass jemand aus einer Ecke springen würde.

»Ich gebe Peter Bescheid, Joruns Vater«, sagt Mama. »Er wohnt nicht mehr hier.«

Sanna nickt. Nachdem sie Jorun zum Abschied die Hand auf die Schulter gelegt hat, weicht sie einen Schritt zurück und sieht das Mädchen und seine Mutter an.

Jorun bemerkt eine Veränderung, etwas Forschendes in ihrem Blick.

Alle schweigen.

KAPITEL 15

Der Parkplatz des Gasthauses liegt verlassen da, als Sanna ihn überquert. Kein Mensch ist zu sehen. Sie läuft im Schatten eines Lastwagens. Das Unkraut vor dem Eingang ist gelb und zerrupft.

Der Besitzer steht hinter der Rezeption und blättert in ein paar Unterlagen. Er sieht auf, als sie eintritt, senkt dann aber rasch wieder den Blick und blättert weiter.

»Guten Morgen«, sagt sie. »Ich checke nachher aus …«

Er legt einen Zettel auf den Tresen.

»Sie sollen da anrufen, bevor Sie fahren.«

Auf dem Zettel steht nur der Name »Jussi Rantala« und die Nummer des Reviers in Oskarshamn. Warum versucht man, sie hier zu erreichen, wo sie doch wissen, dass sie heute wieder zurückkommt? Trauen sie ihr nicht zu, dass sie Jorun Larsen abgeliefert hat?

»Kann ich hier mal telefonieren?«, fragt sie.

Schweigend hebt er das Telefon auf den Tresen und schiebt es ein Stück weg, sodass sie zur Seite treten muss. Seine Unfreundlichkeit stört sie nicht. Natürlich weiß er, dass sie Polizistin ist. Und hier will man keine Polizei, nur darum geht es.

Es klingelt, knackt in der Leitung, und die Zentrale verbindet sie mit Rantala. Doch nicht er meldet sich, sondern Torbjörn Fredriksson.

»Ich bin's, Sanna«, sagt sie. »Rantala wollte mich sprechen?«

»Ja, genau. Also, du musst noch bei einer Familie im Ort vorbeischauen, bevor du fährst.«

»Ach ja?«

»Edwall heißen die Leute. Hast du einen Stift? Dann gebe ich dir die Adresse.«

Sie beugt sich über den Tresen, nimmt sich einen Stift, lauscht und schreibt die Adresse auf ihre Handfläche.

»Und warum soll ich da vorbeifahren?«

»Die Tochter hat das Auto der Familie entwendet.«

»Kann sich darum nicht die Polizei in Kalmar kümmern? Die ist näher, und ein Diebstahl fällt auch in ihren Zuständigkeitsbereich.«

»Das ist es ja. Die Eltern glauben, dass es sich um etwas anderes handelt.«

»Was meinst du damit?«

»Sie glauben, dass jemand sie entführt hat. Die Tochter. Und das Auto mitgenommen hat.«

Sanna lässt seine Worte auf sich wirken, dreht dabei Birger Wedin den Rücken zu und schirmt den Mund mit der Hand ab, damit der Gastwirt nicht zuhören kann.

»Du meinst, sie glauben, ihre Tochter ist …«, sagt sie so leise wie möglich.

»Sie sind davon überzeugt, dass jemand sie entführt hat, ja.«

»Aber in dem Fall müssen sich doch Rantala und die Einheit darum kümmern, die …«

»Bei Vermisstenfällen ermittelt, danke, Blondie, das wissen wir. Aber jetzt, mit dem Mord am Ministerpräsidenten, haben wir keine Ressourcen, um noch mehr Menschen zu befragen und Hinweise von der Allgemeinheit entgegenzunehmen. Vor allem nicht, wenn der Wagen und die Schlüssel weg sind. Das ist ein sonnenklarer Fall von einem Mädchen, das das Auto der Eltern genommen und von zu Hause ausgerissen ist. Vielleicht kommt sie nach einem Tag schon wieder. Schaffst du es, hinzufahren und die Eltern zu beruhigen?«

»Ja, aber …«

»Gut, Rantala vertraut darauf, dass du das hinkriegst.«

Dann legt er auf.

»Danke.« Sie nickt Birger knapp zu und stellt das Telefon vor ihm ab.

»Wollen Sie jetzt die Rechnung?«, knurrt er.

Sie schüttelt den Kopf. Er seufzt, dann gibt er ihr etwas. Einen Ortsplan.

»Ich habe gesehen, dass Sie etwas in Ihre Hand geschrieben haben, und nehme an, dass Sie wohl noch wohin sollen, bevor Sie auschecken.«

Sie nickt und entfaltet die Karte. Die Adresse liegt am Ortsrand.

»Ist etwas passiert?«, fragt er.

»Danke«, erwidert sie und gibt ihm die Karte zurück. »Ich räume das Zimmer, wenn ich wieder da bin.«

Als sie von der Hauptstraße in Richtung der gesuchten Adresse abbiegt, kommt sie am Sportplatz vorbei. Das Fußballfeld ist von kahlen Bäumen gesäumt, die Grasfläche löchrig.

Am Gehsteig parkt ein Lastwagen. Der Fahrer sitzt hinter dem Lenkrad und schläft, eine Baseballkappe ins Gesicht gezogen. Ein merkwürdiger Platz, um zu parken. Aber hier ist es ruhiger als bei der Tankstelle oder dem Gasthaus. Sanna muss an Jan Svensson denken. Er hat seinen Laster vor dem Gasthaus abgestellt, dort gegessen und dann ein Zimmer gemietet. Das Zimmer, in dem sie jetzt wohnt. Jedes Mal, wenn sie den Lichtschalter betätigt oder das Wasser im Bad aufdreht, denkt sie daran, dass er das alles auch berührt hat. Vielleicht hat er an jenem Abend auch am Fenster gestanden und sein Spiegelbild im Dunkeln betrachtet.

Ihre Gedanken wandern zu dem Telefonat mit Torbjörn Fredriksson. Der Mord an Olof Palme scheint alles andere zu verdrängen. Plötzlich spielt ein verschwundener Teenager keine Rolle mehr. Nicht in der Welt, in der Jussi Rantala herrscht.

Schon an ihrem ersten Tag auf dem Revier in Oskarshamn hat sie lernen müssen, dass Jussi Rantala die Vermisstenfälle im Bezirk unter sich hat. Die Dienststelle in Kalmar ist größer und sollte daher eigentlich die Ermittlungen koordinieren. Doch im Polizeidistrikt hat Jussi Rantala am meisten Erfahrung mit Vermisstenfällen, und er ist in Oskarshamn stationiert.

Dunkle Wolken ziehen auf, während sie an kleineren Häusern und baufälligen Garagen vorbeifährt, bis sie in ein dichter bewachsenes Viertel gelangt. Rauch steigt aus einem Schornstein. Es ist die Hausnummer, die sie sucht.

Das Haus hat zwei Stockwerke und einen Keller, die Fassade ist mit grauen Eternitplatten verkleidet. Eine Wäscheleine führt über das Grundstück, an der ein Bettlaken und ein Nachthemd hängen. Das Laken hat sich um die Wäscheklammern gewickelt.

Sie hat kaum geklingelt, da wird die Tür schon aufgerissen.

»Laila Edwall«, stellt sich die Frau vor und streckt ihr die Hand entgegen.

Ihre Haare sind so stark toupiert, dass es aussieht, als hätte der Blitz eingeschlagen.

Sanna stellt sich ebenfalls vor. Lailas Augen sind geschwollen, die schwarze Wimperntusche ist in die Krähenfüße in den Augenwinkeln gelaufen.

»Darf ich Ihnen etwas anbieten? Kaffee, Tee? Etwas anderes?«, sagt sie mit erstickter Stimme und führt Sanna ins Wohnzimmer.

»Nichts, danke«, antwortet Sanna. »Könnten Sie mir bitte erzählen, was Sie meinen Kollegen zuvor gesagt haben?«

»Jörgen?«, ruft die Frau. »Die Polizei ist endlich da.«

Ein Mann kommt herein, er hat einen Kugelbauch und lächelt traurig. Er stellt sich vor und setzt sich aufs Sofa. Dreht an seinem Ehering.

»So etwas hat sie noch nie gemacht«, sagt er. »Sie verschwindet nicht einfach, ohne uns Bescheid zu sagen.«

»Sie war in letzter Zeit öfter unterwegs«, erklärt Laila. »Aber sie sagt immer, wohin sie fährt, auch wenn sie weiß, dass wir böse werden.«

»Böse?«, fragt Sanna.

Laila sieht sie aufgebracht an.

»Warum machen Sie sich keine Notizen?«, will sie wissen und wendet sich an Jörgen. »Siehst du? Sie schreibt ja nicht mal was auf. Ich habe doch gesagt, dass sie uns nicht ernst nehmen.«

»Beruhige dich«, sagt Jörgen.

»Tut mir leid«, entschuldigt sich Sanna. »Ich habe meinen Notizblock nicht dabei. Wenn Sie vielleicht Papier und Stift haben? Natürlich nehme ich Ihre Besorgnis ernst.«

Kurz darauf hat sie eine Seite eines Notizblocks mit Informationen zu Rosie Edwall gefüllt. Das Mädchen ist fünfzehn Jahre alt. Einzelkind. Aufgewachsen in Augu, hier wohnen auch ihre Freunde. Wie alle anderen Jugendlichen geht sie in der Nachbarstadt zur Schule und fährt mit dem Schulbus. Laila Edwall arbeitet stundenweise im Altenheim. Jörgen Edwall ist Busfahrer.

»Wann haben Sie Rosie zuletzt gesehen oder mit ihr gesprochen?«, fragt Sanna.

»Das muss gestern Nachmittag gewesen sein«, antwortet Jörgen. »Sie hat etwas gegessen …«

»Joghurt mit Erdbeercreme«, wirft Laila ein. »Sie mag es, wenn ich extraviel Erdbeerpulver hineinrühre. Dann ist sie in ihr Zimmer gegangen und wollte Hausaufgaben machen. Sie hat die Schule immer ernst genommen, hat sich Mühe gegeben …«

»Danach haben Sie sie nicht mehr gesehen? Ist sie nicht nach unten gekommen und hat zu Abend gegessen?«

Laila schüttelt den Kopf.

»Ich habe nur durch die Tür mit ihr gesprochen. Wir gehen nicht hinein, wenn sie ihre Ruhe haben will, sie hat ja Hausaufgaben gemacht. Ich habe ihr das Abendessen vor die Tür gestellt und kurz mit ihr gesprochen.«

»Wie spät war es da?«

»Ich weiß es nicht genau, etwa sechs.«

»Was hat sie gesagt?«

»Wie bitte?«

»Sie sagten, Sie hätten ein paar Worte mit ihr gewechselt. Welche waren das?«

»Ich habe gefragt, ob sie Hilfe bei den Hausaufgaben braucht. Sie hat geantwortet, dass sie ihre Ruhe haben will …« Laila verstummt, wird fast grau im Gesicht. »Ich hätte später noch mal nach ihr sehen sollen … Warum habe ich das nur nicht getan?«

Laila schlägt die Hand vor den Mund, springt auf und eilt aus dem Raum.

»Entschuldigen Sie uns einen Moment«, murmelt Jörgen und folgt seiner Frau.

Sanna sieht sich um. Auf dem Klavier an der Wand stehen Fotos. Sie nimmt eins in die Hand. Ein Mädchen im Teenageralter lächelt ihr entgegen. Das muss Rosie sein. Sie hat eine Zahnspange, weißblonde Locken und grüne Augen. Sommersprossen auf den Wangen. Das Bild ist in einem Garten aufgenommen, vielleicht hinter dem Haus. Licht fällt durch die Baumkronen auf ihr Sommerkleid.

Laila und Jörgen kommen zurück.

»Das war letzten Sommer«, erklärt Jörgen. »Da wurde sie vierzehn.«

Laila nimmt Sanna das Bild aus der Hand, entfernt den Rahmen und gibt ihr das Foto zurück.

»Ich habe noch mehr Abzüge.«

»Mein Kollege hat gesagt, dass Ihr Auto fehlt – richtig? Das haben Sie zusammen mit Rosies Verschwinden entdeckt?«

Laila nickt.

»Hat Rosie das Auto schon einmal genommen?«

»Ja«, sagt Jörgen. »Ich habe den Fehler gemacht und ihr einmal erlaubt, sich hinters Steuer zu setzen, als sie noch klein war, dann hat sie es sich selbst beigebracht … Also ja, manchmal nimmt sie den Wagen. Ich suche immer wieder neue Verstecke für den Schlüssel, aber die findet sie jedes Mal.«

»Sie glauben also, dass sie das Auto genommen hat?«

»Das ist nicht das Problem«, sagt Laila. »Verstehen Sie das nicht? Versteht das denn niemand? Rosie hat das Auto schon früher genommen, aber sie kommt immer wieder heim. Sie gibt uns immer Bescheid, wenn sie bei einer Freundin übernachtet.«

»Und ich nehme an, dass Sie schon bei all ihren Freundinnen angerufen haben?«

»Ja«, bestätigt Jörgen. »Und auch bei den Jungen, mit denen die Mädchen immer herumhängen.«

»Und Verwandte, andere Menschen, die wissen könnten, wo sie sich aufhält?«

»Wir haben bei allen angerufen, sogar bei Jörgens Schwester in Luleå.«

Sanna nickt.

»Sie müssen sie finden …« Laila beginnt wieder zu weinen.

Jörgen legt den Arm um sie, zieht sie an sich. Langsam und gequält dreht er den Kopf zu Sanna.

Sanna zögert.

»Mein Kollege hat Ihnen vielleicht erklärt, wie wir normalerweise bei einer Vermisstenmeldung vorgehen?«

»Ich will nichts mehr hören!«, ruft Laila. »Versteht ihr denn gar nichts? Ihr glaubt, sie sei weggelaufen, aber so ist sie nicht!«

Sanna hebt die Hand, um sie zu beruhigen.

»Fangen wir noch mal ganz von vorn an«, sagt sie und drückt auf den Kugelschreiberknopf. »Sie haben gesagt, Rosie sei in letzter Zeit öfter unterwegs gewesen?«

»Sie ist ja schließlich ein Teenager …«, erwidert Jörgen. »Da ist das doch wohl ganz normal.«

»Was ist schon normal«, meint Laila und streift Jörgens Arm ab.

»Hat sie irgendwelche neuen Freunde erwähnt? Oder öfter von einem bestimmten Ort geredet?«

Laila schüttelt den Kopf.

»Aber sie hatte Bargeld bei sich, das habe ich gesehen. Geld, das sie ganz sicher nicht von uns bekommen hat. Und ich habe auch Bier gefunden, sie hatte es in ihrem Schrank versteckt.«

»Bier?«

»Ich glaube, es ist von Ulf Boström«, schnaubt Laila.

»Das weißt du doch nicht«, beeilt sich Jörgen einzuwerfen. »Deine Fantasie geht gerade mit dir durch, Liebling.«

»Ach ja?«

Der Name kommt Sanna vage bekannt vor.

»Ulf Boström gehört der Lebensmittelladen«, erklärt Jörgen.

Sanna beobachtet Laila, die Angst in ihren Augen, die steifen Schultern.

Sie gehen in die Diele. Sanna legt die Hand auf den Haustürgriff und blickt auf die Jacken, die aufgereiht an der Garderobe hängen.

»Gehört die Rosie?«, fragt sie und deutet auf eine kurze weiße Daunenjacke mit Glitzersäumen.

Laila nickt angespannt.

Sanna nimmt die Jacke vom Haken und befühlt die Taschen. Sie zieht einen Zettel heraus und liest ihn:

»Nicht vergessen: Zahnarzttermin um 15 Uhr!«

Drei Herzen sind hinter die Erinnerung gemalt.

»Ich schreibe ihr immer solche Zettel«, schluchzt Laila.

Sanna nickt. Eine Mischung aus Wiedererkennen und

Trauer, sie weiß noch, wie ihr Vater ihr immer Zettel geschrieben und sie ihr in die Jacke geschoben hat.

»Der ist vom Herbst«, erklärt Laila. »Die Arme musste da oft zum Zahnarzt. Aber nächste Woche soll die Zahnspange endlich entfernt werden …« Ein panischer Ausdruck tritt auf ihr Gesicht. »Warum sollte sie eine Woche, bevor man ihr die verhasste Zahnspange abnimmt, davonlaufen? Hm?«

Als Sanna schweigt, fährt Laila flehend fort: »Rosie würde niemals einfach so weglaufen.« Flüstert: »Ohne wenigstens eine Nachricht zu hinterlassen. Sie mag ja ihre Launen haben, wie die meisten Teenager, aber bösartig ist sie nicht.«

Sanna öffnet die Haustür, doch bevor sie über die Schwelle treten kann, packt Laila sie am Arm.

»Kann ich Ihnen vertrauen?«

»Was meinen Sie?«

»Sie werden sie doch finden?«

Hinter den Brillengläsern laufen die Tränen in die schwarze Schminke. Laila wischt sie nicht ab.

Wieder spürt Sanna Verzweiflung, dieselbe, die sie selbst vor langer Zeit mit sich herumgetragen hat. Als ihr Vater plötzlich nicht mehr da war. Sein Tod hat sie der großen Einsamkeit ins Gesicht blicken lassen.

Sie nickt, auch wenn sie genau weiß, dass es ein Fehler ist.

»Ja«, sagt sie.

Sanna biegt auf den Parkplatz des Gasthauses ein, auf dem einige Lastwagen stehen. Es riecht nach Essen. Hoffentlich bedeutet das, dass sie Birger im Mittagstrubel nicht begegnet.

Rasch geht sie nach oben in ihr Zimmer, legt die Akte zum Mord an Julia Larsen aufs Bett und geht alle Unterlagen noch einmal durch. Sucht nach dem Namen: Ulf Boström.

Dann findet sie ihn.

Das Dokument ist mit der Schreibmaschine geschrieben, mit Tinte wurden Anmerkungen mit fester Schrift hinzugefügt. Sanna liest und hofft, dass es etwas Unwichtiges ist. Vielleicht war Ulf Boström nur einer von vielen, die im Zusammenhang mit dem Mord befragt wurden.

Schon nach dem ersten Satz muss sie diese Hoffnung aufgeben. Laut Regina Larsen gab es Probleme mit dem Mann. Einmal kam Julia aufgebracht nach Hause und sagte, er hätte sie im Laden betatscht.

Laila und Jörgen Edwall glauben, dass Ulf Boström ihrer Tochter Bargeld und Bier gegeben hat. Sie *glauben* es. Es sind Vermutungen. Auch wenn ihn das vielleicht zu einem Widerling und einem Mistkerl macht, muss es nicht heißen, dass er ein Kidnapper oder Mörder ist.

Sie blättert weiter. Ulf Boström hatte ein Alibi für die Nacht, in der Julia Larsen verschwand, er war zu Hause mit seiner Frau Eva.

Ein Foto von Julia Larsen rutscht aus der Akte, es wurde an einem Strand aufgenommen. Sie trägt eine Sonnenbrille und lächelt mit runden, sommersprossigen Wangen in die Kamera. Sanna betrachtet das Foto. Die weißblond gefärbten Locken, deren Ansatz rötlich nachwächst. Es sieht fast so aus, als würde die Kopfhaut bluten.

Sie streckt sich nach dem Notizblock, den Laila und Jörgen ihr mitgegeben haben, und nimmt das Foto von Rosie Edwall heraus. Kneift die Augen leicht zusammen. Da sieht sie es, den Haaransatz. Wie Julia hat auch Rosie sich die roten Haare hellblond, fast schon weiß gefärbt.

Sanna sucht ein anderes Foto von Julia, auf dem sie keine Sonnenbrille trägt, und legt es neben Rosies Bild. Beide haben grüne Augen. Sommersprossen. Sie schaudert.

Nach kurzem Zögern hebt sie den Hörer des Telefons ab, das neben dem Bett steht, wählt die Nummer des Polizeireviers. Sie wird weiterverbunden.

»Jussi Rantala«, meldet er sich verärgert.

»Hier spricht Sanna.«

Rantala schweigt.

»Also, ich bin zu der Familie gefahren, deren Tochter verschwunden ist. Rosie Edwall.«

»Und? Hast du alles im Griff?«

»Ich habe gesagt, dass wir uns alles ansehen und uns dann wegen des weiteren Vorgehens melden, aber …«

»Aber?«

»Die Eltern sind aufgebracht. Sie gehen davon aus, dass sie das Auto genommen hat, aber sind gleichzeitig überzeugt davon, dass dem Mädchen etwas passiert sein muss. Sie glauben, dass Rosie auf gar keinen Fall weggelaufen oder irgendwo untergetaucht ist.«

Rantala schweigt.

»Dann sind mir noch ein paar Sachen aufgefallen, die ihr wissen solltet.«

»Zum Beispiel?«

»Rosie Edwalls Eltern erwähnten einen gewissen Ulf Boström, sie glauben, dass er dem Mädchen Geld und Alkohol gegeben hat. Ulf Boström taucht auch in der Mordermittlung Julia Larsen auf. Julia hatte ihn beschuldigt, sie begrabscht zu haben.«

Rantala seufzt.

»Die Mädchen sehen sich auch unglaublich ähnlich«, fährt Sanna fort.

»War es das jetzt?«

»Ich habe gestern Abend auch noch mehr zu Jan Svensson gelesen. Julia Larsen hat nicht die geringste Gemeinsamkeit mit seinem anderen Opfer, Lydia Ström, der Frau aus Malmö. Das ist mir aufgefallen …«

»Jetzt reicht es.«

»Sollten wir nicht wenigstens weiter wegen Rosie Edwalls Verschwinden ermitteln? Wir können das doch nicht einfach aufschieben …«

»Ich habe von deinem Vater gehört«, unterbricht Rantala sie. »Dass er ein guter Polizist war. In Visby, richtig?«

Sie weiß nicht, was sie darauf erwidern soll.

»Man erzählt sich, dass er auch ein elender Sturkopf war.«

Ihr Puls beschleunigt sich. Am liebsten hätte sie Rantala gesagt, dass sie nicht über ihren Vater sprechen kann, doch sie wagt es nicht. Stattdessen hört sie zu, wie Rantala ihr einen Vortrag hält, dass sie lernen muss, zuzuhören und Befehle zu befolgen, dass sie gerade andere Prioritäten haben als einen Teenager, der gegen seine Eltern rebelliert.

Ihr wird klar, dass sich bei der Polizei keiner dafür einsetzen wird, Rosie Edwall zu finden. Sie sieht Laila Edwalls rotverweintes Gesicht vor sich. Denkt an das Versprechen, das sie ihr gegeben hat.

Sie räuspert sich nachdrücklich.

»Ich würde gern ein paar Tage freinehmen«, hört sie sich selbst sagen. »Wenn das möglich ist.«

Rantala schweigt, dann seufzt er.

»Willst du das wirklich? Du hast gerade erst angefangen,

und da macht es keinen guten Eindruck, gleich Urlaub zu nehmen.«

Sie wartet.

»Aber nun gut«, meint er. »Wir haben hier viel zu tun, und vielleicht ist es sogar besser für dich, wenn du dich ein paar Tage ausruhst. Was du im Motel erlebt hast, war sicher nicht leicht zu verkraften.«

»Und mein Zimmer hier im Gasthaus?«

Er überlegt.

»Die Rechnung geht an mich. Das sollte kein Problem sein. Ein paar Tage hin oder her sind in Ordnung.«

»Danke.«

»Bist du sicher, dass du dort bleiben willst?«

Vor ihr auf dem Bett liegen die Fotos von Julia Larsen und Rosie Edwall.

»Ja«, antwortet sie.

KAPITEL 16

Die Farbe des Himmels erinnert an eine matte, erloschene Glühbirne. Ein Vogelschwarm zieht über die Hausdächer. Stare. Harriet stellt sich das schimmernde Gefieder da oben vor. Blau, Grün, Purpur.

Sie kommt gerade aus der Bibliothek, wo sie Tageszeitungen gelesen hat. Das macht sie so oft wie möglich, auch wenn es sie wütend auf dieses verdammte Land macht.

Als sie damals mit ihrer Mutter herkam, hatte sie sich Schweden als geschäftig und gesund vorgestellt. Ein Land, das atmete und hoffte. Mit Erde voller Rohstoffe und wertvollen Mineralien, nahezu unbegrenzten natürlichen Ressourcen. Menschen, die einander gleichgestellt waren. Der unglaubliche technische Fortschritt. Doch nach und nach bekam das perfekte Bild aus blauen Augen, Lächeln und Volvos Risse.

»Liebst du mich«, fragte ihre Mutter sie, als sie das erste Mal gemeinsam die Buchhaltung machten.

Das immer stärker werdende Gefühl, dass etwas nicht stimmte. Sie saßen mit Block und Stift am Küchentisch, überall lagen Quittungen verstreut. Dazwischen Geldbündel und Schalen mit Münzen. Mama besaß die kleine Wäscherei im Zentrum von Stockholm damals seit fast einem Jahr. Es war Zeit für die Steuererklärung.

Mama kaute an den Nägeln und beobachtete sie.

»Du weißt doch, dass ich dich liebe«, sagte Harriet. »Über alles in der Welt.«

Mama schob die Hand unter den Blusenkragen und ließ die Schultern sinken. Seufzte laut.

Harriet wurde nervös. Ihre Hand zitterte, als sie ein paar Quittungen näher zu sich heranzog. Vielleicht war etwas mit der Verwandten, die Mama das Geld für den Kauf der Wäscherei geliehen hatte. Vielleicht wollte sie es zurück.

»Gibt es ein Problem mit Angela?«, fragte sie. »Sie hat doch gesagt, dass du das Geld erst zurückzahlen musst, wenn der Laden läuft …«

»Nein«, fiel Mama ihr ins Wort. »Mit Angela ist alles in Ordnung.«

Vor dem Fenster rauschte der Wind in der Eiche. Die Krähen schwiegen. Harriet bekam Angst.

Mama kaute an einem Nagel und beugte sich vor. Ihre Augen verdunkelten sich.

»Die Männer wollen nie eine Quittung. Ich weiß nicht, was ich machen soll …«

Die Männer. In der Staatskanzlei arbeiteten hauptsächlich Männer, und die kleine Wäscherei lag nur ein paar Blöcke davon entfernt. Doch auch Bankangestellte und andere Finanzfachleute arbeiteten in dem Viertel. Sie wusste, dass viele ihre Wäsche abgeben wollten, ohne dass man sie zu ihnen zurückverfolgen konnte. Sie wollten keine Quittung, die Ausgaben sollten nicht in der Buchhaltung auftauchen. Mama hatte das schon ein paarmal erwähnt.

Harriet legte die Hand auf den Arm ihrer Mutter.

»Du musst es ihnen sagen. Sonst stimmt die Kasse nicht.«

Mama sieht plötzlich erschöpft aus. Müde und zynisch.

»Dann bringen sie ihre Sachen woanders hin …«

»Dann sollen sie das tun.«

»Und schicken die Polizei zu mir, weil ich ja schon schwarz gearbeitet habe.«

Harriet sieht ihre Mutter hinter dem Tresen in der kleinen Wäscherei vor sich, und ein Schauder überläuft ihren Rücken. Die Männer, die mit ihren schmutzigen Anzügen kamen und flüsterten, die müssten gedämpft werden, und bezahlen wollten sie schwarz. Anzüge mit Alkohol- und Lippenstiftflecken. Einmal hatte Mama ein kleines Tütchen Kokain in einer Hosentasche gefunden. Harriet hatte mit ihr geschimpft und darauf bestanden, dass sie den Auftrag ablehnte. Doch ihre Mutter hatte nicht auf sie hören wollen.

»Wie schlimm ist es?«, fragte Harriet jetzt.

Mama sah sie an.

»Schlimm …«

»Das muss aufhören, Mama. In diesem Land ist es gefährlich, seine Bücher nicht korrekt zu führen.«

Mama sah sie aus Augen an, die sie nicht wiedererkannte.

»Glaubst du, das weiß ich nicht?«

»Mama …«

»Ich muss weitermachen, nur noch ein bisschen.«

Harriet spürte, wie ihre Wangen heiß wurden, und sie verfluchte sich, dass sie sich nicht von Anfang an mehr mit der Firma und den Büchern beschäftigt hatte. Doch sie hatte ja ihre Putzjobs. Die Wäscherei war der Traum ihrer Mutter. Herrenhemden waren ihre Spezialität. Sie entfernte Flecken und bügelte Kragen und Manschetten für einige der mächtigsten Männer des Landes.

An jenem Abend hielt Harriet die Hände ihrer Mutter,

seufzte und nickte, als ob sie akzeptierte, dass sie Komplizinnen waren. Mamas Hände waren rot und schmerzten, wie jeden Abend. Sie zitterten. Harriet sollte sie noch oft in ihren Albträumen sehen.

KAPITEL 17

Jorun schiebt einen Fuß aus dem Bett, hört ihre Mutter unten in der Küche herumhantieren. Der Nachmittag ist grau und verregnet, das sieht sie durch die Ritzen in der Jalousie.

Sie sollte aufstehen.

Das weiß sie.

Mama machte sich bestimmt Sorgen, weil sie nach dem Frühstück nicht mehr hinuntergekommen ist. Mama, die sich vom Fließband freigenommen hat, an dem sie jetzt sonst sitzen und Bauteile aus rostfreiem Stahl für Küchenmaschinen sortieren würde.

Als sie die Jalousie hochzieht, fällt mattes Licht ins Zimmer. Das Fenster ist außen schmutzig, in einer Ecke hängt ein Spinnennetz. Die Spinne ist tot, zu einer Kugel zusammengekrümmt schaukelt sie zusammen mit Fliegen und Mücken im Netz. So fühlt sich Jorun auch, voller Schmutz und toter Insekten.

Vielleicht ist sie deprimiert. Keine Ahnung. Vielleicht ist sie auch nur traurig. Manchmal überlegt sie, ob sie es schaffen würde, sich das Leben zu nehmen, doch dann denkt sie an ihre Mutter. Klar, die hat noch Papa, auch wenn sie kein Paar mehr sind. Sie braucht Jorun nicht. Aber sie denkt daran, wie sehr es Mama trotzdem quälen würde, alle Fragen und Spekulationen, wenn sie noch ein Kind verlieren würde.

Jorun holt die Tabletten unter der Matratze hervor. Sie hat bereits die Maximaldosis für einen Tag genommen. Trotzdem nimmt sie noch eine halbe Tablette. Lieber etwas apathisch sein als die höllischen Bilder ertragen müssen.

Sie geht zur Kommode, bürstet sich halbherzig die Haare. Hält inne. Dann zieht sie eine Schublade auf und holt unter Strümpfen und Unterwäsche die Parfümflasche mit dem blauen Plastikverschluss hervor. *Date Pamela.* Das Mädchen auf der Flasche ist schlank und fröhlich. Jorun hasst sie. Aber das war Julias Lieblingsduft, die Flasche gehörte ihr. Nur deshalb hat Jorun sie. Sie riecht nach Hyazinthen, Rosen und Sandelholz.

Sie sollte Julia besuchen und das Parfüm mitnehmen, wie immer ein bisschen davon auf den Grabstein sprühen. Es ist albern, das weiß sie, aber sie macht es trotzdem. Wenn Mama zum Grab gehen würde, würde sie echte Blumen mitbringen. Aber Mama geht nie zum Grab.

»Hast du das Wetter gesehen?«, sagt Mama, als Jorun in die Küche kommt.

»Nein, habe ich nicht«, antwortet sie, obwohl das nicht stimmt. Sie schafft es nur nicht, darüber zu reden.

Sie lässt den Pulloverärmel über die Parfümflasche gleiten, die sie in der Hand hält. Dann zieht sie den Polohemdkragen über den Hals, damit Mama den Bluterguss nicht wieder sehen muss. Doch es ist zu spät.

»Tut es weh?«, fragt sie und schluckt, wie immer, wenn sie nicht weinen will.

Jorun zuckt mit den Schultern. Mama tätschelt unbeholfen ihren Arm.

»Wir müssen bald darüber sprechen, wann du wieder in

die Schule gehst. Ich habe für morgen einen Termin beim Arzt vereinbart. Ich komme mit.«

»Ich kann allein gehen«, sagt Jorun und merkt, wie abweisend sie klingt. »Wenn es dir recht ist …«

»Papa könnte stattdessen mitkommen, wäre dir das lieber?«

Jorun schüttelt den Kopf.

»Ich habe Peter gebeten, dass er an den Tagen, an denen ich arbeiten muss, hier ist.«

Jorun will sagen, dass sie allein zu Hause bleiben kann. In ihrem Kopf ist sie sowieso immer noch in dem Motelzimmer hinter dem Neonschild. Wenn sie die Augen schließt, sieht sie Camilla vor sich, wie sie auf die Karte mit dem Schicksalsrad deutet. Die Tür zum Zimmer 1033, die zufällt.

Doch Mama und Papa verstehen es nicht. Für sie ist sie immer noch ein Kind. Mama steht vor ihr, im selben Raum, und ist trotzdem so weit weg. Jorun weiß nicht, wie viel die Polizei ihren Eltern über Camilla, Jimmy und das Motel erzählt hat. Sie kann jetzt auch nicht darüber nachdenken.

»Ich komme allein zurecht«, sagt sie nur leise.

Mama seufzt und blinzelt nervös. Erst jetzt bemerkt Jorun, dass sie sich geschminkt hat. Der hässliche Schal um den Kopf ist neu, oder zumindest hat sie ihn bisher noch nie gesehen. Rosa mit weinrotem und grünem Muster, das wie Melonen aussieht.

»Hast du Hunger?«, fragt sie.

Jorun schüttelt den Kopf.

»Ich dachte, du könntest zum Laden mitkommen, und wir kaufen gemeinsam ein? Wir könnten Birnenhälften und After Eight für heute Abend mitnehmen?«

Jorun schüttelt wieder den Kopf, spürt, wie sich die Stimmung ihrer Mutter verschlechtert.

Plötzlich versteift sich Mama, ihr Blick flackert unruhig. Dann deutet sie auf etwas. Die Parfümflasche. Jorun hat ganz vergessen, dass sie sie in der Hand hält.

»Nein«, sagt Mama. »Du gehst nicht zum Grab, nicht heute.«

»Doch.«

Mama schluckt wieder.

»Ich muss morgen arbeiten«, sagt sie. »Um diese Jahreszeit sind alle krank, und wenn die Lieferungen nicht fertig werden, muss die Fabrik vielleicht zumachen … Ich dachte, dass wir den Tag heute zusammen verbringen könnten. Ich fände es schön, wenn wir zusammen wären …«

»Dann komm mit zum Friedhof.«

Wut lodert einen Moment im Blick ihrer Mutter auf.

»Sei nicht frech.« Ihre Augen werden feucht. »Du hast kein Recht …«

Jorun senkt den Kopf. Mama nimmt ihr die Parfümflasche aus der Hand.

»Geh und binde dir die Haare hoch. Wir gehen in zehn Minuten.«

Jorun seufzt innerlich. Mama sagt ständig, sie soll sich die Haare hochbinden. Das heißt, sie findet, dass ihre Tochter ungepflegt aussieht.

Sie will gerade gehorchen, als sie sieht, wie Mama die Parfümflasche in den großen schwarzen Mülleimer wirft.

Joruns Wangen werden heiß. Sie schiebt Mama zur Seite und holt hektisch das Parfüm aus dem Mülleimer, der dabei umkippt. Essensreste und Kaffeesatz verteilen sich auf dem Boden. Als Mama ihr die Flasche wieder entreißen will, stößt Jorun sie vor Wut von sich.

»Hey! Was ist denn in dich gefahren?«, ruft Mama, als Jorun in Schuhe und Jacke schlüpft und aus dem Haus rennt.

Die kleine Kirche kommt in Sicht. Ihr kommt es vor, als ob der Friedhof sie sieht, als ob Namen und Jahreszahlen sich ihr zuwenden. In diesem Augenblick empfindet sie immer den größten Wehmut, die letzten Meter bis zum Grab sind die schwersten.

Neben Julias Grabstein geht sie in die Hocke, legt die Hand darauf. Die Parfümflasche ist schwer in ihrer Tasche, doch zuerst muss sie alles schön machen. Sie schiebt Laub und Nadeln zusammen und trägt alles zum Kompost. Dann nimmt sie das Grablicht aus der Leuchte, es ist die Marke, die Papa immer kauft.

»Mama ist schon wieder erkältet«, lügt sie und streicht über die graubraunen Äste des kleinen Rosenstrauchs. »Sie kann auch heute nicht vorbeikommen, aber sie lässt grüßen. Du weißt, dass sie kommen will, aber sie schafft es nicht.«

Sie kniet sich hin und sprüht Parfüm auf den Grabstein. Der Duft nach Rosen und Sandelholz. Dass es immer noch so gut riecht, obwohl doch schon ein paar Jahre vergangen sind.

Feuchtigkeit durchdringt ihre Hose, es ist, als ob etwas langsam von unten nach ihr greifen würde.

Aus dem Augenwinkel sieht sie eine Bewegung auf dem Parkplatz. Zwei Menschen steigen aus einem Auto. Es muss bereits bei ihrer Ankunft dort gestanden haben, denn sie hat es nicht kommen hören.

Da erkennt sie Andreas und Minna.

Andreas Ljunggren war damals Julias Freund. Jorun hatte sie einmal überrascht, als sie unter den nackten Bäumen hinter dem Haus knutschten. »Ich liebe ihn«, hatte Julia ein paar Stunden später gesagt, als sie nebeneinander am Esstisch saßen, vor sich jede einen Teller mit Blutpudding. Mama hatte nichts gesagt, wie meistens, wenn Julia von Jungs sprach. Sie wusste, dass Julia einen Freund hatte, doch sie wollte nicht darüber reden.

Minna Karlberg war seit der Grundschule Julias beste Freundin gewesen. Sie hatten nebeneinander gesessen, bis Julia Andreas kennengelernt hatte. Danach war sie so oft mit den beiden zusammen wie möglich. Minna vergötterte Julia. Machte ihren Kleidungsstil und ihr Make-up nach, sogar ihre Art zu sprechen und zu gehen. Als Julia starb, schien Minna auch zu sterben, verließ das Haus nicht mehr. Doch jetzt steht sie da drüben, mit Andreas, und sie halten Händchen.

Jorun friert plötzlich. Minna sieht anders aus. Größer, breiter. Die Jeans sitzt eng an den Oberschenkeln, ihr Gesicht ist wie versteinert, der Kopf wirkt riesig.

»Hallo«, sagt Andreas, als sie näher kommen.

Jorun nickt langsam.

»Wie geht's?«, fragt er.

Jorun kann nicht denken, sieht nur Minnas Hand in seiner. Plötzlich sind ihr die beiden fremd.

»Seid ihr zusammen?«, hört sie sich sagen und ärgert sich sofort darüber.

»Ja.« Minna legt seine Hand an ihre Wange.

Andreas windet sich, tritt mit dem Fuß gegen die Erde. Er trägt seine üblichen Sneakers mit hässlichen neonfarbenen Schnürsenkeln. Jorun nickt, will einfach nur weg. Erst da fällt ihr auf, dass Minna ein Grabgesteck in der anderen Hand hält.

»Ich …« Jorun blickt zur Kirche, sieht einen Fluchtweg. »Ich gehe mal rein.«

In der Kirche riecht es muffig. Die Holzwände sind mit Malereien in Rot, Blau und Weiß bedeckt.

Sie wischt sich mit dem Jackenärmel über die brennenden Augen. Begreift es nicht. Andreas und Minna, ein Paar. Am liebsten würde sie sich übergeben, fühlt sich aber merkwürdig kraftlos. Wenn nicht schon jemand weiter vorne säße, würde sie sich auf eine Bank legen.

Der Mann kommt ihr bekannt vor. Seine Schultern sind steif, und er scheint leise vor sich hin zu murmeln. Sie geht zu ihm.

Da dreht er sich um.

»Hallo«, sagt sie leise.

Es ist der Besitzer des Lebensmittelladens. Er hält ein kleines Kruzifix an einem dünnen Lederband, das er sich ums Handgelenk gewickelt hat. Es wirkt, als wolle er ihr das Kruzifix geben, er hält es vor sich wie einen Knochen für einen Hund. Vielleicht soll das aber auch irgendein komischer Gruß sein.

»Ich hätte nicht gedacht, dass noch Menschen hierherkommen«, sagt er.

Er hat seine Haare mit zu viel Pomade frisiert, an manchen Stellen steht es steif ab. Seine Augen sind dunkelblau. Er scheint sie nicht zu erkennen, was angenehm ist.

»Setz dich.« Plötzlich huscht doch Erkennen über sein Gesicht. »Jorun, nicht wahr?«

Sofort hat sie das Gefühl, als hätte ihr jemand Hörner auf die Stirn gemalt. Natürlich weiß er, wer sie ist. Alle wissen es.

Er dreht sich zurück zum Altar. Sie setzt sich neben ihn, auch wenn sie nicht genau weiß warum.

»Warst du am Grab deiner Schwester?«, fragt er.

Sie nickt. Blickt auf ihre Hände im Schoß. Überlegt, bei welchem Grab er gewesen sein könnte oder warum er überhaupt hier sitzt.

»Manchmal komme ich her, wenn ich eine Pause brauche«, erklärt er, als hätte er ihre Gedanken gelesen. »Ich heiße übrigens Ulf.«

»Ich weiß.«

Er zieht einen Flachmann hervor und trinkt mit in den Nacken gelegtem Kopf daraus. Dann hält er ihr das Fläschchen hin.

»Darf man hier drin trinken?«, fragt sie leise.

Er mustert sie mit diesen dunkelblauen Augen.

»Darf man hier drin reden?«

Sie antwortet nicht.

»Willst du jetzt oder nicht?«

Sie strafft die Schultern, denkt an die Tabletten, die sie genommen hat, schüttelt den Kopf. Dann entscheidet sie sich doch um, greift nach der Flasche und trinkt einen Schluck. Dann noch einen, bevor sie den Flachmann zurückgibt. Kribbelnde Wärme breitet sich in ihrem Brustkorb aus.

Er verstaut den Flachmann wieder in seiner Innentasche.

»Wie alt bist du?«, fragt er.

»Sechzehn.«

»Dann hast du dein ganzes Leben noch vor dir.«

Daran will sie nicht denken. Eigentlich will sie nur im Bett liegen und dösen, bis das Leben vorbei ist.

»Wenn ich traurig bin, vergesse ich manchmal, wie man

betet«, sagt Ulf. »Ich meine, ich bete die ganze Zeit, doch es bedeutet nichts.«

»Ich bete nie.«

»Aber irgendwann wirst du es tun, bevor du stirbst.«

Sie schluckt. Fühlt sich etwas benommen vom Alkohol.

»Warum sind Sie traurig?«, fragt sie.

Er blickt auf das Kruzifix, nestelt an dem Lederband. Sie schweigen. Er hat etwas Unbeholfenes an sich, die eingesunkenen Schultern wirken, als würde etwas Schweres auf ihm lasten.

»Geh jetzt besser heim«, sagt er. »Ich werde noch mehr trinken und dann vielleicht Unsinn reden.«

Sie dreht den Kopf zur Seite.

»Du willst nicht heimgehen?«, fragt er.

Er ist quasi ein Fremder, der ihr gerade Alkohol angeboten hat. Sie sollte aufstehen und davongehen. Trotzdem macht sich ein verwirrendes Gefühl in ihr bemerkbar, das sie nicht versteht. Vielleicht liegt es daran, dass sie in einer Kirche sitzen, vielleicht an der Atmosphäre von Geborgenheit. Vielleicht auch am Alkohol.

»Meine Mutter kapiert überhaupt nichts«, sagt sie.

»Das tun die meisten Menschen nicht.«

Sie senkt den Blick.

»Da kann man nicht viel machen«, fährt er fort. »Aber manchmal hilft es, tief durchzuatmen. Vergiss nicht, dass du nicht allein bist.«

Es fühlt sich tatsächlich gut an, tief ein- und auszuatmen. Allein ist sie trotzdem.

»Hast du jemanden, mit dem du reden kannst? Ein Lehrer oder ein anderer Erwachsener, dem du vertraust?«, fragt er.

Jorun zuckt mit den Schultern und schüttelt den Kopf.

Er betrachtet sie. »Du kannst es mir erzählen, wenn du willst.«

Sie fühlt sich immer noch komisch, denkt an Andreas und Minna, an Mama und Julia, alles ist aus dem Gleichgewicht.

»Wenn es dir hilft, kannst du auch nur ein paar Sachen erzählen. Du musst nicht ins Detail gehen, wenn du nicht möchtest.«

Ihr Hals ist rau und trocken. In ihrem Kopf herrscht Stille. Die Erinnerungen an die letzten Jahre kommen zurück.

Sie weiß überhaupt nicht, wo sie anfangen, mit welchen Worten sie die Hölle beschreiben soll, seit Julia verschwunden und gestorben ist. Die erstickende Atmosphäre zu Hause ist kaum in Worte zu fassen, Mama, die gar nicht richtig da ist. Die lähmende Stille im Haus. Wie sie spürt, dass Mama wütend und voller Vorwürfe ist. Doch als sie zu erzählen beginnt, kann sie für einen Moment alles loslassen. Das Gefühl ist kalt und klar, als ob es in ihr schneien würde.

Nachdem sie geendet hat, betrachtet Ulf sie. Nicht irgendwie eklig, nicht herablassend, eher, als würde er sie umarmen. Sein Blick ist offen, unverhüllt. Es ist schön, dass er nichts sagt. Sie braucht keinen Freund, sie braucht ein Wunder. Vielleicht braucht er das auch, wenn er in einer Kirche sitzt und trinkt.

Der Regen setzt wieder ein. Schweigend lauschen sie dem Trommeln über ihnen. Aus dem Augenwinkel sieht sie, dass seine Augen feucht sind.

»Ich habe etwas, das deiner Schwester gehört hat«, sagt er.

Ihr wird eiskalt. Hat sie richtig gehört?

»Ich möchte es dir ein anderes Mal geben«, fährt er fort.

Wieder schweigen sie. Jorun schabt mit dem Schuh über den Boden.

»Was meinen Sie? Was haben Sie von ihr?«

Er antwortet nicht.

Sie blickt auf das Kruzifix in seiner Hand. Unter der Jesusfigur sitzt ein Totenschädel. Immer wieder streicht er mit den Fingern darüber, vor und zurück, wie eine Liebkosung.

»Gott helfe uns«, flüstert er. »Hilf uns …«

Jorun rückt ein wenig von ihm ab. Die Luft zwischen ihnen scheint zu beben. Sie eilt nach draußen in den Regen.

KAPITEL 18

»Wo ist Ulf eigentlich?«

Kenneth Göransson sieht sich neugierig um, während er die Süßigkeitenfächer an der Wand auffüllt. Marianne seufzt, als er sich eine Schaumzuckermaus in den Mund schiebt, bevor er zu den roten Ferrari-Gummiautos weitergeht.

»Kenneth, das darfst du nicht. Du weißt doch, wie wichtig die Hygienevorschriften sind.«

Trotzig nimmt er ein Stück Lakritz mit den Fingern. Dann starrt er in den Behälter mit den sauren Fischen, der fast leer ist.

»Also, wo ist er?«, beharrt er. »Er muss mir ein paar Sachen bestellen. Wir haben auch bald keine Bonbons mehr.«

Marianne weiß nicht, was sie antworten soll. Sie könnte sagen, dass er einen Termin bei einem Lieferanten hat, dass er schon Bonbons nachbestellt hat, dass sie bald eine fantastische neue Auswahl für die Süßigkeitenwand haben werden, die beste überhaupt. Doch sie will nicht lügen.

»Ich weiß es nicht«, sagt sie daher nur.

»Du *weißt* es nicht?«

»Genau. Ich weiß nicht, wo er ist. Er hat mir nicht einmal gesagt, dass er weggeht, deshalb weiß ich nicht, seit wann er schon unterwegs ist. Oder wann er zurückkommt.«

»Nicht einmal dir hat er gesagt, dass er weggeht?«

»Nein.«

Kenneth ist sichtlich verwirrt und weiß nicht, was er mit seinen Händen anstellen soll.

Kenneth ist ein seltsamer Mensch. Nichts scheint ihn erheitern zu können, er ist cholerisch und impulsiv und somit ein leichtes Opfer für die gelangweilten Jugendlichen im Ort, die sich bei jeder Gelegenheit über ihn lustig machen. Wenn sie ihn sehen, rufen sie ihm aus sicherer Entfernung Gemeinheiten zu, harte Worte über seine geringe Intelligenz, denen er nicht gewachsen ist. Ihr Lachen hallt durch die Luft, wenn er ihnen schließlich nachrennt.

Am schlimmsten ist es, wenn er getrunken hat. Der Alkohol macht ihn aggressiv, und er gerät oft in Streit. Einmal warf er eine abgebrochene Flasche nach einem Mann, der zu ihm gesagt hatte, er solle sich beruhigen. Ein anderes Mal musste eine Frau, die ihn Dorftrottel genannt hatte, vor ihm davonlaufen, weil er sich auf sie stürzen wollte. Marianne wird kalt, als sie daran denkt. Doch im Laden strengt Kenneth sich an. Er ist stark und nützlich im Lager, immer nett zu den Kunden und beklagt sich nie, wenn der Lohn mal ein paar Tage später kommt.

Sie erinnert sich noch an Kenneths ersten Tag im Laden, vor fünf oder sechs Jahren. Auf dem Weg zur Arbeit hatte er Pilze gesammelt, sie mit in den Laden genommen und sie Ulf gezeigt, um sie zu verkaufen. Als Ulf ihm sagte, dass er Kegelhütige Knollenpilze erwischt hatte, die einen Menschen umbringen konnten, wurde Kenneth so wütend auf sich selbst, dass er sich in der Toilette einschloss. Dort saß er über eine Stunde, bis sie ihn überreden konnten, wieder herauszukommen.

Ulf machte sich deswegen Sorgen. Er hätte so gerne, dass

Kenneth normal wäre, jemand, der eines Tages vielleicht den Laden übernehmen könnte. Doch ihm war damals schon klar, dass das nicht passieren würde. Deshalb sollte sich Kenneth auch um das Lager kümmern und Regale einräumen.

Jetzt steht er verloren da. Das Gesicht voller Aknenarben. Vielleicht denkt er daran, wie es beim letzten Mal war, als Ulf verschwand. Es war vorgekommen, dass Ulf mehrere Tage nicht da war, bis er hohläugig und bleich wieder auftauchte. Schließlich ging er zum Arzt, bekam Tabletten, und alles wurde wieder normaler. Er kam zur Arbeit und erledigte seine Aufgaben. Auch wenn seine Stimmung wechselhaft war, funktionierte er einigermaßen.

»Willst du nicht zu Hause anrufen und fragen, ob es ihm gut geht?«, erkundigt sich Kenneth. »Damit wir mehr Süßigkeiten bestellen können, meine ich.«

»Später vielleicht.«

Als Kenneth ins Lager geht, murmelt er vor sich hin. Ein Zeichen, dass er wütend ist. Sie versucht zu verstehen, was er sagt, hört aber nur einzelne Wörter.

»… blöde Alte …«

Marianne zuckt zusammen. Sie will ihn zurechtweisen, aber meint er wirklich sie? Warum sollte er so etwas Gemeines über sie sagen? Manchmal redet Kenneth leise über Kunden oder irgendetwas anderes, das tagsüber passiert ist. Vielleicht geht ihm nur gerade etwas durch den Kopf.

Als sie zur Kasse zurückgehen will, bleibt ihr Blick an der Vermisstenmeldung zu Rosie Edwall hängen, die sie am Schwarzen Brett neben dem Eingang befestigt hat. Jemand hat den Zettel weiter nach unten gehängt, sodass er nicht gleich ins Auge fällt.

Sie hängt ihn wieder nach oben, geht ins Lager und öffnet die Tür zum Personalparkplatz, um sich nach Ulf umzusehen.

Da ist er.

Langsam hievt er sich aus seinem Wagen. Sie sieht, dass er betrunken ist. Er hat die Fäuste geballt, die Kiefer sind angespannt. Sein Gesicht ist gerötet, vielleicht hat er geweint.

Sie seufzt. Gestern hatte sie noch gedacht, es ginge ihm gut.

Stattdessen stürzt er wieder in die Dunkelheit ab.

KAPITEL 19

Eva Boström hat Ostkaka gemacht. Die runde Form steht im Ofen, und schon bald hat der Kuchen eine sonnengelbe Farbe. Ein köstlicher Duft erfüllt das Haus. Sie hat ihre Klatschzeitungen versteckt und die Sofakissen aufgeschüttelt. Auf dem Couchtisch steht eine Schüssel mit Süßigkeiten aus dem Laden, neue Sorten, die noch keiner von ihnen probiert hat.

»Himmel, schmeckt das gut«, sagt Ulla und seufzt verzückt. »Wisst ihr noch, als die Süßigkeiten unter einer Glasscheibe im Laden aufbewahrt wurden? Und wie lange es gedauert hat, bis man etwas bekommen hat? Und jetzt das hier … Wir bekommen noch alle Kugelbäuche.«

Ulla ist hochschwanger, zum fünften Mal. Sie legt die Hände über den prallen Bauch und lächelt zufrieden.

»Ich massiere ihn morgens und abends mit Öl«, sagt sie. »Natürlich habe ich trotzdem Dehnungsstreifen, aber ein bisschen hilft es auf alle Fälle. Am schlimmsten sind die blauen Adern an den Brüsten.«

»Bei mir war das Anschwellen am schlimmsten«, sagt Ninni. »Ich musste ständig Typen abwehren, die waren ganz wild auf meine großen Brüste. Und der Körpergeruch scheint sich auch zu verändern. Mir haben jedenfalls noch nie so viele nachgeschaut wie damals, als ich mit Henrik schwanger war.«

Eva geht zurück in die Küche.

Wie Tiere sind sie. Sie reden über ihre Körper, als seien sie Zuchtstuten.

Es tut zu weh, noch länger dem Gespräch über Schwangerschaften und Kinder zuzuhören. Natürlich könnte sie einfach sagen, wie es ist. Dass sie und Ulf keine Kinder bekommen können, das ist ja eigentlich offensichtlich. Aber dann wollen sie ihr bestimmt Ratschläge erteilen, Vorschläge machen, was sie noch tun könnte, um schwanger zu werden. Sie erträgt es nicht, über sich wie über eine Versagerin oder ein Problem zu reden, das gelöst werden muss. Da zieht sie sich lieber zurück.

So war es schon immer. Schon in ihrer Kindheit.

Die Schulzeit war am schlimmsten. Die Pausen eine endlose Qual. Vor allem im Sommer, wenn es draußen warm war. Tote Falter und Fliegen lagen auf den Bänken auf dem Schulhof, und sie trug trotz der Hitze wie immer Strumpfhosen und stinkende Schnürschuhe. Schweigend ging sie im Zickzack zwischen den Cliquen hindurch, hinüber zu dem alten Ahorn, und versuchte so zu tun, als würde sie der Schweiß, der ihr übers Gesicht lief, nicht stören. Unter den belaubten Ästen war es wie unter einem großen Sonnenschirm, und der Schatten verbarg sie vor den anderen. Sie wusste, was man über sie flüsterte. Wie schüchtern sie war, dass sie nie jemanden direkt ansah. Ihre viel zu warmen und züchtigen Kleider, auf denen ihr Vater bestand. Vielleicht hätte sie ihnen leidgetan, wäre da nicht ihr Elternhaus gewesen. Es ist nicht einfach, jemanden zu bedauern, der in einem der größten Häuser des Ortes wohnt. Deshalb zog sie sich immer zurück. Lieber das als Tränen. Oder noch schlimmer, jemand, der ihr helfen wollte.

Der Boden knarzt.

»Hey, wie läuft es eigentlich?«, fragt Ulla, die plötzlich hinter ihr in der Küche steht.

»Der Käsekuchen ist gleich fertig«, antwortet Eva und greift nach dem Topflappen, während sie die Herdklappe öffnet.

»Nein, ich meine mit, du weißt schon … Bekommt ihr Hilfe?«

Eva schüttelt den Kopf. »Wir wollen es nicht mehr versuchen.«

»Aber …«

»Es gibt noch so viel anderes im Leben als Kinder.«

Ulla macht ein betroffenes Gesicht. Dann sieht sie zum Kühlschrank mit den hässlichen Magneten und schüttelt leicht den Kopf.

»Bitte entschuldige, ich wusste nicht, dass ihr es nicht mehr versucht. Sonst hätte ich nicht so viel über meinen Bauch geredet.«

Eva holt den Käsekuchen aus dem Ofen und stellt ihn auf das große Tablett. Dann holt sie Sahne und Sauerkirschmarmelade aus dem Kühlschrank.

»Nimmst du die Löffel und die Kuchenteller, die aus Glas?«, bittet sie Ulla, und zusammen gehen sie zurück ins Wohnzimmer.

Ulla und Ninni nehmen sich Löffel und machen sich über die Mitte ihrer Kuchenstücke her, wo der Ostkaka am cremigsten ist. Dann geben sie Sahne und Marmelade darauf. Eva nimmt nur eine kleine Portion, bevor sie allen Kaffee einschenkt.

»Habt ihr das von dem Mädchen gehört?«, fragt Ninni. »Wie schrecklich …«

Eva hört auf zu kauen.

»Sie ist erst fünfzehn, wusstet ihr das?«, fährt Ninni fort.

»Wer?«, fragt Eva. »Über wen redet ihr?«

»Hast du es nicht gehört?«, sagt Ninni mit vollem Mund. »Die Tochter des Busfahrers und einer der Aushilfen im Altenheim, Laila Edwall, ist weg.«

»Was meinst du mit *weg?*« Eva stellt den Teller auf den Tisch und wischt sich mit der Serviette den Mund ab. »Ist sie von zu Hause weggelaufen oder so was?«

Ninni lächelt mit überlegener Miene. Sobald in Augu etwas passiert, kann man darauf vertrauen, dass sie es zuerst weiß. Sie tratscht jeden Tag. Aber sie ist auch ständig auf der Suche. Angefangen hat es mit der Selbsthypnose zu Hause. Daraus wurden dann Seancen, schließlich buddhistische Gesänge. Ihre Kleider riechen nach Räucherstäbchen, ebenso wie ihre Haare.

»Laila Edwalls Nachbar sagt, sie glauben, dass jemand ihre Tochter *entführt* hat.«

Ninni spricht leise, fast als hätte sie Angst, dass jemand sie hören könnte. Sie holt einen Zettel aus der Tasche, auf dem um Mithilfe bei der Suche nach Rosie Edwall gebeten wird. Falls jemand sie gesehen habe, solle man die angegebene Nummer anrufen. Und dann ein Foto von Rosie.

Schmerz durchzuckt Evas Gehirn. Das ist das Mädchen, das vor Augus Livs an dem Alfa Romeo gelehnt hat.

Eva sitzt am Schreibtisch, vor sich Stift und Briefpapier. Das Haus ist wieder in seinem ursprünglichen Zustand, Ulla und Ninni sind gegangen, es ist ruhig und friedlich. Bei dem verschwundenen Mädchen muss sie an Fatima denken. Den letzten Brief von ihrem Patenkind hat sie vor einigen

Wochen erhalten. Sie denkt oft an das, was Fatima geschrieben hat. Dass eine Überschwemmung ihr Haus weggespült hat. Eva will Geld mitschicken, das die Organisation, über die die Patenschaft läuft, in Pesos umtauschen kann. Doch zuerst will sie einen Brief schreiben, den die Organisation dann übersetzt.

Liebe Fatima,

es tut mir sehr leid, dass euer Haus weggespült wurde. Ich kann mir nicht vorstellen, welche Angst du und dein kleiner Bruder gehabt haben müsst. Du musst mir versprechen, jetzt stark zu sein und nicht aufzugeben. Ich verstehe, dass du wütend und traurig bist. Aber du darfst nicht aufgeben. Wenn du möchtest, kannst du mit deinem Bruder hierherkommen und bei mir und Ulf wohnen. Wir haben selbst keine eigenen Kinder, das habe ich dir nie erzählt. Und wir sind nette Menschen, Ulf und ich.

Ich schicke euch dieses Mal etwas mehr Geld. Vielleicht kann ich dich und deinen Bruder bald einmal besuchen, dann können wir über alles reden. Das wäre schön.

Liebe Grüße, Eva

Die Haustür wird geöffnet und geschlossen. Eva schiebt den Briefbogen hastig ins Kuvert, klebt eine Briefmarke darauf und versteckt ihn im Bund ihrer Strumpfhose. Sie steht auf und geht Richtung Tür, bevor Ulf ins Wohnzimmer kommt.

»Was machst du denn schon zu Hause?«, fragt sie.

Seine Haare sind sorgfältig gekämmt, er riecht nach

Rasierwasser. Er trägt ein anderes Hemd als heute Morgen, als er das Haus verlassen hat.

»Hast du geduscht?«, fragt sie weiter.

Sie geht einen Schritt auf ihn zu, und er weicht zurück.

Ein leichter Duft nach Maiglöckchen. Mariannes Duschgel riecht nach Maiglöckchen. Er hat im Laden geduscht, was sonst nur Marianne macht.

Da sieht sie es erst. Seine Augen sind rot unterlaufen, wie immer, wenn er Alkohol getrunken hat. Und er versucht, es vor ihr zu verbergen. Egal, aus welchem Grund er getrunken hat, er schämt sich dafür, das ist ihr klar. Sicher hat er deshalb im Laden geduscht und nicht zu Hause. Und Marianne musste ihm helfen. Sie hat schon immer ein Auge auf ihn geworfen. Vielleicht ist sie sogar in ihn verliebt. Bei der Vorstellung von Mariannes aufgesetztem, einschmeichelndem Lächeln schüttelt es sie.

Sie sieht Ulf direkt an.

»Ist etwas passiert?«, fragt sie. »Ich sehe doch, dass du getrunken hast …«

Er hebt die Hand, will nichts darüber hören.

»Wir müssen miteinander reden«, fährt sie fort. »Das bist du mir schuldig.« Sie versucht, ihre Stimme ruhig zu halten.

Er sieht sie nur fragend an. Seine Augen sind wässrig und leer.

»Ich kann nicht, nicht jetzt …«

»Gestern Abend habe ich ein junges Mädchen vor dem Laden gesehen.«

Er öffnet den Mund, bringt aber erst nach ein paar Sekunden etwas heraus.

»Du bist doch verrückt«, sagt er.

Aus irgendeinem Grund wird ihr bei seinen Worten

schwindelig, und am liebsten hätte sie sich hingesetzt. Stattdessen folgt sie Ulf in die Küche, wo er die Kartoffeln mit Dillsoße aus dem Kühlschrank holt, die sie zu den Würsten am Abend essen wollten, zusammen mit eingelegter Roter Bete und Preiselbeermarmelade. Mit einem Löffel isst er direkt aus der Schüssel, schaufelt Kartoffeln und sämige Soße in sich hinein. Es riecht nach Dill.

»Ich meine es ernst«, sagt sie.

Er knallt die Schüssel auf die Arbeitsfläche.

Sie macht einen Schritt zurück, doch er folgt ihr. Er hat Soße in den Mundwinkeln, wischt sie aber nicht weg. Bei den Ringen unter seinen Augen wird ihr unwohl.

»Okay«, sagt sie mit zitternder Stimme. »Wir können ein andermal darüber reden.«

»Ich kann bald nicht mehr«, sagt er leise.

Sie spürt, wie sie das Gleichgewicht verliert. So hat sie ihn noch nie gesehen.

»Erzähl es mir, Ulf. Was ist los?«

Er schüttelt den Kopf.

»Ist es das junge Mädchen? Hm? Ich habe sie gesehen, auf dem Weg zu meinem Vater. Sie war da, als du lange gearbeitet hast. Erzähl es mir, Ulf, bitte. Das bist du mir schuldig …«

Er presst die Lippen zusammen, legt die Hand um ihren Hals und stößt sie von sich, so schnell, dass sie keine Chance hat. Sie stürzt und schlägt mit dem Kopf auf den Boden, nur Millimeter neben dem Couchtisch.

Ulf erstarrt und flucht leise. Sie rappelt sich auf.

»Ich kann nicht mehr«, sagt er noch einmal und wischt sich die Augen. »Wenn du nicht still bist, weiß ich verdammt noch mal nicht, was ich gleich tue.«

Er macht einen Schritt auf sie zu, und sie weicht zurück. Plötzlich hat sie Angst vor ihm, vor seinen kräftigen Armen, den großen Händen.

Sie weicht in die Diele zurück, reißt ihre Jacke an sich, schlüpft in die Stiefel. Er folgt ihr nicht, als sie auf die Straße eilt.

Kurz darauf sitzt sie bei ihrem Vater auf dem Sofa und schluckt eine Schmerztablette mit etwas Wasser. Ihr Hals und die Schultern schmerzen.

Ulf ist ihr gegenüber noch nie handgreiflich geworden, zumindest nicht so. Vielleicht verliert er gerade den Verstand. Er wird gerade wieder zu dem, der er vor ein paar Jahren war, als es ihm richtig schlecht ging. Als er in sich gekehrt und labil war.

Sie würde gern nach Hause gehen, doch sie weiß, dass sie sich noch eine Weile fernhalten muss. Er muss sich erst beruhigen, bevor sie reden können. Sie muss auch für sich einstehen, nicht jemand sein, den er herumschubsen kann, wie er will, um seine eigene Angst zu verleugnen. Plötzlich fühlt sie sich sehr müde. Doch bevor sie sich hinlegen kann, muss sie nach ihrem Vater sehen.

Als sie ein paar Stunden später aus dem Halbschlaf erwacht, liegt sie auf der Treppe ins Obergeschoss. Zuerst weiß sie nicht, wo sie sich befindet. Doch dann sieht sie hinauf zu dem alten Kronleuchter, Papas Kronleuchter, der einen warmen Lichtschein verbreitet. Ein Riss zieht sich über die Decke. Das Haus muss vielleicht bald renoviert werden. Sie weiß nicht, wie sie das auch noch schaffen soll.

Sie setzt sich auf, bewegt vorsichtig den Hals. Er tut immer noch weh. Ihr ganzer Körper ist steif.

Ein Geräusch lässt sie zur Wand blicken. Ein dumpfes Scharren. Die Ratten wieder. Natürlich müssen die sich ausgerechnet jetzt bemerkbar machen.

Ihr Vater schläft, als sie ins Zimmer kommt. Vorsichtig deckt sie ihn fester zu.

Da hört sie das Scharren wieder, hinter der Schlafzimmerwand. Schwächer, aber immer noch deutlich. Sie seufzt.

»Ich kümmere mich darum«, sagt sie. »Mach dir keine Gedanken.«

KAPITEL 20

Kurz vor sechs Uhr morgens wacht Sanna vom Geräusch eines Lastwagens auf, der vor dem Gasthaus parkt. Der Motor erstirbt langsam, Schritte nähern sich dem Eingang. Müde streckt sie sich nach der Nachttischlampe.

Den ganzen gestrigen Nachmittag ist sie in Augu herumgefahren, an der Schule vorbei, der Bibliothek und mindestens dreimal an Rosie Edwalls Haus. Ist jeden kleinen Weg gefahren, den sie entdecken konnte, in den Wald und über zugewachsene Zufahrten zu verlassenen Häusern. Jörgen Edwalls silbernen Alfa Romeo hat sie jedoch nirgends entdeckt. Rantala hat jetzt doch eine kleine Einsatzgruppe in Oskarshamn eingerichtet, auch wenn man immer noch davon ausgeht, dass sie freiwillig verschwunden ist. Das Team soll aus der Ferne die Angehörigen unterstützen und Hinweisen nachgehen.

Jemand geht über den Flur, leise Stimmen sind zu hören.

Sie steht auf, trinkt im Bad Wasser aus dem Hahn und wäscht sich das Gesicht. Benommen geht sie zu dem Stuhl, auf dem sie ihre Kleider abgelegt hat, und zieht sich an. Ihr Kopf ist voller Eindrücke der letzten Tage. Sie räumt ihre Sachen zusammen, versteckt die braune Akte im Kissenbezug und macht das Bett. Wirft einen letzten Blick darauf, bevor sie das Zimmer verlässt.

Im Flur bleibt sie vor Harriets Zimmer stehen. Sie hört sie summen. Ihre Stimme ist schön, doch die Melodie klingt traurig und verloren. Sanna zögert, dann klopft sie an.

Harriet öffnet die Tür einen Spalt. Feuchtigkeit dringt in den Flur, man hat das Gefühl, als tauche man unter die Wasseroberfläche.

»Was machen Sie denn da drin?«, fragt Sanna.

Harriet zieht sie ins Zimmer und nickt zu Delilah.

Die Schlange liegt still auf dem Bett. Auf dem Boden stehen Plastikdosen mit Wasser.

»Muss sie nicht zu einem Tierarzt?«, fragt Sanna. »Diese Beule am Bauch sieht nicht gut aus.«

»Das ist normal, Schlangen brauchen lange, bis sie ihr Essen verdaut haben. Sie wissen, was sie tun. Die meisten Tiere fressen immer auf dieselbe Art und Weise.«

Harriet sieht auf die Uhr auf dem Nachttisch.

»Was wollen Sie denn?«

»Ich habe Sie gehört und wollte nur nachsehen, ob alles in Ordnung ist.«

»Habe ich Sie geweckt?«

»Nein, ich muss jetzt los.«

»Zurück zum Revier?«

Sanna schüttelt den Kopf. »Ich habe ein paar Tage freigenommen.«

Nachdenklich sieht sie sich um, bevor sie weiterspricht.

»Noch ein Mädchen ist verschwunden. Ich kann es Ihnen auch gleich erzählen, Sie werden sicher später sowieso im Ort oder hier im Gasthaus davon hören.«

Harriet wird blass.

»Sie taucht bestimmt wieder auf«, sagt Sanna. »Aber ich will mich hier noch ein wenig umschauen.«

Harriet nickt und sieht sie mit ihren großen braunen Augen an.

Draußen pickt ein Vogel ans Fenster und flattert davon.

»Eine Blaumeise«, sagt Harriet. »Ich glaube, sie hat ihr Nest in einem Loch irgendwo an der Fassade. Man darf das Fenster nicht auflassen, damit sie nicht hereinfliegt …«

Sanna hört nicht länger zu, sie sieht zu Delilah, die immer noch bewegungslos auf dem Bett liegt. *Die meisten Tiere fressen immer auf dieselbe Art und Weise.* So hat Harriet es formuliert.

Plötzlich durchzuckt sie etwas, ein Schauder überläuft ihren Rücken. Sanna nickt, murmelt, dass sie jetzt gehen müsse, und wendet sich zur Tür. Aus dem Augenwinkel sieht sie die Rundungen der Schlange im matten Licht.

Nicht nur Tiere folgen Mustern, um ihre Triebe zu befriedigen.

Eine Viertelstunde später kauft sie sich an der Tankstelle einen Kaffee und macht sich auf den Weg. Die Sonne geht gerade auf, kalte Luft dringt durch die Ritzen des Wagens. Das Gefängnis, in dem Jan Svensson seine Strafe absitzt, liegt in der Nähe von Kalmar, eine knappe Stunde Fahrt von Augu entfernt.

Weiß sie eigentlich, was sie da treibt? Nicht so richtig. Doch irgendetwas an dem Fall lässt ihr keine Ruhe. Auch wenn Jan Svensson den Mord an Julia Larsen gestanden hat, passt das irgendwie nicht richtig zusammen, sobald sie genauer darüber nachdenkt.

Jan Svensson hatte Lydia Ström misshandelt und gequält, die Überreste wiesen grässliche Folterspuren auf. An Julia Larsens Leiche hingegen fanden sich keine Spuren von Gewaltanwendung. Ja, der Mörder hatte ihr die Haare ausgerissen, aber das war alles. Jan Svensson hatte von Lydia Ström gegessen, Julia Larsens Leiche war vollständig. Außerdem hatte Jan Svensson beharrlich zu der Frage geschwiegen, wohin er die Frauen gebracht und wo er sie ermordet hatte. Lydia Ströms Leichenteile, die sich nicht in der Tiefkühltruhe befunden hatten, hatte man nie gefunden. Julia Larsens zerstückelte Leiche war in zwei weißen Koffern mitten in der Natur zurückgelassen worden, also leicht zu entdecken. Wenn Jan Svensson seine Vorgehensweise plötzlich geändert und Julia Larsen ermordet hatte, musste es dafür einen Grund geben.

Schwarzbraune Äcker mit tiefen Furchen ziehen vor den Fenstern vorbei, dazwischen Stoppelfelder. Kilometerweit ist kein Baum zu sehen. Bis auf die verlassenen Getreidespeicher und die alten, zur Straße gerichteten Höfe bleibt die Umgebung so gleichförmig und erstarrt wie ein altes Foto.

Nachdem sie von der Landstraße abgebogen ist, beginnt ein Waldgebiet. Das graugrüne Gefängnisgebäude sieht sie erst, als sie nur noch wenige Hundert Meter vom Zaun und dem großen Schlagbaum entfernt ist.

Sie steigt aus dem Wagen und sieht sich um. Was, wenn man sie gar nicht zu ihm lässt? Was, wenn Rantala erfährt, dass sie hier ist, und sie zurückpfeift?

Langsam geht sie zu dem Wachhäuschen. Die dunkle Uniform des wachhabenden Beamten glänzt in dem kalten bläulichen Licht. Sie räuspert sich, strafft die Schultern.

Der Beamte öffnet ruhig die Luke, nimmt seine Brille ab und streicht mit der Hand über seine Bartstoppeln. Verwundert sieht er sie an.

Sanna ballt die Fäuste in den Jackentaschen.

Macht den letzten Schritt auf ihn zu.

Etwa dreißig Minuten später, nach Unmengen Formularen und einer oberflächlichen Leibesvisitation, führt ein Wärter sie durch einen langen Korridor mit diversen Sicherheitstüren. Dann eine Treppe hinunter, durch einen weiteren Korridor in einen fensterlosen Raum mit einem Tisch und zwei Stühlen. Eine Überwachungskamera in der Ecke blinkt rot und erinnert sie daran, dass sie nicht allein ist.

Sie setzt sich auf einen der Stühle und legt Stift und Notizblock zurecht. Gleich wird sie einem verurteilten Mörder gegenübersitzen.

Sorgfältig testet sie den Stift, schreibt ein paar kurze Anmerkungen, dann das heutige Datum und unterstreicht es. Das Blatt Papier ist dünn und spröde, als könnte es jeden Moment reißen. Der Raum wirkt plötzlich sehr klein.

Schritte werden hinter der Tür laut. Als diese sich öffnet, schlägt Sannas Herz schneller. Jan Svensson ist etwa Mitte vierzig. Groß, schlank und muskulös. Seine Körpersprache ist entspannt, als er sich auf den Stuhl ihr gegenüber setzt. Die Haare fallen ihm bis auf die Schultern. Er trägt einen dünnen Schnurrbart.

Der Wärter informiert Sanna darüber, wie viel Zeit sie hat und dass Berührungen verboten sind. Er werde direkt vor der Tür stehen, sagt er und verschwindet nach draußen.

Sanna betrachtet Jan Svensson. Ein leichter Geruch nach etwas Synthetischem hängt in der Luft, vielleicht Moschus. Es ist ein weicher, süßlicher Duft, als habe Svensson sich einparfümiert.

Widerwillig stützt sie sich auf die Ellbogen, versucht, selbstsicher zu wirken, doch ihre Stimme zittert leicht, als sie sich als Polizistin vorstellt.

»Von der Polizei?« Jan Svensson sieht sie durch seine große Brille mit den gelbgetönten Gläsern an. »Woher?«

Ihr fällt auf, wie weich sein monotoner Tonfall ist.

»Ich arbeite auf der Dienststelle Oskarshamn.«

»Oskarshamn?«

Sie nickt. Er betrachtet sie lange. Kratzt sich leicht an der Tätowierung am Hals, dem kleinen Ewigkeitssymbol.

»Weshalb sind Sie hier?«

»Julia Larsen.«

Wieder mustert er sie.

»Das Mädchen aus Augu?«

»Über sie würde ich gern mit Ihnen reden.«

Er schweigt.

»Ich hoffe, Sie können mir helfen.« Sanna bemüht sich, ruhig zu wirken. »Darf ich Ihnen ein paar Fragen stellen? Es dauert nicht lang.«

Er sieht zur Tür, dann zurück zu ihr und neigt den Kopf.

»Ich habe alles über sie gesagt.«

»Aber ich würde gern noch mehr über sie wissen. Ich glaube, dass Sie vielleicht noch nicht alles erzählt haben.«

»Und was zum Beispiel?«

»Zum Beispiel, warum Sie mit ihrer Leiche nicht dasselbe angestellt haben wie mit Ihrem anderen Opfer, Lydia Ström.«

Er lacht. Ein weiches Geräusch, bei dem ihr kalt wird.

»Warum kümmert Sie das?«, fragt er.

Seine Augen glänzen. Er knetet die Hände. Sie fragt sich, ob er erregt ist.

»Was würden Sie sagen«, entgegnet sie, »wenn ich behaupte, dass Sie Julia Larsen nicht umgebracht haben?«

Er versteift sich kaum merkbar, sieht sie aufmerksam an.

»Wie war Ihr Name noch gleich?«

»Sanna Berling.«

»Warum habe ich Sie noch nie gesehen?«

Sie schweigt.

»Was wollen Sie eigentlich von mir?«, fragt er.

»Ich will über Julia Larsen reden.«

Er lächelt, klopft leise auf den Tisch.

»Ich sitze hier drin, egal, was Sie fragen oder glauben, was ich getan oder nicht getan habe. Warum sollte ich also …«

»Ich glaube nicht, dass Sie sie umgebracht haben.«

Er lässt den Blick über ihre Arme und Hände schweifen.

»Warum nicht?«

Sie schweigt, lässt ihn sie weiter betrachten. Er streicht sich mit den Fingern über den Mund.

»Es ist wieder passiert, nicht wahr?«, fragt er schließlich. »Deshalb sind Sie hier?«

Sanna sieht ihn an, versucht zu begreifen, was er gerade gesagt hat. Die Frage ist widerwärtig, aber auch eine Art Antwort.

»Jemand wird vermisst«, hört sie sich selbst sagen.

Sofort bereut sie ihre Worte. Was tut sie da nur?

»Wer?«, fragt er.

Sie schüttelt nur kaum merkbar den Kopf.

»Wer wird vermisst?«

»Ich kann dazu nichts sagen.«

»Schade.« Er ruft nach dem Wärter.

Als dieser die Tür öffnet, lächelt Jan Svensson Sanna zu.

»Viel Glück.«

Sie zögert nur einen Moment.

»Sie ist erst fünfzehn«, sagt sie. »Das verschwundene Mädchen ist erst fünfzehn.«

Sie sieht schon innerlich vor sich, wie Rantala ihr die Tür aufhält und sie das Revier in Oskarshamn zum letzten Mal verlässt. Und wie er ihr mitleidig nachwinkt, als sie vom Parkplatz fährt.

»Ein Kind?«, fragt Jan Svensson.

Sie nickt.

Er schweigt lange. Der Wärter steht abwartend neben ihm.

»Die Welt ist ein kranker Ort«, sagt er schließlich.

»Ja.«

»Am krankhaftesten war mein Freund Otto Dahlström, wussten Sie das? Er hat viele gequält, vor allem solche, die an einem Tropf hingen …«

Sie versucht, zwischen den Zeilen zu lesen, zu verstehen, was er ihr sagen will. Wenn er überhaupt etwas sagt.

»Weiße Mäntel, weißes Blut … Stecknadelkopfgroße Spritzer überall. Otto Dahlström war ein krankes Arschloch.«

Sie sitzt still da, als könnte ihn die kleinste Bewegung verstummen lassen.

»Passen Sie auf sich auf. Sehen Sie sich gründlich um«, fährt er fort. »Schreckliche Dinge geschehen überall.«

»Was meinen Sie damit?«

Er nickt dem Wärter zu, der die Tür aufhält. Dann ist er weg. Sie stellt sich vor, wie er auf dem Weg über den langen Korridor lächelt.

KAPITEL 21

Der März ist wirklich ein sonderbarer Monat, denkt Marianne. Es wird nie richtig warm, Blumen und Larven drängen aber trotzdem schon aus dem Boden. Strenge Kälte und Schneematsch gefolgt von Vogelgezwitscher. Alle wollen ins Freie, sobald die Sonne scheint, nur um sich im beißenden Wind zu erkälten. Doch am schlimmsten ist vielleicht der Regen, der durch alle Ritzen dringt und Menschen und Böden durchnässt.

Die Neonröhren über der Kasse summen. Im Radio wird immer noch über Olof Palme berichtet. Die Ermittlungen machen keine Fortschritte. Der Mord am Ministerpräsidenten hat sich wie eine erstickende Decke auf die Menschen gelegt.

Marianne blickt über die Schulter zum Kühlraum und sieht Ulf durch das Fenster in der Tür. Immerhin scheint er nüchtern zu sein. Wortkarg ist er zwar, steht aber aufrecht.

Hinter der Kühltheke schneidet Kenneth Schinken in Scheiben. Landschinken ist gerade der große Verkaufsschlager, weil ihn alle zu spanischem Landwein essen wollen, dem anderen Produkt, das sie ihnen derzeitig aus den Händen reißen.

»Das reicht«, ruft sie Kenneth zu. »Du kannst jetzt Pause machen, wenn du möchtest.«

»Ich brauche keine Pause, mir macht das Spaß«, erwidert er lächelnd.

Kenneths Wagen hat seit Tagen einen Platten, und er kommt mit seinem alten Lastenrad zur Arbeit. Als es gestern Abend geregnet hat, hat sie ihn heimgefahren.

Er wohnt in Augus einzigem Mehrfamilienhaus, einem Wohnblock mit sechs Wohnungen. Die Tür ist mit Graffiti beschmiert. Kenneths Auto stand im Carport, mit einer Plane abgedeckt. Sie hatte ihn danach fragen, aber nicht aufdringlich wirken wollen. Vielleicht war noch mehr am Wagen kaputt, vielleicht schämte er sich dafür.

Als er sie noch auf eine Tasse Tee einlud, brachte sie es nicht übers Herz abzulehnen. Soweit sie wusste, hatte er keine Familie und keine Freunde. Sie fühlte sich daher verpflichtet, ihm noch Gesellschaft zu leisten.

Die Wohnung war eiskalt.

»Tut mir leid«, sagte Kenneth. »Die Heizkörper sind seit vorgestern kaputt, und ich habe es noch nicht geschafft, jemanden anzurufen. Nach ein paar Minuten hat man sich daran gewöhnt.«

Die Küche war ein einziges Chaos. Marianne versuchte, nicht zu dem überquellenden Mülleimer zu sehen. Handtücher und Schmutzwäsche hingen über einem Stuhl, auf dem Herd standen schmutzige Töpfe. Im Fenster eine verdorrte Topfpflanze.

Sie blieb stehen, während Kenneth einen Topf mit Wasser füllte. Musterte den gekrümmten Rücken und die schlaffen Schultern. Als er die Herdplatte einschaltete, fiel ihr auf, wie er an den Innenseiten der Wangen kaute. Sie schauderte und drehte sich weg.

Im Wohnzimmer setzte sie sich auf das rissige Ledersofa und begann, ohne nachzudenken, den Couchtisch freizuräumen. Als sie eine Zeitschrift hochhob, fühlte sie etwas Klebriges, und legte sie wieder hin. Sie zuckte zusammen, als sie sah, dass sie auf einer ganzseitigen Anzeige für Nylonstrumpfhosen aufgeschlagen war. Im Badezimmer gab es weder Seife noch Handtuch. Hinter dem schmutzigen Duschvorhang erhaschte sie einen Blick auf dunkle Schmutzablagerungen und Haare. Kenneth rief, er hätte nichts Essbares im Haus. Sie tranken eine Tasse Tee, danach ging sie. Zu Hause duschte sie ausführlich und putzte lange die Zähne.

»Marianne?«, ruft Kenneth von der Wursttheke und holt sie in die Gegenwart zurück. »Soll ich auch das Roastbeef schneiden?«

»Nein, das reicht jetzt.«

Er nickt und wischt die Schneidemaschine ab.

Ein Mädchen mit zerzausten Haaren, die ihm ins Gesicht hängen, kommt in den Laden und bringt den Geruch nach Shampoo und Zigaretten mit. Der Kragen des großen Polohemdes reicht ihr fast bis über den Kiefer. Nach einem Moment erkennt Marianne Jorun Larsen.

Laut klappernd lässt Kenneth das Schneideblatt der Maschine zu Boden fallen.

Jorun kommt zur Kasse.

»Ist Ulf da?«

Marianne ist verblüfft. Weshalb will sie mit Ulf sprechen? Warum rennen ihm die kleinen Mädchen immer nach?

»Er arbeitet gerade«, antwortet sie kühl. »Kann ich dir weiterhelfen?«

Jorun schüttelt den Kopf. Schweigend geht sie zum Brotregal und nimmt eine Packung Knäckebrot heraus. Dann holt sie Butter aus der Kühltheke. Auf dem Weg zur Kasse bleibt sie bei den Kästen mit Pink-Panther-Limo stehen, die Kenneth am Morgen aufgebaut hat. Sie mustert sie, geht dann jedoch weiter.

Während sie die Waren aufs Kassenband legt, sieht sie sich um. Sie erstarrt, als ihr Blick auf das Schwarze Brett neben dem Ausgang fällt. Dort hängt der Zettel mit dem Bild der verschwundenen Rosie Edwall.

Marianne fühlt sich hilflos.

»Sie ist wahrscheinlich nur bei einer Freundin oder so«, sagt sie und packt Joruns Einkäufe in eine Tüte. »Es wird bestimmt alles gut.«

Das Licht der Lampe über dem Hackklotz wirft Schatten auf Ulfs Gesicht. Er verpackt ein Stück Schweinefleisch in Folie und legt es auf den Stapel neben sich. Marianne seufzt.

»Ich weiß nicht, was sie wollte. Ich habe sie gefragt, ob ich ihr helfen kann, da du ja arbeitest.«

Er lässt die Schultern sinken, als er schweigend nach dem nächsten Stück Fleisch greift.

»Warum kümmert sich Kenneth nicht ein paar Tage um das Fleisch?«, schlägt sie vor. »Du weißt, wie gern er das macht. Und es würde ihm guttun, ein bisschen Selbstvertrauen aufzubauen …«

Sie verstummt, als sie sieht, dass er die rechte Hand in einem unnatürlichen Winkel hält. Sie macht einen Schritt auf ihn zu.

»Was ist mit deiner Hand?«

»Nichts. Ich hatte nur gestern Streit mit Eva und habe mir wohl etwas gezerrt, als ich mich gewehrt habe. Sie ist durchgedreht.«

Der Streit war vorhersehbar gewesen. Eva macht ihm ständig Vorwürfe, und wenn sie trotz der Dusche den Alkohol an ihm gerochen hat, ist sie sicher auf ihn losgegangen. Der Arme. Nie darf er einfach mal seine Ruhe haben.

»Schau mich nicht so an«, sagt er.

»Tut mir leid, ich will doch nur, dass es dir gut geht.«

Er schlägt das Hackbeil in das Fleisch.

»Du weißt, dass du mit mir reden kannst, Ulf. Egal, worüber.«

Ein Muskel zuckt in seinem Gesicht. Er legt das Beil weg, nimmt ein Messer und schneidet einen harten gelben Streifen Fett vom Fleischstück.

»Ich meine es ernst«, sagt sie leise.

Er antwortet nicht. Sie dreht sich zum Gehen um.

»Marianne?«

Er wischt sich die Hände am Hosenbein ab und seufzt.

»Manche Leute sagen doch, sie könnten spüren, wenn jemand ein schlechter Mensch ist, nicht wahr?«

Sie nickt.

»Was, wenn es so ist, dass jemand, den alle für einen schlechten Menschen halten, dann auch schlechte Dinge tut? Als ob es sowieso keine Rolle spielen würde, weil ja alle schon ein Urteil gefällt hätten?«

Sie schüttelt den Kopf. Verdammte Eva.

»Du bist ein guter Mensch, Ulf.«

Er seufzt wieder. Dann greift er nach dem nächsten Stück Fleisch.

»Ulf ...«

»Lass mich jetzt bitte in Ruhe.«

»Möchtest du etwas essen?«

Er schüttelt den Kopf.

»Ich mache dir ein Brot.«

»Nein!«, brüllt er auf einmal.

Sie zögert, ist unsicher, wie sie sich verhalten soll. Ulf erhebt ihr gegenüber sonst nie die Stimme. Er gibt ein seltsames Geräusch von sich. Vielleicht ein ersticktes Seufzen. Dann schlägt er das Beil wieder in das Fleisch.

KAPITEL 22

Sanna tritt aus dem Gefängnis in die blendende Sonne. Sie atmet tief durch. Der Abmeldeprozess hat fast so lange gedauert wie das Betreten der Anstalt.

Jan Svenssons merkwürdige Worte hallen in ihrem Kopf nach. *Am krankhaftesten war mein Freund Otto Dahlström. Er hat viele gequält.* War das nur Gerede? Sie denkt an seine glänzenden Augen. Vielleicht wollte er sie nur erschrecken, sich daran aufgeilen in seiner Einsamkeit.

Sie steigt in den Wagen und fährt auf direktem Weg zur nächsten Bibliothek.

Die Stadtbibliothek Kalmar ist ein modernes, ebenerdiges Gebäude. Sanna geht zur Information und bittet darum, alle verfügbaren Telefonbücher einsehen zu können. Eine Telefonzelle hat sie nicht gesehen, dort hätte sie natürlich am einfachsten in einem Telefonbuch den Namen Dahlström nachschlagen können.

Die Bibliothekarin zeigt ihr den Weg.

Sanna sucht alle entsprechenden Seiten ab, findet aber nur einen Otto Dahlström in Nordschweden, keinen in Småland.

Sie geht zurück zur Information. »Danke«, sagt sie seufzend zu der Bibliothekarin.

Die lächelt und fragt: »Kann ich Ihnen sonst irgendwie

helfen? Suchen Sie zum Beispiel nach einem Schlagwort? Dann könnten Sie es in unserem Zettelkatalog versuchen.«

Sanna wirft einen Blick auf den großen Holzschrank mit den vielen Schubladen. Dafür hat sie keine Zeit.

»Eigentlich weiß ich gar nicht genau, wonach ich suche. Ich habe einen Namen, Otto Dahlström. Er könnte in einem Krankenhaus oder irgendeinem Pflegeheim gearbeitet haben …«

»Sie meinen Dahlström wie bei ›Dahlströmska Sjukhuset‹?«

Sanna nickt langsam, obwohl sie nicht weiß, wovon die Frau spricht.

»Wissen Sie, wo dieses Krankenhaus liegt?«, fragt sie auf gut Glück.

»Es ist schon lange geschlossen, sicher zehn oder fünfzehn Jahre.«

Sanna ist enttäuscht.

»Ich glaube, es sollte abgerissen werden«, fährt die Frau leise fort. »Es gab irgendeinen Skandal um einen Arzt, der Experimente an Patienten mit weißem Blut angestellt hat.«

Sanna stutzt.

»Weißes Blut?«

»Leukämie.«

»Wissen Sie, wo genau sich das Krankenhaus befand?«

»Augenblick …«

Die Frau verschwindet zwischen den Regalen und kommt kurz darauf mit einem Zettel und einer kopierten Karte zurück, auf der sie eine Stelle einkreist.

»Hier lag es, aber wie gesagt, es müsste schon vor langer Zeit abgerissen worden sein.«

Am Bahnhof von Kalmar betritt Sanna die Pressbyrån-

Filiale. Der junge Mann hinter der Kasse trägt ein blaues Polohemd, auf dem der Firmenname gelb eingestickt ist. Er begrüßt sie freundlich, während er einen kleinen Stapel Schokolade auf dem Tresen geraderückt.

Sie kauft einen Apfel, auch wenn sie keinen Hunger hat. Aber sie sollte etwas essen. Dann bittet sie darum, das Telefon benutzen zu dürfen. Sie ruft Laila Edwall an, um sich nach ihrer Tochter zu erkundigen, die allerdings immer noch verschwunden ist. Danach wählt sie die Nummer des Reviers in Oskarshamn und spricht mit einem der Kollegen, die das Hinweistelefon für die vermisste Rosie hüten. Nichts Neues hat sich ergeben, keine verwertbaren Hinweise oder Spuren sind eingegangen. Man wird die Nummer aber freigeschaltet lassen, außerdem ist endlich eine Polizeistaffel mit Hunden auf dem Weg nach Augu, die zusammen mit Freiwilligen die Gegend absuchen wird.

Zurück im Auto, fährt Sanna nach Westen. Neben ihr auf dem Beifahrersitz liegt die kopierte Karte und bebt im kalten Luftzug, der durch die Türritzen dringt. Die Kälte ist feuchter als zuvor. Im Rückspiegel sieht Sanna das Schaffell ihres Vaters. Sie holt es nach vorn und legt es sich über den Schoß.

Die Landschaft ist karg und schlammig. Gelegentlich kommt sie an Ställen vorbei, in deren offenen Toren Tiere stehen. Manchmal muss sie so nah an den Straßengraben fahren, um einen Traktor oder einen Viehtransport passieren zu lassen, dass sie fast von der Straße abkommt. Nur einmal fährt sie an einem Fußgänger vorbei, einem Mann mit zerzaustem Haar und Bartstoppeln, der die Hände in den Jackentaschen vergraben hat. Als er den Daumen hebt und sie nicht anhält, zeigt er ihr den Mittelfinger.

Nach einer Stunde bleibt sie am Straßenrand stehen. Sie befindet sich mitten auf dem Land, ein paar abgelegene Höfe sind in der Ferne zu erkennen. Sie sieht auf die Karte. Das alte Krankenhaus – falls davon noch etwas übrig sein sollte – müsste nur ein paar Kilometer entfernt liegen.

Sie fährt weiter. Als sie an einem rostigen Schild mit der Aufschrift »Dahlströmska Sjukhuset« vorbeirollt, beschleunigt sich ihr Puls, und sie muss wieder anhalten.

Die Bilder von Jan Svensson holen sie ein. Wie er die Hände aneinandergerieben hat, die Dunkelheit in seinen Augen, als er sagte, die Welt sei ein kranker Ort. Sie konnte die Schärfe in seiner Stimme dabei fast körperlich spüren. Sie sieht auch Julia Larsens Leiche vor sich, den kahlen Kopf, die Füße mit den lackierten Nägeln.

Was tut sie hier eigentlich? Sie könnte alles verlieren, wofür sie so hart gearbeitet hat. Es bedeutet ein großes Risiko, ohne Rantalas Erlaubnis auf eigene Faust zu ermitteln.

Doch dann sieht sie hinunter auf das Schaffell.

Das hier muss sie tun.

Sie fährt weiter, auf einen Nadelwald zu. Die Straße hat Risse, und der Wagen zieht die ganze Zeit leicht nach rechts. Als sie schon anhalten und den Rest des Weges zu Fuß gehen will, tut sich vor ihr plötzlich eine Lichtung auf, sie sieht wintergrünes Gebüsch, eine dichte Hecke. Dahinter erhebt sich ein großes Gebäude.

Ein eierschalenfarbenes Monstrum mit eingeschlagenen Fenstern und grauen, zerfaserten Rahmen aus Holz. Flechten überwuchern das Dach, vereinzelt haben sich Ziegel gelockert und übereinander geschoben. Alles ist dunkel, das riesige baufällige Gebäude hebt sich dennoch hell von der schwarzgrünen Umgebung ab.

Vor dem Tor steigt Sanna aus. Es ist mit einer Kette gesichert, die aber so lang ist, dass sie das Tor aufziehen und durch den Spalt schlüpfen kann. Das braune Gras steht hoch. Ein paar Vögel zwitschern über ihr. Sanna sieht zum Himmel und dann zu den Bäumen, die so hoch sind wie das dreistöckige Gebäude. Ein Stück entfernt steht etwas, das wie eine mit gelben Ranken überwachsene Laube aussieht, daneben ein stillgelegter Brunnen, eine Ritterstatue, die sich aus einem riesigen Becken erhebt. Das Pferd scheint die Augen nach hinten zu verdrehen.

Langsam geht sie auf die große bleigraue Eingangstür zu. Legt die Hand auf den Messinggriff, einen mächtigen Ring, der an einen Bullenring aus früheren Zeiten erinnert.

Die Tür ist fest verschlossen. Sanna überlegt kurz und geht dann auf die Rückseite des Gebäudes. Dort befindet sich eine weitere Tür. Sie ist vermodert, ein Holzbrett hat sich halb herausgelöst und schlägt im Wind.

Sanna geht zurück zum Auto, und nach längerer Suche findet sie schließlich eine Packung Streichhölzer. Mit angehaltenem Atem zählt sie die Zündhölzer. Dreizehn.

Vor dem losen Brett zögert sie. Tief im Innersten weiß sie, dass sie gegen alle Regeln verstößt, gegen alles, was sie als Polizistin gelernt hat. Sie sollte das hier nicht tun.

Trotzdem schlägt sie die morsche Tür mit dem Ellbogen ein.

Vorsichtig macht sie ein paar Schritte in das Gebäude hinein, während sich ihre Augen an die Dunkelheit gewöhnen. Von überallher kommen Geräusche. Plastik raschelt. Irgendwo klopft etwas, vielleicht ein altes Rohr. Ein leises Surren, überall liegen sterbende Fliegen. Ein Flur, an der Wand zwei Schilder. Auf dem einen steht *Station B03-10:*

Hämatologie. Sie denkt an das, was Jan Svensson und die Bibliothekarin gesagt haben. Weißes Blut. Leukämie. Auf dem anderen Schild steht *Chirurgie*. Die Pfeile weisen zu einer Treppe, die ins Untergeschoss führt.

Schon auf der ersten Stufe schlägt ihr die Feuchtigkeit entgegen, zieht sie nach unten, in eine noch undurchdringlichere Dunkelheit. Sie zündet das erste Streichholz an, vor ihr erstreckt sich ein Korridor. Die meisten Türen sind geschlossen, einige nur angelehnt. Der Boden ist von Schrammen übersät.

Langsam geht sie weiter. Zündet noch ein Streichholz an, und noch eins.

In den Zimmern liegen nur Dreck und Abfall, sonst sind sie leer.

Plötzlich schlägt ihr ein scharfer Gestank entgegen. Sie vergräbt die Nase in der Ellenbeuge und geht auf eine geschlossene Tür zu, drückt sie auf.

Und zuckt zurück.

Die Wände sind von Regalen bedeckt, in denen Behälter und Gläser mit konservierten Organen stehen. Doch auch ganze Tiere und tierische Körperteile werden in Formalin aufbewahrt. Föten und Gehirne und merkwürdige Gebilde, die sie nicht zuordnen kann. Auf dem Boden liegt ein zerbrochenes Glas, inmitten der Scherben ein Tierschädel.

Im nächsten Raum werden Instrumententische und Rollwagen aufbewahrt. Rostfreie Schränke mit chirurgischen Instrumenten. Sanna wundert sich, dass hier nichts ausgeräumt oder geplündert wurde.

Zurück im dunklen Flur, zündet sie Funken sprühend ein neues Streichholz an. Sie will sich nur noch ein paar Zimmer ansehen, bevor sie keine Zündhölzer mehr hat.

Ein seltsames, flatterndes Geräusch.

Etwas raschelt, schabt aneinander. Vielleicht Papier. Es kommt aus einem Raum, dessen Tür angelehnt ist. Sanna bewegt sich darauf zu.

Sie hat das Gefühl, in ein schwarzes Loch zu treten. Sie schwankt. Es riecht unangenehm, stickig.

Sie zündet ein neues Streichholz an und hält es vor sich. Mit der anderen Hand bedeckt sie Mund und Nase.

Auf dem Boden steht ein großer, rechteckiger Käfig mit einem schweren Vorhängeschloss. Das Gitter glänzt im Licht der kleinen Flamme. Plötzlich steigt Kälte vom Boden auf, und Sanna wirbelt herum.

Ein großer, länglicher Tisch. Eine Pritsche. Die Riemen hängen an den Seiten herab. Dahinter steht noch ein Tisch. Sie tastet sich vor und streicht über die kalte Tischplatte, spürt scharfe Instrumente unter den Fingern. Sie beugt sich mit dem Streichholz vor, sieht Skalpelle, Messer und Sägen. Einen Bohrer.

Als sie sich zu einem dunklen Schatten streckt, entdeckt sie das Blut. Große, dunkle Flecken auf dem Boden, eingetrocknet.

Sie zuckt so heftig zurück, dass sie ausrutscht und nach hinten stürzt. Rasch rappelt sie sich wieder auf, doch die Übelkeit ist schneller. Sie erbricht alles, was sich in ihrem Magen befindet. Ringt keuchend in der Dunkelheit nach Luft. Nachdem sie ein neues Streichholz angezündet hat, erkennt sie, woher das flatternde Geräusch kommt.

Von einem Haken in der Decke hängt ein Strick zu Boden, an dem mit kleinen Klammern Polaroidfotos befestigt sind. Sanna tritt näher heran, streckt die Hand aus.

Nahaufnahmen eines Kopfs. Augen ohne Lider, ein Mund

ohne Lippen, ein Gesicht ohne Nase, ein skalpierter Scheitel. Weiße Bandagen, blutige Bandagen. Es ist eine Frau. Der Blick ist stechend, auf ihrer Stirn leuchten rote Male.

Es ist Lydia Ström.

Auf jedem zweiten Foto ist Jan Svensson zu sehen, der sich über ihr entstelltes, lebloses Gesicht beugt. Auf einigen Bildern sind Tiere zu sehen. Ein Eichhörnchenkopf ohne Augen und Ohren. Ein zerteilter Fuchsschwanz. Etwas, das wie Hundebeine aussieht.

Sanna spürt, wie ihr die Tränen kommen, fluchend wendet sie sich ab.

Ohne nachzudenken, reißt sie den Strick herunter, rafft die Bilder an sich und stürzt aus dem Raum. Das Streichholz ist erloschen, doch sie hat keine Hand frei, um ein neues anzuzünden. Stattdessen fährt sie mit der Schulter an der Wand entlang, stößt gegen Türrahmen, eilt zu der Treppe.

Ihre Gedanken rasen. Sie muss hier raus, muss hier weg. Muss atmen und sich darauf konzentrieren, vorwärtszugehen, nach oben. Krampfhaft meidet sie den Blick auf das, was sie im Arm hält.

Schließlich stolpert sie hinaus ins Freie, in das hohe Gras. Ein Windstoß reißt einige Fotos mit, die ein Stück davonflattern. Die Bilder von Lydia Ströms Gesicht landen vor ihr auf dem Boden. Unter den Verbänden sind ihre Augen weit aufgerissen.

KAPITEL 23

Der Restaurantbereich des Gasthauses ist ein finsterer Raum, die Möbel alle aus dunklem Holz. Der abgetretene Linoleumboden hat ein beige-grünes Schachbrettmuster. Harriet setzt sich auf einen der zerkratzten Barhocker. Birger kommt aus der Küche und bringt Essensgerüche mit sich. Er nimmt ihre Bestellung auf und fragt, was sie trinken möchte. Sie starrt an die Wand mit dem verdammten Alkohol, der überall in diesem Land ist.

»Wasser«, antwortet sie.

Er schiebt ihr ein Glas und eine Karaffe über den Tresen zu.

»Ist es jetzt besser in Ihrem Zimmer?«, fragt er.

Sie nickt.

»Also, Sie sagten, Sie sind Putzfrau?« Er mustert sie. »Wo?«

»In einem Scheißladen.«

Er lacht. »Ernsthaft, wo haben Sie gearbeitet?«

»Warum wollen Sie das wissen?«

Er deutet auf einen Zettel über der Kasse. *Putzkräfte gesucht.* Seltsam, dass sie das übersehen hat. Vielleicht weil der Zettel grau und düster ist, wie alles andere auch. Sie trinkt ihr Glas aus. Wegen der Hitze in ihrem Zimmer hat sie ständig Durst.

»Was bezahlen Sie?«, fragt sie.

»Was verlangen Sie?«

Während sie überlegt, kommt Kristina aus der Küche. Sie sieht Harriet ruhig an und lächelt.

»Ist es schon Mittag?«, fragt Birger.

Kristina nickt.

»Dann mach dir in der Küche was zu essen.« Er legt eine Hand auf den Tresen.

Kristina verzieht das Gesicht. »Pommes mit Senf?«

Sie stützt eine Hand in die Hüfte. Aus der Tasche ihres Kleides, auf dem feuchte Flecken zu sehen sind, ragt ein Klappmesser. Harriet denkt an die Lederhandschuhe und den Geruch nach nassem Fell, als sie dem blassen Mädchen zum ersten Mal begegnet ist. Als Kristina wieder in der Küche verschwindet, nimmt Harriet wieder den Fellgeruch wahr, doch vielleicht spielt ihr auch nur ihre Erinnerung einen Streich. Vielleicht es einfach das feuchte Wollkleid des Mädchens, das so riecht.

»Sie ist immer zu Hause. Kommt aus der Schule heim, um Mittag zu essen, spielt nie bei anderen Kindern«, murmelt Birger. »Kein Wunder, dass ich hier zu nichts komme …«

»Sie hat ein Messer, wissen Sie das?«

Er schweigt. Als er die Hand vom Tresen nimmt, hinterlässt er einen Schweißabdruck. Er verschränkt die Arme, mustert Harriet.

»Egal, was man Ihnen vorher bezahlt hat, hier bekommen Sie das auch. Wenn Sie sofort anfangen.«

»Jetzt sofort?«

Er löst einen Schlüsselbund vom Gürtel und hält ihn ihr hin.

Harriet zögert. Sie hätte gern mehr Bedenkzeit, braucht

aber auch bald Geld. Und sie ist sich nicht sicher, ob sie einen anderen Job findet.

Sie nickt knapp und nimmt den Schlüsselbund entgegen.

Birger sieht sie an. Lächelt kaum wahrnehmbar.

»Ich zeige dir, wo alles ist«, sagt er. »Dann kannst du mit dem Zimmer deiner Freundin anfangen.«

Harriet schließt Zimmer sieben auf, geht hinein und schaltet das Licht ein.

Als Erstes fällt ihr auf, wie aufgeräumt alles ist. Das Bett ist faltenfrei gemacht, die Kleider hängen ordentlich an den Wandhaken.

Sie staubsaugt, wischt die wenigen Oberflächen ab. Leert den Papierkorb. Putzt das Bad. Als sie das Bett abzieht, ertastet sie etwas im Kissenbezug.

Vorsichtig holt sie eine braune Akte heraus, die sie vom ersten Abend im Gasthaus wiedererkennt, als sie zu Sanna ins Zimmer gekommen war. Sanna saß damit auf dem Bett, Unterlagen und Fotos um sich herum ausgebreitet.

Harriet zögert, dann klappt sie die Mappe auf.

Lässt sich aufs Bett sinken, während sie blättert. Sie schafft nur ein paar Fotos, dann schlägt die Angst ihre Krallen in sie.

»Merda«, flüstert sie.

Sie klappt die Akte wieder zu und schiebt sie zurück in den Kissenbezug. Macht eilig das Bett. Verschließt die Tür hinter sich und lehnt sich mit zitternden Händen an die zerschlissene Tapete im Flur. Die ganze Zeit denkt sie an das Mädchen, dessen Körperteile sie auf den Fotos gesehen hat. Sie würde es am liebsten wieder zusammennähen.

KAPITEL 24

Die Schritte vor der Toilette verstummen, als Sanna den Wasserhahn zudreht.

»Alles in Ordnung da drin?«

Der Raum ist klein und eng. An den Wänden Tapeten mit Rosenmuster, sogar auf dem Handtuch neben dem Waschbecken sind Rosen. In einer Ecke steht ein Katzenklo mit frischem Sand. Sanna atmet tief durch und geht hinaus in den Flur.

»Kaffee?«, fragt die ältere Frau. »Setzen Sie sich doch kurz, meine Liebe, Sie sehen überhaupt nicht gut aus.«

Der kleine Hof war das erste Haus, das sie nach ihrer Flucht aus dem alten Krankenhaus angesteuert hatte. Man hätte ihr genauso gut die Tür vor der Nase zuschlagen können, stattdessen wurde sie freundlich und warmherzig empfangen und in dem alten Haus willkommen geheißen. Man führte sie an Gemälden, gestickten Sinnsprüchen und Fotos von Enkelkindern vorbei in die kleine Toilette mit der Rosentapete.

In der Küche gluckst die Kaffeemaschine. Das Geräusch beruhigt sie. Bevor sie aufbricht, wird sie aber in jedem Fall noch einen Telefonanruf erledigen und Rantala alles erzählen müssen.

Die Frau schenkt den dampfend heißen Kaffee ein, während Sanna an der Arbeitsfläche lehnt. Ein Schauder überläuft sie, als die Frau ihr eine Tasse reicht.

»Danke«, murmelt sie und trinkt.

Als sie die Augen schließt, ist sie wieder in dem dunklen Keller. Warum hat Jan Svensson sie mit seinen Hinweisen dorthin geführt?

Sie sieht die Fotos vor sich. Den geschändeten Eichhörnchenkopf, Lydia Ströms lidlose Augen. Die Angst, die sie in den letzten Stunden ihres Lebens empfunden haben musste. Doch dann kommt ihr ein anderer Gedanke. Julia Larsen ist auf keinem einzigen der abscheulichen Fotos zu sehen.

»Noch etwas?«, fragt die Frau, die mit der Kanne neben ihr steht.

Sie nickt. »Dürfte ich mal telefonieren?«

»Aber natürlich«, antwortet die Frau.

Sanna nimmt die Kaffeetasse mit ins Wohnzimmer zu dem kleinen Telefontisch in der Ecke, neben dem Bücherregal. Sie wählt Rantalas Nummer.

Flüsternd erzählt sie von ihrem Besuch bei Jan Svensson und der Entdeckung in dem alten Krankenhaus. Dann hört sie still zu, wie Rantala explodiert. Als er fertig ist, flucht er leise. Sie findet sein Donnerwetter angemessen und hört sich geduldig alles an, auch die Flüche. Verteidigen würde sie sich trotzdem gern, doch dafür ist keine Zeit.

»Wir unterhalten uns später darüber«, sagt Rantala schließlich. »Ich gebe die Informationen zu dem Krankenhaus an alle weiter und schicke die Spurensicherung los. Bitte sag, dass du nichts angefasst hast.«

Sie nickt. Versucht sich einzureden, dass es besser ist zu lügen, auch wenn sie weiß, dass das nicht geht.

»Dort waren Fotos … Ich habe sie mitgenommen. Er hat

Bilder von Tieren gemacht, nachdem er schreckliche Dinge mit ihnen angestellt hatte, und er hat auch Lydia Ström fotografiert … Bilder von Julia Larsen waren dort aber nicht, ich habe alles durchgesehen, sie ist auf keinem der Fotos …«

»Um Himmels willen, fang nicht schon wieder damit an!«

Nachdem sie versprochen hat, die Fotos zur Dienststelle in Kalmar zu bringen, und sie das Telefonat beendet haben, starrt sie mit der Kaffeetasse in der Hand vor sich hin. Es klopft leise. Die ältere Frau schiebt die Tür auf, ihr krauses Haar und die aufgeweckten Augen leuchten im Licht.

»Tut mir leid, ich habe gehört, wie Sie vom Dahlströmska Sjukhuset gesprochen haben. Ist dort etwas passiert?«

»Ich darf dazu nichts sagen.«

»Sind Sie von der Polizei?«

Sanna nickt, ihr wird klar, dass sie sich bisher überhaupt nicht vorgestellt hat. Die Frau blinzelt.

»Endlich kommt jemand von euch«, sagt sie.

»Was meinen Sie?«

»Seit Jahren rufe ich bei der Polizei an. Es kam mir immer komisch vor, wenn ich Autoscheinwerfer zum Krankenhaus habe einbiegen sehen. Aber niemand hat vorbeigeschaut. Bis heute. Gott segne Sie …«

Sannas Blick ruht auf der Straße, unter den schweren Wolkenbänken. Mit den Gedanken ist sie jedoch ganz woanders. In dem Kellergang. Im Todeszimmer. Nachdem sie die Polaroidfotos in Kalmar abgeliefert hat, ist sie jetzt auf dem Weg zurück zum Gefängnis. Ein irrsinniger Plan angesichts von Rantalas Standpauke, das weiß sie. Doch sie hat noch Fragen.

Sie durchläuft denselben Anmeldeprozess wie am Morgen. Sie hat Glück, Rantala hat sich noch nicht beim Gefängnis gemeldet. Vielleicht glaubt er nicht, dass sie so dumm ist und noch einmal hinfährt.

»Sie sind wieder da«, sagt Jan Svensson und legt die Hände zwischen sich und Sanna auf den Tisch.

»Möchten Sie mir erklären, warum Sie mich in das alte Krankenhaus geschickt haben? Ich meine, warum haben Sie der Polizei nicht schon längst davon erzählt? Warum jetzt erst?«

Er mustert sie.

»Sie haben Angst.«

»Erzählen Sie mir von Julia Larsen.«

Er knetet die Hände. Sie spürt die Angst wie einen Stich im Bauch. Sollte er sich auf sie stürzen, hätte sie keine Chance.

Er blinzelt. Dann blickt er an ihr vorbei.

Das rote Licht der Überwachungskamera starrt sie von der Wand an. Sanna steht vom Tisch auf und geht ein paar Schritte, die Kamera folgt ihr nicht. Vielleicht ist sie nur eingeschaltet, aber nicht bemannt. Der Wärter vor der Tür hat ihnen den Rücken zugedreht.

Ihr Puls schlägt schneller, als sie sich wieder hinsetzt. »Das Krankenhaus war ein Hinweis. Sie haben Julia Larsen nicht umgebracht, aber Sie wissen, wer es war, oder?«

Er macht eine weiche Handbewegung über die Tischkante. Sieht zur Tür. Sie bemerkt die schwarzen Haarbüschel in seinen Ohren, die hervortretenden Adern an seinen Schläfen. Die eigentümlich leuchtenden Augen.

»Die Hure hat zu mir gesagt, dass sie jemanden da unten gesehen hat«, sagt er schließlich leise.

Lydia Ström. Er spricht von Lydia Ström.

»Sie hat jemanden gesehen«, fährt er fort. »Als ich zurückkam, erzählte sie, dass während meiner Abwesenheit jemand im Flur gewesen war. Sie hatte um Hilfe gerufen …«

Er atmet schneller, flacher. Ist er wieder erregt? Sie spürt selbst, wie ihr das Atmen schwerer fällt. Wie die Abscheu sie zu ersticken droht.

»Verstehen Sie nicht?«, sagt er. »Nur jemand, der sich im Krankenhaus auskannte, der wusste, dass dort unten noch Instrumente und andere Geräte lagen, würde dort hingehen. Und nur jemand, der selbst etwas zu verbergen hatte, hätte die Hure da unten gelassen, trotz ihrer Hilferufe.«

Sie hört ihm aufmerksam zu.

Der schwache synthetische Geruch liegt wieder in der Luft. Als er das Gewicht verlagert, versucht sie, den süßlichen Gestank zwischen ihnen nicht einzuatmen, den er offensichtlich ausdünstet.

»Sie haben mich gefragt, warum ich Ihnen helfe. Warum Ihnen und warum jetzt?«

Sie nickt.

Seine Augen lodern.

»Sie haben gesagt, dass das verschwundene Mädchen erst fünfzehn ist.«

Seine Stimme wird lauter. Das kleine Ewigkeitssymbol an seinem Hals bewegt sich, während er atmet.

»Man fasst keine Kinder an. Niemals.«

Die Suche im Wald ist gerade im Gange, als Sanna zurück nach Augu kommt. Sie steigt aus und geht zu den anderen. Jeder Muskel in ihrem Körper ist erschöpft, mit schweren Schritten läuft sie über den mit Moos und Laub bedeckten Boden.

Etwa vierzig Freiwillige und ein paar Polizisten mit Suchhunden bewegen sich langsam in einer langen Menschenkette voran. Spähen nach oben zwischen die Äste, hinunter ins Gehölz, in dem sie auch herumstochern. Sie heben Zweige hoch, tauschen sich leise aus.

Sie geht zu einem der Polizisten und stellt sich vor.

»Habt ihr etwas Neues?«

Er schüttelt den Kopf. »Bald brechen wir die Suche ab. Wir gehen immer noch von einem freiwilligen Verschwinden aus und haben jetzt schon mehr getan als normal.«

»Normal? Ist irgendetwas daran normal, dass ein Teenager vermisst wird?«

Er sieht sie schweigend an und schüttelt den Kopf.

Zurück in ihrem Zimmer, duscht sie lange und zieht sich um, dann wählt sie die Nummer des Reviers in Oskarshamn und lässt sich zu Torbjörn Fredriksson durchstellen.

»Blondie«, sagt er beiläufig, »gute Arbeit in dem alten Krankenhaus, jetzt hat die Spurensicherung eine ganze Weile zu tun. Was willst du?«

»Wie komme ich an die Personalverzeichnisse eines stillgelegten Betriebs?«

»Was für ein Betrieb?«

»Zum Beispiel ein altes Krankenhaus?«

Er schweigt.

»Ich bitte dich nicht, mir zu helfen, ich mache das alles selbst, ich weiß nur nicht, wie ...«

»Rantala wird dich rauswerfen, wenn du keine Ruhe gibst. Er sagt, dass du völlig irre bist. Und, bist du das? Bist du irre?«

»Kannst du mir helfen?«

»Auf gar keinen Fall.«

»Bist du so feige?«

Torbjörn legt wortlos auf.

Sie stellt sich ans Fenster und überlegt, was Jan Svensson gerade macht. Vielleicht schläft er gut, vielleicht fasst er sich auch zum Klang seiner eigenen Stimme und der Vorstellung von ihr da unten in dem rostroten Zimmer im Krankenhaus an.

Plötzlich hört sie ein schabendes Geräusch, es kommt aus der Wand, vom Flur draußen. Leise öffnet sie die Tür.

Auf dem Gang steht ein Mädchen mit mausbraunen Haaren.

»Kann ich dir helfen?«, fragt Sanna.

»Sind Sie die Polizistin?«

»Ja, das bin ich.«

»Stimmt es, dass sie sie entführt haben?«

»Was meinst du damit?«

»Rosie, haben sie sie auch entführt?«

»Wen meinst du mit *sie*?«

»Sie eben …«

Sanna weiß nicht, was sie sagen soll. Das Mädchen schiebt die Hand in die Kleidtasche.

»Kennst du Rosie?«, fragt Sanna.

Das Mädchen schweigt und schüttelt schließlich den Kopf.

»Kann ich dir sonst irgendwie helfen?«, erkundigt sich Sanna. »Willst du mir etwas erzählen?«

Wieder schüttelt das Mädchen den Kopf, dann dreht es sich um und geht davon.

KAPITEL 25

Annelie Martinsson steht an ihrem Platz am Empfang des Sonnenstudios und sieht auf das hellblaue Telefon. Sie versucht an etwas anderes zu denken als Rosies Verschwinden. Daran zu denken ist komisch. Rosie muss doch bald wieder auftauchen. Sie berührt das Telefon. Vielleicht ruft Rosie bald an und sagt, wo sie ist.

Das Sonnenstudio befindet sich am Ortsrand in einer ehemaligen Pizzeria, die zu einem Solarium mit drei Kabinen umgebaut wurde. Sie kennt alle Kundinnen und Kunden, obwohl die nie mit ihr reden. Vielleicht haben sie irgendwie Angst vor ihr. Manchmal hört sie, wie sie etwas flüstern.

Sie sieht zu der Kabinentür beim Empfang. Lauscht auf das Surren und starrt auf das Licht, das durch die Ritzen dringt. Dann gleitet ihr Blick über die Wände. Über dem Handtuchregal hängt das Plakat mit den Palmen, die sich vor dem weiten türkisblauen Himmel abzeichnen. Sie hat noch nie echte Palmen gesehen, nur auf Bildern wie dem Poster. Und das eine Mal, als die Erdkundestunde ausfiel, damit alle Pernillas Dias von ihrer Gran-Canaria-Reise ansehen konnten.

Sie versucht, die Dunkelheit vor den Fenstern zu ignorieren. Es ist spät. Normalerweise hat sie keine Angst, doch sie hat noch einen langen Nachhauseweg vor sich. Wenn doch nur ihr Fahrrad nicht letzte Woche gestohlen worden wäre. Aber mit genügend Schichten im Solarium kann sie sich bald ein neues kaufen. Sie ist dankbar für die Arbeit, auch wenn sie eigentlich viel zu jung dafür ist.

Zwei Stammkundinnen kommen herein, wie jeden Tag. Ulla und Ninni. Ulla sieht aus, als würde sie jeden Moment ein Kind zur Welt bringen.

Sie kaufen ihre Wertmarken, und sie gibt ihnen die schwarzen Schutzbrillen. Ninni beugt sich zu ihr.

»Du bist doch eine Freundin von Rosie Edwall, nicht wahr? Ich glaube, ich habe euch schon zusammen an der Bushaltestelle gesehen.«

Annelie senkt den Blick. Die beiden reden sonst nie mit ihr, und sie hat keine Lust, mit ihnen über Rosie zu sprechen.

»Wo ist sie, was glaubst du?«, fragt Ninni. »Hat sie dir gesagt, wohin sie wollte?«

Annelie sieht zu dem Poster mit den Palmen. Weiß nicht, wie sie reagieren soll.

Ulla zupft Ninni am Ärmel, doch ihre Freundin bleibt stehen. Falls sie merkt, wie unangenehm Annelie das Gespräch ist, ignoriert sie es.

»Man sagt, sie hätte das Auto genommen …«

»Welches Mädchen?«, fällt Annelie ihr ins Wort. »Ich weiß von keinem Mädchen, das vermisst wird.«

Ulla zieht Ninni zu den zwei freien Kabinen. Bevor sie die Türen hinter sich schließen, flüstert Ninni Ulla etwas zu, die erwidert, sie solle endlich still sein.

Der andere Kunde kommt aus der dritten Kabine und wirft Annelie ein flüchtiges Lächeln zu. Sein Gesicht ist gerötet und verschwitzt.

Annelie holt das Brot mit Messmör aus dem Rucksack, das sie immer dabeihat. Sie behält das Telefon und die Uhr im Blick, während die Minuten vergehen. Das Brot schmeckt heute nicht wie sonst, oder vielleicht bringt sie auch einfach nichts hinunter. Seit Rosie verschwunden ist, hat sie keinen Appetit mehr.

Zum letzten Mal hat sie mit ihr gesprochen, als Rosie hier im Solarium angerufen hat, um ihr zu sagen, dass sie fürs Wochenende Bier beschaffen würde. Sie klang dabei wie immer. Sie würde das Auto nehmen, hat sie gesagt, und das Bier irgendwo verstecken, damit ihre Mutter es nicht fand. Am Wochenende wollten sie sich alle bei Johannes treffen, einem der älteren Jungen. Johannes' Eltern haben im Keller einen Videorekorder, und sie wollten *Tanz der Teufel* ansehen.

Zwei Kabinentüren werden gleichzeitig geöffnet, Ninni und Ulla kommen heraus. Sie meidet ihren Blick.

»Dein Onkel sitzt draußen in seinem Auto«, sagt Ninni.

Annelie zuckt zusammen. Conny fährt den Wagen selten, und er hat sie noch nie abgeholt. Sie sieht durch das Fenster, und tatsächlich, da sitzt er in dem rostigen Volvo.

Zehn Minuten später schließt sie das Sonnenstudio sorgfältig ab und geht hinaus. Als sie sich auf den Beifahrersitz setzt, fragt er sie, wie ihr Tag gewesen sei. Sie antwortet knapp, doch die beiden lächeln sich an. Als er erzählt, dass Jörgen wieder da war, um nach Rosie zu fragen, wird ihr klar, dass er sie deshalb abholt.

»Wenn du immer noch nicht darüber reden willst, ist das völlig in Ordnung«, sagt er.

»Ich will nicht darüber reden.«

»Okay.« Er dreht den Zündschlüssel.

Das Auto erwacht hustend zum Leben. Es klingt, als würde der Motor unter der Haube locker sitzen.

Annelie zieht den Kragen über den Mund, sieht jedoch aus dem Augenwinkel zu Conny. Er hat den Blick auf die Straße gerichtet. Sein Gesicht ist hart und faltig, die Hände am Lenkrad schmutzig. Seine dunklen Haare sind im Nacken zu einem langen Zopf gebunden.

Die Leute nennen ihren Onkel einen »Einzelgänger«, auch wenn er gar nicht allein ist. Er hat sie und die Hunde. Aber die Leute reden eben. Sie reden auch gern über Mama und Papa, sagen, dass sie wegen irgendeiner schiefgegangenen Drogengeschichte im Gefängnis sitzen. Doch das stimmt nicht. Sie sind einfach nur weg, irgendwo in einer großen Stadt, und nehmen Drogen. Für sie sind sie tot, seit Langem schon. Sie ist als kleines Kind zu Conny gezogen, und er ist alles an Familie, was sie kennt.

Conny schaltet hoch. Sie lassen Augu hinter sich, folgen einer kleineren, holprigen Straße, die bald zu einem Schotterweg wird.

Sie sieht aus dem Fenster. Hohe Bäume ragen in der Ferne bei den Seen in den Himmel. Dort wurde Julia Larsens Leiche gefunden. Rosie und sie haben oft über Julia gesprochen. Zu dem See gehen sie aber nie.

»Ich finde, du solltest ein paar Tage zu Hause bleiben«, sagt Conny. »Nicht in die Schule gehen.«

»Was meinst du damit?«

»Bis wir wissen, was mit Rosie passiert ist.«

Connys Augen glänzen. Er macht sich Sorgen.

»Aber dann verpasse ich doch ganz viel«, protestiert sie.

»Das ist nicht so wichtig.«

Das sagt Conny so leicht, weil er selbst keine Ausbildung

hat. Er hat viele Jahre in der Glasindustrie gearbeitet, doch als in den Siebzigerjahren die große Krise kam und eine Glashütte nach der anderen stillgelegt wurde, fand er keine neue Arbeit mehr. Als seine Mutter, Annelies Großmutter, starb, vererbte sie ihm den Hof in der Nähe von Augu. Ohne Heizung, fließend Wasser oder Strom, sie führen ein einfaches Leben. Doch Conny heizt ordentlich ein, sodass sie nie friert, und er ist ein guter Jäger, sodass sie nie hungert.

An der letzten Kurve holt das Unbehagen sie ein. Annelie spürt, wie ihr die Tränen kommen, wischt sie aber sofort weg. Da draußen auf den leeren Weiden ist es so dunkel. Sie muss an Rosie denken, verdrängt den Gedanken aber sofort wieder. Rosie versteckt sich, weil sie es so will. Anders kann es einfach nicht sein.

Conny tätschelt unbeholfen ihre Hand, drückt sie.

Sie dreht den Kopf weg und lauscht auf das Hundegebell.

Der heruntergekommene Hof taucht im Scheinwerferlicht auf. Daneben ein baufälliger Schuppen mit leeren Fensterhöhlen, ein rostiger Wohnwagen, in dem die Elstern wohnen.

Die Hunde laufen bellend heran und springen an ihnen hoch. Conny streichelt den größten. Auf seinen lauten Pfiff hin beruhigen sie sich und folgen ihm hechelnd in das alte Wohnhaus.

Annelie wärmt den Elcheintopf auf dem Holzofen auf. Der Dampf ist so beißend, dass sie sich die Augen abwischen muss, während sie rührt. Schweiß läuft ihr den Rücken hinunter.

Im Wohnzimmer legt Conny ein Holzscheit in den Kamin. Das Scharnier knirscht, als er die Klappe schließt, und sie dreht sich um. Ihr Onkel sieht sie ernst an. Er wischt sich den Ruß an der Hose ab und setzt sich in den großen grünen Samtsessel. Alles im Haus ist alt, erinnert an früheren Zeiten. Wie die alten Sessel und das Sofa aus Samt. Das dunkle Holz und die maulwurfsgraue Tapete mit Gazellen zwischen seltsamen geometrischen Mustern.

Plötzlich erheben sich die Hunde vom Boden und wenden sich mit wildem Blick laut bellend zur Haustür. Conny öffnet sie und lässt die Tiere in den dunklen Abend hinausrennen.

Vor dem Haus erlöschen Autoscheinwerfer. Jörgen Edwall steigt aus einem braunen Saab. Er schlägt die Tür zweimal zu, kämpft mit dem Griff, das Auto ist ganz offensichtlich nicht sein eigenes.

»Gibt es was Neues?«, fragt Conny.

Jörgen schüttelt den Kopf.

»Ich wollte nur kurz mit Annelie sprechen«, sagt er.

Annelie tritt in die Tür.

»Hallo.«

»Ich wollte nur fragen, ob du etwas gehört hast oder dir etwas eingefallen ist …«, beginnt Jörgen.

Sie will von dem Bier erzählen, dass Rosie es bei jemandem abholen wollte, der es für sie besorgt hatte. Aber sie traut sich nicht.

»Nichts?«, hakt Jörgen nach.

Sie zögert.

»Ich glaube, sie wollte an dem Abend jemanden treffen …«

Jörgen kommt auf sie zu.

»Wen?«, drängt er panisch.

»Ich weiß es nicht. Ganz ehrlich, ich weiß es nicht.«

»Jemanden aus ihrem Freundeskreis? Einen Jungen oder ein Mädchen?«

»Ich glaube, einen Kumpel, aber ich bin mir nicht sicher.«

»Was soll das heißen, du glaubst? Hat Rosie das zu dir gesagt, oder vermutest du es nur?«

Annelie gefällt sein Ton nicht. Seine Stimme klingt heiser, aufgebracht. Conny hebt beruhigend die Hand.

»Ich nehme an, dass ihr alle angerufen habt, die etwas wissen könnten?«, fragt er.

Jörgen nickt, seufzt, sieht Annelie an.

»Wenn dir einfällt, wen sie treffen wollte, oder irgendetwas anderes, kommt ihr dann bei uns vorbei? Egal zu welcher Uhrzeit.«

»Das machen wir«, sagt Conny.

»Ihre Gummistiefel sind weg«, fährt Jörgen fort. »Laila hat gemerkt, dass sie nicht in der Waschküche stehen, und hat sie überall gesucht.«

»Vielleicht hat sie sie angezogen?«, schlägt Conny vor.

»Sie trägt immer ihre Moon Boots. Die Gummistiefel hat sie nur an, wenn sie mit mir zum Angeln fährt ... Hast du eine Ahnung, warum sie ihre Gummistiefel mitnehmen würde, Annelie?«

Sie schüttelt den Kopf.

Conny folgt Jörgen zum Wagen, wo sie sich noch leise unterhalten.

Annelie sieht dem Auto nach, bis die Rücklichter von der Dunkelheit verschluckt werden. Sie hat Rosies Eltern schon so oft getroffen, trotzdem wirken sie wie Fremde. Rosie sagt immer, dass sie im Vergleich zu anderen Eltern überbehütend sind, und ohne ihre Tochter hätte ihr Leben keinen Sinn. Einmal hat sie es nach einem Streit auch »erstickend«

genannt. Nach Jörgens Besuch hat Annelie noch mehr das Gefühl, dass Rosie freiwillig verschwunden ist.

Die Hunde sind schon längst wieder im Haus, als sie schließlich hineingeht. Conny steht vor dem alten Kamin und legt Holz nach, während sich die Hunde vor das Feuer legen. Conny hat dunkle Ringe unter den Augen, und eine tiefe Furche durchzieht seine Stirn.

»Du weißt doch was, hm?«

Sie zieht die Pulloverärmel über die Hände, blickt auf ihre Füße in den ungleichen Socken. Wenn es stimmt, dass Rosie die Gummistiefel mitgenommen hat, kann sie nur ein Ziel gehabt haben. Klar, vielleicht ist sie irgendwo von der Straße abgekommen und liegt jetzt frierend im Graben. Doch den Gedanken verdrängt Annelie sofort wieder. Rosie ist eine gute Autofahrerin, auch wenn sie noch jung ist. Außerdem ist sie tough. Wenn sie sich versteckt, dann, weil sie es muss, und es steht weder Annelie noch jemand anderem zu, sie davon abzuhalten.

»Ich weiß gar nichts«, erwidert sie daher.

KAPITEL 26

Jorun träumt, dass die Gardinen aus dem Fenster flattern und im Wind zu Eis gefrieren. Mama sitzt auf einem Stuhl in der Ecke und malt elektrische Stühle auf ihre Arme. Aber sie weint nicht. Sie malt nur manisch.

Ein Klopfen reißt sie aus dem Schlaf, und sie setzt sich auf. Zieht die Decke bis zum Hals, um die Würgemale zu verbergen.

Die Tür wird geöffnet, Papa kommt herein. Er setzt sich auf den Bettrand und legt die Hand auf ihren Arm.

»Schatz … Ich bin so froh, dass du wieder zu Hause bist.«

Stimmt, Mama hatte ja gesagt, dass er vorbeischauen wollte. Jorun wusste nur nicht, dass er so bald kommen würde.

Er lächelt sie an, die freundlichen Augen leicht zusammengekniffen. Papa ist wirklich nett, zumindest ihr gegenüber. Sie weiß, dass er bei anderen Menschen aufbrausend sein kann. Deshalb hat er auch vor sieben Jahren seine Arbeit verloren und bisher keine neue gefunden. Er und Mama sprechen nicht darüber, aber sie hat gehört, wie im Ort darüber geredet wird, dass er seinen Vorgesetzten in der Fabrik gestoßen hatte. Der Mann war daraufhin gestürzt und hatte sich das Bein gebrochen. Außerdem trinkt er auch gern, sagt Mama. *Essen und Bier sind das Einzige, was ihn interessiert.* Sie leben getrennt, sind aber wenn nötig füreinander da, wobei es meistens so ist, dass Mama für ihn da ist. Jorun ist das mittlerweile egal, sie ist einfach nur froh, dass sie nicht streiten. Jetzt sitzt er an ihrem Bettrand in einem Hawaiihemd, das unter einem hässlichen grünen Pullover herausschaut. Er riecht nach Seife und Bier.

»Willst du darüber reden?«, fragt er.

Er hat sich beim Rasieren an der Wange geschnitten, und das winzige Pflaster bedeckt kaum das geronnene Blut.

»Warum bist du einfach weggelaufen, hm?«

Eine Falte hat sich zwischen seinen Augenbrauen gebildet, doch er wirkt nicht böse oder vorwurfsvoll. Sie zuckt mit den Schultern. Tränen brennen in ihren Augen.

»Ich habe mit Mama gesprochen«, fährt er fort. »Habe ihr geholfen, diese ganzen schrecklichen Zeitungsausschnitte wegzuräumen. Sie hat mir auch versprochen, dass sie mehr mit dir reden will …«

»Du weißt doch, was ich will. Es kümmert nur niemanden.«

»Ich wohne zu weit weg von der Schule, darüber haben wir doch schon gesprochen. Hier bei deiner Mutter hast du es besser.«

Jorun seufzt. Er zieht sie vorsichtig an sich und zerzaust ihre Haare.

»Mama liebt dich. Das weißt du doch, oder?«

Sie zögert, nickt schließlich langsam.

»Ich bin unten«, sagt er. »Komm, wenn dir danach ist. Ich habe eine Moviebox und *Ronja Räubertochter* ausgeliehen.«

Er tätschelt ihre Bettdecke und geht aus dem Zimmer. Sie weiß nicht, was am schlimmsten ist: dass Mama und Papa sie nicht allein lassen wollen oder dass Papa *Ronja Räubertochter* ausgeliehen hat. Als sie den Film das letzte Mal mit ihm zusammen angesehen hat, war sie ein Kind. Vielleicht in dem Sommer, als neben der Hängematte noch ein Limokasten stand, Fliegenfänger in den Fenstern hingen und Papa barfuß im Gras tanzte, seine warmen Hände an Mamas Wangen.

Er versteht einfach nicht, dass das zu lange her ist. Dabei meint er es nur gut.

Das weiß sie.

Widerwillig steht sie auf, geht zum Fenster und zieht die Jalousie hoch. Unten auf der Straße liegt ein überfahrenes Rebhuhn. Schon wieder. Der Kadaver ist ganz platt, die Federn ragen in alle Richtungen.

Sie zieht das Polohemd an. Sucht nach den Tabletten unter der Matratze, schluckt eine.

»Wo willst du hin?«, fragt Papa, als er sie in der Diele entdeckt.

»Nirgends, ich will nur den toten Vogel draußen wegräumen.«

»Aber Jorun, lass ihn doch liegen ...«

Sie holt das Kehrblech und ein paar Gummihandschuhe aus dem Putzschrank, dann geht sie hinaus auf die Straße.

»Du solltest ihn nicht anfassen!«, ruft Papa ihr nach.

Vorsichtig hebt sie den toten Vogel auf und legt ihn auf das Kehrblech. Die Federn beben im Wind. Sie streicht mit den Fingern über den Kopf, es ist ein Weibchen.

Schon seit ihrer Kindheit werden Vögel und andere Tiere vor dem Haus überfahren. Nicht oft, doch es passiert. Vielleicht treibt die Hauptstraße die Tiere in den Ort. Vielleicht sollte es ihr nicht so viel ausmachen. Aber sie kann sich nicht entspannen, solange sie weiß, dass das tote Tier auf der Straße liegt.

Die Gummihandschuhe werden schwarz, als sie mit den Händen hinter dem Haus ein kleines Loch gräbt, das Rebhuhn hineinlegt und es mit Erde und Laub bedeckt. Sie lässt den Blick über die anderen kleinen Hügel schweifen und ist dankbar, dass Mama sie nicht mit dem Spaten eingeebnet hat. Rebhühner, Eichhörnchen und Igel. Auch mal eine Schildkröte und eine Wühlmaus. Alle liegen sie da, in ihren kleinen Erdhügeln.

In der Küche wirft sie die Gummihandschuhe in den Müll und wäscht sich die Hände. Als sie ins Wohnzimmer kommt, versucht Papa gerade fluchend, die schwarze Moviebox an den Fernseher anzuschließen, doch die Klappe für die Videokassette öffnet sich ständig.

»Ich soll dir übrigens von Mama ausrichten, dass ihr am Nachmittag einen Termin beim Arzt habt. Um vier. Ihr trefft euch dort. Vergiss das nicht, ja?«

Ein Arzttermin. Sie kommt doch gut mit den rosa Tabletten zurecht, sie braucht nichts anderes.

»Papa?«, sagt sie.

»Ja.«

»Kennst du Ulf Boström?«

Papa steht auf und dreht sich um.

»Warum fragst du? Ist etwas passiert?«

Sie schüttelt den Kopf.

»Er ist bestimmt ein paar Jahre jünger als du, aber wart ihr nicht auf derselben Schule?«

»Ich kenne Ulf nicht, und ich will, dass du dich von ihm fernhältst, verstanden?«

Er seufzt frustriert.

»Ich meine es ernst, Jorun. Mit dem Typen ist nicht zu spaßen.«

Sie zuckt mit den Schultern.

»Warum fragst du, ob ich ihn kenne?«

»Nur so, ich habe ihn zufällig letztens gesehen. Er war irgendwie traurig.«

»Traurig?«

»Ja.«

Er betrachtet sie.

»Du sagst mir doch, wenn er etwas anstellt?«

»Was soll er denn anstellen, was meinst du?«

»Halt dich einfach von ihm fern«, murmelt er und widmet sich wieder der Moviebox. »Ich habe Rührei gemacht und Kaffee gekocht, holst du alles, während ich versuche, den Film zu starten?«

Auf dem Weg in die Küche wirft sie einen Blick auf die Uhr an der Wand, es ist halb sieben.

»Wo ist Mama?«, fragt sie. »Normalerweise geht sie doch erst um Viertel vor …«

»Sie hat etwas zu erledigen.«

»Was denn?«

»Ich weiß es nicht.«

»Lüg nicht. Ich höre doch, dass du lügst.«

Er dreht sich wieder um und seufzt schwer.

»Sie wollte sich mit der Polizistin treffen, die dich heimgefahren hat. Sie wohnt offenbar noch ein paar Tage im Gasthaus.«

Jorun zuckt zusammen.

»Warum will sie sich mit ihr treffen? Wegen Julia?«

Papa schüttelt den Kopf.

»Ich weiß es nicht.«

Sie geht in die Küche, holt das Brot aus dem Brotkasten, nimmt das Rührei und den Kaffee vom Herd.

Papa kann sich täuschen wegen Ulf.

Sie möchte ihn gern wiedersehen, doch das erzählt sie besser keinem.

KAPITEL 27

Es ist noch dunkel im Restaurantbereich, doch es riecht nach frisch gekochtem Kaffee. Sanna entdeckt Regina Larsen, die an einem Tisch in einer Ecke sitzt. Sie trägt einen gemusterten Mantel und ein dazu passendes Tuch um den Kopf.

»Hallo«, sagt sie, als Sanna den Stuhl ihr gegenüber herauszieht. »Er hat gerade neuen Kaffee aufgesetzt und bringt ihn uns gleich.«

Da kommt Birger schon mit zwei dampfenden Tassen aus der Küche und schaltet auf dem Weg zu den beiden Frauen die Deckenlampen ein.

»Frühstück gibt es aber noch nicht«, knurrt er.

Sanna hat keinen Hunger, sie ist noch zu müde. Regina lächelt nervös.

»Tut mir leid, ich weiß, es ist früh, aber ich muss zur Fabrik, und nach der Arbeit … Ich weiß ja auch nicht, wann Sie wieder fahren.«

Regina öffnet ihre Handtasche, die sauber, aber an einer Seite genäht ist. Sie zieht einen Umschlag heraus und schiebt ihn Sanna über den Tisch zu.

Sanna erkennt ihn sofort wieder, er ist in der Ermittlungsakte aufgeführt. Ein paar Wochen nach dem Mord an Julia Larsen lag er im Briefkasten der Familie.

Darauf stehen die Buchstaben SPT. Smålands Privata

Taxibolag, eine kleine Firma, die einige Jahre vor Julia Larsens Ermordung in Konkurs gegangen war.

Sanna zieht einen Papierbogen aus dem Umschlag und faltet ihn auf. Aus Zeitungen und Zeitschriften ausgeschnittene Buchstaben bilden das Wort *Entschuldigung*.

Regina beugt sich vor.

»Ich weiß, dass sich die Polizei das hier schon angesehen hat, ich weiß auch, dass Sie es schon gesehen haben, wenn Sie die Akte gelesen haben. Aber ich möchte Sie bitten, noch mal einen Blick daraufzuwerfen.«

Sanna mustert die Buchstaben, die so normal aussehen, so bunt.

»Ich kann es nicht begreifen«, sagt Regina. »Alle sagen zu mir, dass ein Sadist sie entführt und ermordet hat. Warum sollte er uns dann das hier schicken, warum sollte er um Entschuldigung bitten? Warum sollte er versuchen, den Schmerz für uns Hinterbliebene zu lindern?«

Sanna spürt, dass diese Frage Regina keine Ruhe lässt.

»Ich weiß, dass ich nach vorn blicken sollte, aber ich kann es nicht«, fährt Regina fort. »Ich weiß in meinem Herzen, dass es nicht Jan Svensson war, der mir das geschickt hat. Ich will nur verstehen, wer es war und warum.«

Sanna zögert. Es wäre ein Risiko, Regina von ihren eigenen Theorien zu erzählen.

»Ich kann es mir noch einmal ansehen«, sagt sie. »Aber ich glaube nicht, dass ich etwas finde, an das die anderen nicht schon gedacht haben.«

Birger sieht ihnen verschlafen zu, während er den Tresen abwischt. Seine Mundwinkel zucken, vielleicht wirft er Regina ein Lächeln zu. Sanna wartet darauf, dass Regina es erwidert, ihm irgendwie entgegenkommt. Doch das tut sie nicht.

»Wie gut kennen Sie sich?«, fragt Sanna.

Die Tasse bebt, als Regina sie absetzt.

»Birger und ich? Überhaupt nicht gut. Ich hatte nie viel mit ihm zu tun. Aber Julia hat hier eine Weile gearbeitet, nachdem seine Frau ihn verlassen hat. Er brauchte Hilfe mit seiner Tochter, Kristina, und Julia wollte sich was dazuverdienen.«

Sanna erinnert sich, gelesen zu haben, dass Julia bei Birger gejobbt hat.

Plötzlich hat sie das schleichende Gefühl, beobachtet zu werden. Doch als sie zur Bar sieht, ist Birger nicht mehr da, ist wahrscheinlich in die Küche gegangen. Sie dreht sich zurück zu Regina.

Die schüttelt den Kopf.

»Der Arme«, sagt sie. »Man hat gemunkelt, dass Anja ein Kind erwartete, dass sie Birger schon lange verlassen wollte und es dann durch die Schwangerschaft akut wurde. Aber ich weiß es nicht sicher. Jedenfalls hat sie sich in den Jahren danach bei Kristina gemeldet, hat ihr Postkarten geschickt.«

»Kristina war erst wenige Jahre alt, als ihre Mutter die Familie verließ, richtig?«

Regina nickt.

»Zum Glück scheint sie keinen Schaden davongetragen zu haben. Sie war schon immer vor allem Birgers Tochter; das Mädchen vergöttert seinen Vater. Julia hat mir erzählt, was für ein enges Verhältnis sie zueinander haben.«

»Und wie lief es zwischen Birger und Julia?«

Regina zögert.

Hinter der Bar schiebt Birger lautstark einen Getränkekasten an die Wand. Sein Rücken ist breit und kräftig.

»Julia war ein bisschen verliebt in ihn«, sagt Regina leise.

»Ich glaube, deshalb musste sie auch aufhören. So viel Verstand hatte er zumindest.«

Reginas Lider flattern. Sie sitzt bewegungslos da, doch kleine Schatten tanzen unter ihren Augen.

»Nachts ist er an der großen Straße entlanggegangen ...«, sagt sie leise. »Wenn er nicht schlafen konnte. Julia hat versucht, ihn zum Aufhören zu bewegen.«

Sanna nickt langsam. Regina steht auf und schiebt sich die Handtasche auf die Schulter.

»Bitte«, sagt sie, »schauen Sie sich den Brief noch mal an?«

In ihrem Zimmer blättert Sanna die Ermittlungsakte durch. Sie findet die Kopie des Briefs sowie die Vernehmung des Eigentümers des ehemaligen Taxiunternehmens, ein sechzigjähriger Mann namens Frans Bauer. Im Telefonbuch unten an der Rezeption findet sie seine Nummer, er wohnt in einem Dorf in der Nähe.

Aus den Autolautsprechern ertönt Johnny Cash. Den hörte ihr Vater abends immer zu seinem Whisky. Sanna verstand nicht alle Texte, zwang ihren Vater aber mitzusingen, immer wieder, so oft, dass Papa sagte, er würde sie nie vergessen.

Das Auto quietscht, als sie vor Frans Bauers Haus aussteigt. Ein altes rotes Holzhaus mit großen Fenstern und weißen Türen. Auf dem Dach wächst Moos. Der Garten liegt hinter einem Zaun und hohen Büschen. Ein Kastenwagen steht neben einer Maschinenhalle. Als sie die Autotür schließt, kommt ein Mann durch das breite Tor und sieht mit zusammengekniffenen Augen zu ihr hinüber. Er riecht streng nach Salbe, als er vor ihr stehen bleibt. Seine Augen sind von Falten umgeben, und er seufzt, als sie sich vorstellt.

»Können Sie sich ausweisen?«

Sanna kommt der Bitte nach, und wieder sieht er sie mit zusammengekniffenen Augen an, während er bestätigt, dass er Frans Bauer ist. Sie holt die Kopie des Briefes hervor.

»Darüber habe ich schon mit der Polizei gesprochen«, sagt er und zieht eine Dose Minzpastillen aus der Brusttasche, wirft ein paar in den Mund und bietet ihr dann etwas an.

Sie schüttelt den Kopf.

»Als man Sie im Zusammenhang mit dem Mord an Julia Larsen befragt hat, haben Sie wiederholt angegeben, dass nach dem Konkurs niemand anders als Sie und der Konkursverwalter Zutritt zu den Geschäftsräumen und Zugriff auf das Inventar hatten, zum Beispiel auf Firmenbriefpapier, richtig?«

»Und sowohl ich als auch der Konkursverwalter haben ein Alibi, aber das sollten Sie wissen, Sie haben ja bestimmt die Akte gelesen, bevor Sie hergekommen sind.«

Sie sieht sich um. Der Garten ist gepflegt, die Maschinenhalle sieht frisch gestrichen aus. Das Tor ist angelehnt. In der Halle brennt Licht. Plötzlich entdeckt sie einen Mann, der sie vom Tor aus beobachtet.

»Wär's das dann?« Frans Bauers Stimme klingt dumpf.

Sie antwortet nicht. Sieht dem Mann nach, der sich wieder in die Maschinenhalle zurückgezogen hat. Dann erlischt das Licht.

Frans Bauer spuckt auf den Boden und tritt neben Sanna.

»Fahren Sie immer noch?«, fragt sie. »Taxi, meine ich?«

»Seit einigen Jahren nicht mehr, seit dem Konkurs.«

Sie nickt zur Maschinenhalle. »Dürfte ich mich mal umsehen?«

»Warum?«

Sie geht auf das Tor zu.

»Warten Sie!«, ruft er. »Wonach suchen Sie denn?«

Sanna betritt die Halle und schaltet das Licht ein.

Eine brennende Zigarette liegt in einem Aschenbecher, und aus dem offenen Tank eines glänzend schwarzen Audis riecht es nach Benzin. Hinter dem Lenkrad sitzt ein in sich zusammengesunkener Mann.

»Bleiben Sie stehen«, sagt Frans. »Sie erschrecken ihn sonst.«

Sanna geht zu dem Audi und öffnet die Tür.

Der Mann starrt sie an, zieht hektisch den Schlüssel aus der Zündung und schiebt ihn in die Tasche.

Frans Bauer stößt sie zur Seite.

»Was soll das denn?«

Er macht eine Handbewegung, und der Mann steigt sofort aus.

»Das ist Håkan«, sagt er. »Ich helfe ihm. Er darf sich meinen Wagen leihen, um sich etwas dazuzuverdienen und seine Familie versorgen zu können.«

Sanna schüttelt den Kopf.

»Haben Sie das auch schon gemacht, als die Firma in Konkurs ging?«

Frans Bauer windet sich und flucht leise.

»Einer meiner Fahrer musste weiterarbeiten, um zu Hause Essen auf den Tisch zu stellen. Ich brachte es nicht übers Herz, es ihm zu verweigern. Er bekam eins der Autos.«

»Er durfte also Ihre Garage benutzen? Hatte er auch Zugang zum Büro, zum Briefpapier, den Umschlägen?«

Sanna fixiert ihn mit dem Blick, während sie auf eine Antwort wartet. Schließlich nickt er.

»Wie heißt der Mann?«

»Roger Lindskog. Aber er ist kein Mörder oder Vergewaltiger.«

»Warum glauben Sie, dass wir nach einem Vergewaltiger suchen?«

»Na ja, es war doch ein junges Mädchen, das …«

Sie wendet sich ab.

Ihre Gedanken rasen.

Kurz darauf sitzt sie wieder in ihrem Wagen, fährt davon. In ihr herrscht jetzt Stille. Etwas hat sich verändert.

Und irgendwie weiß sie es.

Dass sie recht hat.

KAPITEL 28

Die Telefonzelle ist schon wieder von innen beschlagen, und die Tankstelle verschwindet hinter grauen Regenschleiern. Harriet lauscht still dem Unwetter. Einige Autos fahren in der Nähe vorbei, bei dem Rauschen muss sie an Jorun Larsen denken. Als sie tagsüber einen Spaziergang gemacht hat, hat sie das Mädchen gesehen, wie es ein überfahrenes Rebhuhn von der Straße aufgehoben hat. Sie hat das Tier sanft behandelt, respektvoll.

Harriet sieht sich in der engen Telefonzelle um, die mit Schmierereien übersät ist. Durch das beschlagene Glas sieht sie plötzlich, wie sich jemand nähert. Ein Mann. Er hält schützend die Hand über den Kopf. Als er klopft, will sie ihn erst unfreundlich abweisen und behaupten, dass sie gleich noch telefonieren wird, doch als er die Tür lächelnd und mit nassen Haaren aufzieht, entscheidet sie sich dagegen.

»Du kannst dich hier nicht ewig verstecken«, sagt er und zieht die Jacke so über den Kopf, dass auch sie darunter Schutz vor dem Regen findet. »Komm mit, ich spendiere dir einen Kaffee, bis das Gewitter vorbei ist.«

Der Junge hinter der Kasse spielt Donkey Kong, als sie die Tankstelle betreten. Seine Daumen bewegen sich schnell auf der orangefarbenen Spielkonsole.

»Was für Sturzbäche«, sagt der Mann. »Habt ihr Kaffee?«

Der Junge nickt zu einer Kanne und einem Stapel Tassen. Der Mann schenkt ihnen zwei Tassen ein, reicht Harriet eine davon.

»Danke«, sagt sie. »Das ist sehr nett.«

»Dolly und ich wollten sowieso kurz Pause machen. Und als ich dich da draußen gesehen habe, konnte ich nicht bis zur nächsten Tankstelle fahren.«

»Dolly?«

Er deutet zu den Tanksäulen, wo ein Lastwagen steht. Einer der größten, die sie je gesehen hat.

»Elias«, stellt er sich vor und streckt ihr die Hand hin.

»Harriet.« Sie schüttelt die angebotene Hand.

Seine Haare sind grau gesprenkelt und voller Wirbel. Auf einer Seite steht eine Strähne ab, fast wie ein Federbüschel. Als er sich mit der Hand durch die Haare fährt, steht auch auf der anderen Seite ein Büschel ab, wie bei einem Uhu.

»Wohnst du hier im Ort?«, fragt er und lächelt wieder.

Dankbar registriert sie, dass er nicht fragt, woher sie kommt oder sich über ihren Akzent lustig macht.

Sie schüttelt den Kopf.

»Nur vorübergehend. Ich will eigentlich in den Süden, nach Portugal. Ich muss nur noch herausfinden, wie ich da hinkomme.«

Er sieht sie aufgeregt an.

»Du ... Dolly und ich sind auf dem Weg nach Stockholm, aber danach fahren wir nach Lissabon. Stell dir nur vor.«

Macht er sich über sie lustig? Lissabon? Sie ist unsicher. Doch er lacht nicht glucksend oder zeigt auf andere Weise, dass er einen Witz gemacht hat. Nur die freundlichen Augen unter den Federbüscheln. Sie schweigt. Es klingt zu gut, um wahr zu sein, außerdem ist er auf eine Art und Weise aufdringlich, die sie nervös machen sollte. Aber vielleicht ist es auch ein Zeichen, dass er sie ausgerechnet hier gefunden hat, in diesem platten Loch im Nirgendwo. Der Uhu fühlt sich in unwegsamem Gelände wohl, an steilen Berghängen. Wie sie. Der eigentümliche Ruf, der klingt, als käme er tief aus dem Berg, hat immer etwas in ihr bewegt.

»Wann fährst du?«

»Nach Süden? In ein paar Tagen komme ich wieder hier durch.«

Erneut lächelt er, legt ihr eine Hand auf die Schulter. Unerklärliche Wärme überläuft ihren Rücken.

»Du musst dich nicht sofort entscheiden«, sagt er. »Wenn du dem Jungen hier in der Tankstelle deine Nummer gibst, kann ich mich melden, wenn ich das nächste Mal vorbeikomme. Ganz einfach.«

Einige Zeit später ist sie zurück in ihrem Zimmer. Reibt sich die Haare trocken und zieht frische Kleider an. Sie ist immer noch verwirrt wegen der Begegnung mit Elias und weiß nicht, was es zu bedeuten hat.

Durch die Wand hört sie, wie Sanna mit jemandem redet, es klingt, als würde sie telefonieren. Harriet legt das Ohr an die Tapete.

»Roger Lindskog heißt er, hast du das? Wir müssen ihn finden. Du musst mich mit Rantala reden lassen … Okay, aber dann versprich mir, dass du es tust.«

Stille.

»Was soll das heißen, keine Ressourcen? Jetzt stell mich schon zu Rantala durch …«

Harriet hört zu, wie Sanna um Hilfe kämpft, um diesen

Roger Lindskog zu finden. Dann fragt sie die Person am anderen Ende der Leitung, ob sie die Angestellten eines Krankenhauses überprüft hat, scheint aber nicht die erhoffte Antwort zu bekommen. Verzweifelt drängt sie weiter, bis das Gespräch anscheinend beendet wird.

Bei ihrer ersten Begegnung mit Sanna waren ihr nur ihre Augen aufgefallen, die eisblaue Farbe, wie bei einer Dohle. Mittlerweile denkt sie, dass sie eher einer Blaumeise ähnelt. Dem starrköpfigen kleinen Vogel, der ständig in Bewegung ist. Der alles tut – Schubladen herauszieht, auf Knöpfe drückt –, um an sein Futter zu kommen.

Sie denkt an die Blaumeise, die wahrscheinlich in der Fassade wohnt, vielleicht direkt vor ihrem Fenster. Jeden Morgen hört sie ihren fröhlichen Gesang, sobald die Sonne aufgegangen ist.

Delilah liegt unbeweglich da, ein Zeichen dafür, dass sie sich wohlfühlt.

»Oh meu amor«, sagt Harriet und setzt sich neben sie aufs Bett. »Ich habe jemanden kennengelernt, der uns in den Süden mitnehmen kann.«

Delilah bewegt sich nicht. Ihre Augen glänzen hübsch im Licht der Deckenlampe. Die Beule an ihrem Bauch ist immer noch groß. Harriet legt die Hand daneben, streicht mit dem Finger über die Haut.

»Alles wird gut«, sagt sie. »Ich werde immer für dich da sein. Mich immer um dich kümmern.«

Sie schließt die Augen. Sitzt still da und denkt an ihre Mutter.

Drei Monate waren seit der Steuererklärung vergangen. Drei Monate, in denen sie versucht hatte, Mama zu beruhigen und ihr zu versichern, dass das Finanzamt sie in Ruhe lassen würde. Sie war ratlos, was sie noch tun sollte. Mamas Angst wurde ständig größer, ebenso wie ihre Paranoia.

»Siehst du?«, sagte Mama an einem Herbstabend zu ihr vor dem Fernseher. »Hörst du, was sie machen?«

Harriet schaltete den Fernseher aus.

»Schau dir das nicht mehr an, Mama. Du wirst nur wütend und traurig.«

In einer weiteren Fernsehdebatte nahm man sich den privaten Wirtschaftssektor vor und setzte den Eigentümer einer kleinen Firma für Bohrstahl unter Druck. Man nannte ihn gierig und hinterhältig. Das Unternehmen machte Gewinn, während ein Angestellter von kurzen Pausen und zugigen Fenstern berichtete. Danach wollte man von ihm wissen, ob er dem Finanzamt gegenüber korrekte Angaben gemacht hatte. Die Debatte war aufgeheizt. Der Firmeninhaber brach schließlich in Tränen aus, wischte sich den Schweiß von der Stirn. Seine Hand zitterte, als er das Taschentuch wieder verstauen wollte.

Für Mama war alles, was in den Medien gesagt wurde, ein Albtraum, eine Verunglimpfung von Kleinunternehmern, die sie auf die Palme brachte. Sie hatte nur eine Angestellte, eine Frau, die ihr manchmal am Wochenende half, aber die Sorge wegen der schwarz abgerechneten Aufträge und der Steuern forderten ihren Tribut. Nachts lag sie schlaflos und schwitzend wach, und manchmal kam es Harriet so vor, als ob ihre Mutter unzusammenhängendes Zeug redete, brabbelte, dass man sie verfolgen würde. Einmal spähte sie hinter dem Vorhang ihres Schlafzimmers hervor auf die Straße, weil sie überzeugt davon war, dass ein Journalist in einem Auto saß und ihre Haustür fotografierte. Ein anderes Mal riss sie Harriet mitten in der Nacht aus dem Schlaf, als sie dachte, die Polizei stünde vor der Tür und würde Tränengas durch ihren Briefkastenschlitz sprühen. Das blühende Unternehmertum in Schweden, von dem Mama einst so warmherzig gesprochen hatte, verwandelte sich in Dunkelheit und Verzweiflung.

»Ich glaube, sie ahnen etwas«, sagte sie an dem Abend nach der Fernsehdebatte. »Jetzt werden sie mich bald holen. Wenn sie mich ins Gefängnis stecken, musst du versprechen, dass du von hier weggehst.«

Ein paar Wochen später bekam Harriet den Tipp mit dem Putzjob im *Sleep Inn.* Die Bezahlung war gut. Mama und sie waren sich einig, dass sie die Stelle annehmen sollte. Mama wollte, dass sie Abstand zu ihr hielt. Falls das Finanzamt ihr auf die Schliche kam, sollte Harriet keine Verbindungen zur Wäscherei haben.

Im *Sleep Inn* wurde die Sorge um Mama immer größer. Trotz der vielen Arbeit rief sie mehrmals am Tag zu Hause an. Sie spürte den Schmerz in Mamas Stimme und versuchte alles, um sie zu beruhigen.

»Schh«, sagte Mama manchmal. »Ich glaube, da hört jemand mit.«

»Mama, ich glaube nicht, dass …«

Aber da hatte sie schon aufgelegt.

Harriet greift nach der Decke zu ihren Füßen. Wenigstens haben sie jetzt einander, sie und Delilah.

Dann beschließt sie, Elias eine Chance zu geben.

Sie betet zu Gott, dass er sie nicht enttäuschen wird.

KAPITEL 29

Eva denkt oft darüber nach, warum Ulf sich für sie entschieden hatte. Er hatte wirklich alles. Aussehen, Charme, Geld. Seine Familie besaß Lebensmittelgeschäfte in ganz Småland, und Ulf wusste schon als Teenager, dass er nach der Ausbildung Augus Livs übernehmen würde.

Manchmal fragt sie sich, ob er sie ausgewählt hat, um sich oder seinen Eltern etwas zu beweisen. Als Tochter eines Witwers, der in der petrochemischen Anlage arbeitete, war sie bestimmt die rebellischste Wahl.

Jetzt steht sie in ihrem gemeinsamen Zuhause, ihrem schönen Einfamilienhaus. Vor ihr liegt die aktuelle Ausgabe der *Hänt i veckan.* Sie liest sie nur, wenn Ulf nicht da ist, weil er für ihre Faszination für Royals und Promis nur Verachtung übrig hat.

Sie sieht aus dem Wohnzimmerfenster. Es hat aufgehört zu regnen, und Ulf arbeitet in seinem Gewächshaus. Bei dem Gewitter sind einige Glasscheiben zerbrochen. Petersilie, Salbei, Schnittlauch, Pfefferminze – alles, was er da draußen anbaut, kann überleben, solange es geschützt ist. Doch jetzt fehlt der Schutz.

Sie sprechen nicht darüber, was gestern geschehen ist. Ihr Nacken schmerzt immer noch, doch sie wagt es nicht, es zu erwähnen.

Sie klappt die Zeitschrift zu und versteckt sie. Dann geht sie in die Küche und holt die Gefrierbeutel hervor, in die er die Kräuter immer verpackt.

Plötzlich steht er hinter ihr, sie hat ihn nicht gehört. In einer Hand hält er den Korb mit den Kräutern, in der anderen Glasscherben aus dem Gewächshaus.

»Wie sieht es aus?«, fragt sie.

Er legt die Scherben auf die Arbeitsfläche, nimmt ein Küchenmesser und macht sich daran, die Kräuter klein zu hacken.

Das Telefon klingelt. Sie will abnehmen, doch Ulf kommt ihr zuvor.

»Boström«, sagt er.

Dann dreht er sich zu ihr, seine Stirn ist gerunzelt, seine Augen werden dunkel.

»Nein, sie ist nicht hier, aber ich kann ihr gern etwas ausrichten …«

Wie versteinert steht sie da, will ihm den Hörer aus der Hand nehmen, wagt es nicht.

»Ja, ich verstehe«, sagt er. »Ich rede mit ihr. Danke.«

Er legt auf.

»Wer war das?«, fragt sie. »Und warum hast du behauptet, ich wäre nicht zu Hause?«

Er seufzt, legt das Messer beiseite.

»Das war die Patenorganisation.«

»Ist etwas passiert?« Sie hört, wie ihre Stimme zittert.

»Sie sagen, du hättest wieder Geld geschickt?«

»Ja, aber nicht viel …«

»Und dass du in deinem Brief geschrieben hast, dass du kommen möchtest? Dass du dem Kind angeboten hast, es könne mit seinem kleinen Bruder bei uns wohnen? Du weißt doch, dass sie alle Briefe lesen, sie übersetzen sie ja schließlich.«

Er nimmt einen Stängel Petersilie und zerreibt ihn zwischen den Fingern.

»Ich habe das doch nicht ernst gemeint …« Sie verfolgt, wie seine Finger den Stängel bearbeiten. »Das ist dir doch klar, Ulf, oder?«

Sie sieht zum Kühlschrank, den hässlichen Magneten und den Fantasien von einem normalen Leben mit gemeinsamen Abendessen, Gesprächen und Nähe. In der weißen Spiegelung erscheint alles besser. Weniger bedrohlich. Doch dann hört sie, wie Ulf wieder schwer atmet.

»Ich habe es wirklich nicht ernst gemeint, als ich das geschrieben habe, ich bin ja nicht dumm«, sagt sie bemüht ruhig. »Ich weiß doch, dass das nie passieren wird, aber ich wollte Fatima eine Freude machen. Nur deshalb habe ich es geschrieben. Es ist doch nichts verkehrt daran, jemandem eine Freude zu machen, oder? Es wäre schön, wenn jemand mich wertschätzen würde …«

Er schüttelt den Kopf. Sieht sie an, als wäre sie ein Stück Fleisch im Kühlraum.

»Lass das …«, sagt sie.

»Ich kann nicht mehr«, murmelt er. »Ich bekomme keine Luft mehr. Dieser Druck über der Brust, der kommt und geht …«

Sie macht einen Schritt auf ihn zu, doch er packt ihre Handgelenke und hält sie zurück. Sein Griff brennt. Sie ist nicht auf seine Grobheit vorbereitet.

»Du musst dich von mir fernhalten … Sonst weiß ich nicht, was ich tun werde.«

»Was meinst du damit?«, sagt sie mit wachsender Angst.

Plötzlich laufen ihm Tränen über die Wangen.

»Aber Ulf, Liebling … Sprich mit mir. Du kannst mir alles sagen, das weißt du doch?«

Er stößt ein wimmerndes Geräusch aus, als hätte er Schmerzen.

»Kannst du mir alles verzeihen?«

»Ja«, antwortet sie.

Er schweigt.

»Ulf? Was hast du getan?«

Er lässt sie los, wendet das Gesicht ab. Als sie ihn berühren will, schiebt er sie mit überraschender Kraft weg. Sie stolpert gegen die Anrichte, stützt sich ab. Spürt die Glasscherben unter der Hand erst, als es zu spät ist. Schreit vor Schmerz auf.

Ulf weicht zurück, murmelt eine Entschuldigung. Hastet in die Diele, schlägt die Haustür hinter sich zu.

Dann ist er fort.

KAPITEL 30

Jörgen öffnet die Tür und geht in die Küche. Sanna folgt ihm. Laila sitzt am Tisch, mit rot verweinten Augen und einem Taschentuch in der Hand. Die Krähenfüße sind tiefer als bei ihrer letzten Begegnung.

Der Tisch ist mit Papieren übersät. Auf einer Karte hat jemand die Seen und Waldgebiete um Augu markiert und ein Gitternetz eingezeichnet. In der Spüle stapeln sich Tassen und Gläser. Sanna sieht zu der offenen Konservendose mit Würstchen auf der Arbeitsfläche, daneben liegen ein paar Käsereste.

»Hier.« Jörgen gibt ihr einen Karton. »Das habe ich vorhin am Telefon gemeint.«

Der Karton ist weiß und rechteckig. In großen schwarzen Buchstaben steht *ellos* darauf, eines der größten Versandhäuser im Land. Adressiert ist das Paket an Rosie Edwall. Sanna hebt den Deckel hoch. Darin liegt Unterwäsche in bunten Farben, mit Spitze und Perlen. Laila schluchzt und geht zum Fenster, wo sie die Stirn gegen die Scheibe lehnt.

»Warum bestellt ein fünfzehnjähriges Mädchen so etwas?«

»Bekommen Sie den Katalog? Ich meine, kann sie hier darin geblättert haben …?«

Laila wühlt zwischen Zeitungen und anderen Sachen auf der Küchenbank und zieht den Versandkatalog heraus.

Auf dem Umschlag ist eine lächelnde Frau in einem weißen Daunenmantel über einem roten Strickpullover und roten Velourslederstiefeln abgebildet. Dazu trägt sie blaue Hosen und einen blauen Schal. Sie hält ein Mädchen an der Hand, das auch zueinander passende Winterkleidung trägt. Die beiden stehen vor einem perfekten blauen Himmel mit kleinen weißen Wolken.

Sanna blättert zur Unterwäsche. Überschriften wie »Luxuriöse Dessous in Creme oder Schwarz« oder »Neu! Boxershorts!« über bunten Abbildungen. Rosie hat nichts angestrichen.

»Wann kam das Paket?«, fragt Sanna.

»Heute«, antwortet Jörgen.

»Haben Sie schon mit Ulf Boström gesprochen?«, fragt Laila. »Jörgen ist ihm nämlich gefolgt und hat ihn konfrontiert. Aber Ulf sagt nichts. Gibt nicht einmal zu, dass er Rosie Bier besorgt hat. Ein Wunder, dass Jörgen ihm keine reingehauen hat …«

»Ich werde mit ihm reden«, fällt Sanna ihr rasch ins Wort.

Laila schnaubt und schnäuzt sich wieder. Jörgens Blick ist einfach nur leer, beunruhigend leer. Als wäre er innerlich tot.

»Dürfte ich mir mal Rosies Zimmer anschauen?«, fragt Sanna.

Rosie Edwalls Zimmer ist ein ganz normales Teenagerzimmer. Poster hängen an den Wänden und an der Rückseite der Tür. Schminke und Silberschmuck mit Türkisen liegt auf dem Nachttisch neben einem Kunststoffwecker. Auf dem Schreibtisch stapeln sich Schulbücher, daneben ein Mathematikheft. Das Bett ist mit einer gehäkelten Tagesdecke in Pastellfarben bedeckt.

Puzzleteile sind auf dem Boden ausgebreitet. Eine Weltkarte. Zweitausend Teile, laut Schachtel. Sanna geht vorsichtig daran vorbei und zum Schrank, in dem sich normale Kleidung und Schuhe befinden. Eine Kiste mit alten Schularbeiten. Nichts Bemerkenswertes.

Laila steht in der Tür und beobachtet sie. Kommt ins Zimmer, beißt sich auf die Lippe.

»Vor ein paar Wochen habe ich Bücher gefunden, die sie hinter anderen im Regal versteckt hat.«

»Was für Bücher?«

»Kunstbücher. Bücher über Frauen in der Kunst, Frauenporträts.«

»Wo sind die jetzt?«, fragt Sanna und sucht das Bücherregal ab.

Laila schüttelt den Kopf.

»Keine Ahnung, warum sie sie versteckt hat. Zuerst dachte ich, sie hätte etwas hineingelegt, weshalb ich sie ausgeschüttelt habe, aber darin war nichts. Als ich später wieder ins Zimmer kam, waren die Bücher weg. Sie hat nur irgendetwas gemurmelt, von wegen, sie gehörten einem Kumpel.«

Sanna nickt.

»Die Bilder waren schön«, fährt Laila fort. »Gut, manche Frauen waren nackt, aber … Glauben Sie, das hat etwas zu bedeuten?«

»Ich weiß es nicht.«

Sanna geht zum Nachttisch, mustert den Wecker, der stehen geblieben und auf dem eine Meerjungfrau zu sehen ist. Er ist groß und bauchig, kindlicher als das restliche Zimmer.

»Den hatte sie schon als Kind, hat ihn aber nie als Wecker benutzt. Erst vor einer Weile hat sie ihn aus einer alten Kiste gezogen. Fragen Sie mich nicht, warum, wir müssen sie immer wecken, sie kommt morgens überhaupt nicht aus dem Bett …«

Sanna dreht den Wecker um. Öffnet das zerkratzte Batteriefach. Etwas fällt heraus.

»Mein Gott.« Laila schlägt die Hand vor den Mund.

Sanna sinkt auf die Knie. Erst nach einem Moment wird ihr klar, dass vor ihr eine dicke Rolle Geldscheine liegt, die sorgfältig in Plastikfolie eingewickelt ist.

KAPITEL 31

Marianne tunkt ihr Brot in die letzten Reste der heißen Suppe und hört dabei Kenneth zu, der sich mit einem Kunden unterhält. Als sie mit ihrem Mittagessen fertig ist, wäscht sie das Geschirr ab und stellt die Schüssel in den kleinen Geschirrständer des Personalraums. Schenkt sich eine Tasse Kaffee ein.

Bald kommt Ulf. Sehr schön. Wie typisch, dass das Gewächshaus gerade jetzt beschädigt wurde, als ob er es nicht schon schwer genug hätte. Gartenarbeit ist wichtig für Ulf. Die Gewürze und die Beerensträucher. Da Eva allergisch gegen Erde ist, ist das der einzige Ort, an dem er seine Ruhe hat.

Sie fragt sich oft, warum es ihm in den letzten Jahren so schlecht geht. Manchmal denkt sie, dass es wirklich an der unglücklichen Ehe liegt, dass Eva ihn zermürbt. Aber sie weiß auch, dass er eine große Verantwortung trägt. Das Geschäft ist seit Generationen im Besitz der Boströms, und die letzten Jahre waren für Ulf sehr anstrengend. Sie haben das Lager umgebaut und den Ladeplatz erweitert. Die neue, größere Käsetheke hat ein kleines Vermögen gekostet. Alle wollen den französischen Grünschimmelkäse. Immer mehr Kunden haben auch eine dieser furchtbaren Mikrowellen, und alle arbeitenden Eltern wollen Zeit beim Kochen sparen. Die Fertiggerichte nehmen immer mehr Platz im Laden ein. Wer hat heutzutage schon Zeit, über Pastinaken nachzudenken?

Vielleicht ist die Angst der Grund oder die Müdigkeit, jedenfalls spürt Marianne die Anspannung in ihren Schultern. Sie bewegt die Nackenmuskeln, doch nichts lockert sich.

Ihre Gedanken wandern zu Rosie Edwall. Die Beklemmung wird stärker. Marianne hat die Suchmannschaft zwischen den Fichten gesehen, die unbedingt alles richtig machen wollte, mit Mützen und Handschuhen in den Händen. Ihre Jacken und Pullover hatten leuchtenden Farben, gehörten nicht in die Natur. Ein älterer Mann ging vornübergebeugt, als wolle er mit den langen Armen in der nassen Erde graben. Eine Frau zog die Kapuze ihrer Jacke hoch, aber als sie sich umdrehte und Marianne direkt ansah, waren ihre Augen groß vor Angst. Die Vögel riefen laut, während sich die Menschenkette zwischen den Baumstämmen voranbewegte. Später erfuhr Marianne, dass sie nichts gefunden hatten. Sie selbst hatte sich ihnen nicht angeschlossen. Sie weiß nicht genau, warum. Vielleicht weil sie wusste, dass es keine Rolle spielen würde. Sie tat mehr Gutes im Laden, wo sie Ulf helfen konnte.

Die jungen Leute von heute sind schwer zu verstehen. Es ist gut, dass Johan und Mats schon ausgezogen sind. Auch wenn sie weiß, dass sie eine gute Mutter war, ist es eine Erleichterung, weniger Verantwortung zu haben. Je älter sie wird, desto mehr schätzt sie das Alleinsein. Sie isst, was sie will, geht ins Bett, wann sie will, und muss nur noch an die Einnahme ihrer Medikamente denken.

Sie streicht mit dem Finger über eine Ader an der Hand.

Die Haut wird dünner mit den Jahren. Dünner und weißer. Bald wachsen ihr bestimmt die langen weißen Härchen im Gesicht, wie sie sie bei älteren Frauen gesehen hat.

Sie setzt sich wieder an den Tisch, schlägt die Beine übereinander. Nimmt die Zeitung in die Hand. Sie hat immer noch Kopf- und Nackenschmerzen. Vielleicht fühlt sie sich nur wegen des Wetters so steif und komisch. Vielleicht hätte sie vor der Arbeit noch einen zweiten Vargtass trinken sollen. Bei dem Gedanken an den Cocktail aus Wodka und Preiselbeersaft wird ihr ganz warm.

Sie blickt von der Zeitung auf. Ein klopfendes Geräusch.

Seltsam.

Ein dumpfes, beständiges Klopfen.

Sie widmet sich wieder der Zeitung. Blättert, wie jeden Tag, durch die Seiten über Olof Palme. Ein provokanter Kommentar befasst sich mit Palmes internationalem Engagement und seiner umstrittenen Kritik an den USA wegen des Vietnam-Krieges sowie seinem Besuch bei Fidel Castro in Kuba. Sie seufzt, Palmes Außenpolitik wird zu viel Aufmerksamkeit gewidmet. Warum sprechen so wenige über alles, was er für die Gleichberechtigung und die Frauen getan hat?

Sie versucht, einen Artikel über Lisbeth Palme und die gemeinsamen Söhne zu lesen, doch das Klopfen lenkt sie ab. Sie legt die Zeitung weg und steht auf.

Gegenüber vom Personalraum befindet sich der Kühlraum, der geschlossen ist. Das kleine Fenster in der Tür ist dunkel. Nach links geht es in den Laden, rechts führt hinter einer Tür eine Treppe in den Keller.

Im Flur bleibt sie stehen und lauscht. Das Geräusch scheint von unten zu kommen.

Vorsichtig geht sie die Stufen hinunter, das Treppenlicht funktioniert nicht. Unten angekommen drückt sie den Lichtschalter, und die einsame Glühbirne, die von der Decke baumelt, taucht den Raum in warmes Licht.

Das Klopfen wird zu einer Art Zischen oder Keuchen, mit leiseren Zwischentönen. Ihr ist immer noch nicht klar, woher es kommt.

Der Keller wird als Abstellraum genutzt. Hier bewahren sie das Beschilderungsmaterial und andere Dinge auf, die nicht draußen im Lager sein sollten. Ulfs Gefriertruhen stehen ebenfalls hier unten, in denen er Kräuter und andere Ernte aus seinem Gewächshaus lagert. Eigentlich sollte man die Räumlichkeiten des Ladens nicht für so etwas nutzen, doch die Behörden haben den Keller noch nie überprüft.

Hier unten gibt es nur eine weitere Tür, die zu einem zugemauerten Gang führt, dem alten Kellereingang. Als sie die Rückseite ausbauten und ein großes, neues Lager bekamen, mauerte Ulf den Eingang zu. Jetzt ist der Durchgang nur noch ein länglicher Raum ohne Zweck. Vielleicht kommt das Geräusch von dort.

Marianne geht zur Tür, aber gerade als sie sie aufstoßen will, sieht sie, dass ein Vorhängeschloss daran befestigt ist.

Schritte werden auf der Treppe laut.

»Da bist du ja«, sagt Kenneth. »Eine Kundin will unbedingt Pastete haben, und ich versuche ihr zu erklären, dass wir ausverkauft sind, aber sie glaubt mir nicht.«

Sie lauscht an der Tür, aber das Geräusch ist verstummt.

Besorgt folgt sie Kenneth zurück in den Laden.

»Wusstest du, dass Ulf ein Vorhängeschloss an der Tür zum alten Kellereingang angebracht hat?«, fragt sie.

Kenneth zuckt zusammen.

»Warum wolltest du da rein? Dort sind doch nur Ratten, oder?«

Sie seufzt. Natürlich, die Ratten. Vor etwa einem Jahr war ihr eine im Laden begegnet, ihr Schwanz war so lang und dick wie eine Peitsche. Sie schrie, als Ulf sie mit einer Schaufel erschlug. Es war schrecklich, aber sie können ja schließlich kein Ungeziefer im Laden dulden, das weiß sie.

Sie kümmert sich um die Kundin, die Pastete kaufen will, dann bemerkt sie Ulf, der gerade Huhn in der Fleischtheke nachfüllt. Zurzeit läuft eine Werbeaktion mit einem Sonderpreis für alle Zutaten für Fliegender Jakob. Sie selbst muss würgen, wenn sie an die Kombination aus Huhn, Speck, Sahne, Banane, Chilisauce und Erdnüssen denkt.

Sie legt Ulf sanft die Hand auf die Schulter und begrüßt ihn. Er murmelt eine Erwiderung. Als eine Kundin sich vom abgepackten Huhn nimmt, zwingt Ulf sich zu ein paar höflichen Worten. Danach beugt Marianne sich zu ihm.

»Ich habe wieder die Ratten gehört«, sagt sie leise und beherrscht. »Gut, dass du den Zugang gesichert hast. Aber vielleicht sollte ich Fallen kaufen?«

Er sieht sie erst verständnislos an, dann nickt er geistesabwesend, bevor er weiter das abgepackte Huhn einräumt. Das Plastik knirscht laut.

»Ich kümmere mich darum«, sagt er.

KAPITEL 32

Harriet wringt das Tuch über dem trüben Wasser aus. Der Schmutz, der sich in den Wänden des Gasthauses festgesetzt hat, ist hartnäckig. Doch allmählich kommt das Blumenmuster der Tapeten wieder zum Vorschein.

Sie wirft einen Blick auf ihre Armbanduhr. Ihr Kopf schmerzt. Vielleicht wegen der Gedanken an das verschwundene Mädchen. Sie hat gehört, wie Birger jemandem erzählt hat, die Polizei gehe davon aus, sie habe das Auto der Eltern genommen und sei von zu Hause ausgerissen.

Trotzdem waren überall Einsatzfahrzeuge, und es wurde mit einer Menschenkette gesucht. Warum kommt die Polizei und sucht nach dem Mädchen, wenn sie tatsächlich glaubt, dass es freiwillig verschwunden ist? Das versteht sie nicht. Sie hat angeboten, mit in der Menschenkette zu laufen, wurde aber weggeschickt. *Im Moment brauchen wir keine weiteren Freiwilligen.* Als sie ein paar Minuten später spazieren gegangen ist, war alles ruhig und still. Als ob die Polizei nie da gewesen wäre.

Die Polizei.

Sie denkt daran, wie sehr Mama die Polizei gefürchtet hat. Wie eine Streife einmal mitten in der Nacht vor ihrer Tür auftauchte. Ein Nachbar hatte sie alarmiert, nachdem er Mamas Schreie gehört hatte.

»Was hast du getan, Mama?«, fragte Harriet am Telefon.

Mama schwieg, als ob sie keine Luft bekäme.

»Mama?«, fuhr Harriet fort. »Geht es dir gut? Soll ich nach Hause kommen?«

»Nein, nein …«

»Aber warum hast du so geschrien?«

»Es war nur ein Albtraum.«

Harriet dachte an die Albträume ihrer Mutter, bevor sie die Stelle im *Sleep Inn* angenommen hatte. Einmal war sie mit dem Mund voller Wespen aufgewacht, ein anderes Mal brannten die Ärmel ihres Nachthemds. Die schlimmste Nacht war, als sie träumte, dass jemand sie weit draußen auf dem Meer wie ein Segel auf einem alten Boot aufgespannt hätte.

»Was hast du dieses Mal geträumt, Mama?«

Es knackte in der Leitung. Mama weinte.

»Dass die Polizei da war«, sagte sie.

Schritte. Birger kommt den Korridor entlang.

»Wie geht's voran?«, fragt er.

»Ganz okay.«

Er schaut auf den Lappen in ihrer Hand. Vielleicht ist er überrascht, dass sie die Wände und Schalter abwischt.

»Wenn du etwas brauchst, ruf mich«, sagt er und verschwindet.

Sie ist froh, dass sie den Job angenommen hat, wenn auch nur so lange, bis Elias zurückkommt und sie abholt. Was wird er zu Delilah sagen? Doch damit wird sie sich auseinandersetzen, wenn es so weit ist. Delilah kommt in jedem Fall mit. Wenn Elias sie nicht im Lastwagen duldet, muss sie sich eine Reisemöglichkeit überlegen.

Sie steht vor ihrer Zimmertür, wischt Klinke und Rahmen

ab. Lässt den Blick weiter über die Wände wandern. Sieht eine kleine Erhöhung, berührt sie, die Tapete scheint sich zu öffnen.

Langsam beugt sie sich vor und wischt probehalber mit dem Tuch darüber, ob es eine optische Täuschung ist.

Eine Stück Tapete klappt zur Seite. Das Loch in der Wand ist deutlich sichtbar. Sie kniet sich hin und sieht blinzelnd hindurch. Delilah liegt auf dem Bett, auch das restliche Zimmer ist zu sehen.

Birger ist hinter der Bar. Sie wirft den Putzlappen auf den Tresen.

»Spinnst du eigentlich?«, fährt sie ihn an.

Kurz darauf stehen sie nebeneinander vor dem Loch in der Wand.

»Himmel«, sagt er.

Gerade als er in die Knie gehen will, um hindurchzusehen, fällt ihr ein, dass er sie vielleicht rauswirft, wenn er das Tier in ihrem Zimmer entdeckt. Aber es ist zu spät.

»Äh, also …«, sagt er und steht mit ernster Miene auf. »Was ist das? Beißt es?«

Sie schüttelt den Kopf.

»Du bist ja lustig«, fährt er fort. »Eine Schlange? *Hier?*«

Sie nickt zu dem Loch in der Wand.

»Ich würde gerne wissen, warum du deine Gäste heimlich beobachtest?«

Er seufzt.

»Das bin nicht ich.«

Er sieht sie an, und in diesem Moment fühlt sie sich dumm. Birger und sie müssen in die Knie gehen, um durch das Loch zu spähen.

Es befindet sich auf Augenhöhe eines Kindes.

KAPITEL 33

Als Sanna zu ihrem Zimmer kommt, wartet Harriet im Flur auf sie. Sanna bleibt stehen.

»Ist etwas passiert?«

Sie will sich nur etwas ausruhen nach dem Besuch bei den Edwalls, bevor sie zu Ulf Boström geht.

Harriet deutet auf etwas an der Wand.

»Was?«

Sanna erkennt, dass jemand ein kleines Loch in die Tapete gebohrt hat.

»Neben meiner Tür habe ich es zuerst entdeckt, dann habe ich mich umgesehen«, erklärt Harriet. »Das Mädchen hat bei jeder Tür ein Loch gebohrt und alle Zimmer heimlich beobachtet.«

»Das Mädchen? Birgers Tochter?«

Birgers und Kristinas Wohnung befindet sich hinter der Küche. Sanna hat die Tür von der Bar aus schon mal gesehen.

Ihr ist unbehaglich, wenn sie an Kristina denkt, die hier im Gasthaus aufwächst. Sie sieht das Gesicht des Mädchens vor sich, die runden Augen. Sie müssen viel gesehen haben. Tag und Nacht kommen hier Fremde vorbei.

Es wird kälter, je näher sie der Tür kommt. Als sie klopft, öffnet Kristina beinahe sofort.

»Möchten Sie mit Papa sprechen?«

Hellrote Flecke prangen auf ihrer Wange. Die Badezimmertür ist angelehnt. Durch den Spalt sieht Sanna einen gelben Plastikeimer mit Deckel, auf dem Boden daneben liegen Arbeitshandschuhe.

»Was machst du denn da?«, fragt Sanna.

Kristina tritt die Badezimmertür zu.

»Nichts Besonderes.«

Sie sieht Sanna geradeheraus an.

»Also, Sie wollten mit meinem Vater reden, oder?«

Sanna schüttelt den Kopf.

»Ich wollte dich fragen, ob du hier im Gasthaus vor zwei Jahren etwas gesehen hast, an dem Tag, an dem Julia Larsen verschwand.«

Kristina sieht sie ausdruckslos an.

»Ich habe die Löcher in den Wänden der Gästezimmer gesehen«, fährt Sanna fort. »Hast du Zimmer sieben beobachtet? In dem Jan Svensson gewohnt hat?«

Schritte nähern sich.

»Was machen Sie denn da?«, fragt Birger. »Sie dürfen nicht mit meiner Tochter reden.«

Er legt den Arm um Kristina und sagt ihr, sie solle ihre Hausaufgaben machen.

»Tut mir leid«, sagt Sanna.

»Verschwinden Sie.«

»Wenn ich das nächste Mal mit ihr reden möchte, frage ich zuerst Sie.«

Er beugt sich so dicht zu ihr, dass sein Speichel auf ihre Haut spritzt.

»Es gibt kein nächstes Mal, und wenn Sie sich nicht zurückhalten, fliegen Sie raus.«

Es ist kalt, als Sanna kurz darauf zum Lebensmittelgeschäft geht. Die Nachmittagssonne steht bleich am bleigrauen Himmel. Sie setzt auf ein informelles Gespräch mit Ulf Boström, das hoffentlich etwas ergibt, was Jörgen Edwall überzeugt, ihn in Ruhe zu lassen.

Der kalte Wind bläst ihr die Haare ins Gesicht, und sie schaudert.

Sie sieht vom Himmel zu den Häusern und Gärten. Augu hat etwas Verzweifeltes an sich. Viele Rasenflächen und Blumenbeete sehen aus wie gezähmt. Vielleicht ist das frenetische Mähen und Schneiden ein Weg für die Menschen, die Kontrolle zurückzugewinnen, sogar über die Natur, die man eigentlich nicht besiegen kann.

Eine Erinnerung blitzt auf.

Sie war zwölf und lebte auf Gotland im Waisenhaus im Östergarnslandet. Zusammen mit den anderen Kindern rodete sie eine Weide von Birkensprösslingen und sich ausbreitendem Adlerfarn. Die Erwachsenen hatten keine Zeit für Nähe oder Zärtlichkeit, sie übertrugen den Kindern stattdessen Aufgaben. In der Natur gab es immer etwas zu tun. Die anderen Kinder jammerten, sie hätten Durst, bis sie nach drinnen gehen und sich ausruhen durften. Sanna jedoch machte weiter, bis nur noch sie übrig war. Stundenlang kämpfte sie gegen Büsche und wilde Wurzeln an. Sie durfte auch als Einzige dabei sein, als die Tiere auf die Weide gelassen wurden. Nie wird sie vergessen, wie die Lämmer über die Wiese gesprungen sind. Das war ihre Belohnung.

Ein Vogelruf bringt sie zurück in die Gegenwart, und sie geht schneller.

Im Zentrum kommt sie an der Videothek vorbei. Sie wechselt ein paar Worte mit Tony, dem Besitzer, einem fröhlichen und lebhaften Mann in den Dreißigern. Abgesehen von einer Zusammenfassung von *Der weiße Hai 3-D* erfährt sie nichts Neues.

Beim Betreten von Augus Livs fällt ihr Blick als Erstes auf das Schwarze Brett, an dem ein DIN-A4-Blatt mit einem Bild von Rosie Edwall unter der Überschrift »Vermisst« hängt. Darauf angegeben sind eine kurze Beschreibung sowie die Telefonnummer von Laila und Jörgen Edwall.

Im Laden steht eine Frau in den Sechzigern mit blonden Locken, einer gestreiften Schürze und einem kleinen Namensschild, das sie als *Marianne* ausweist. Sanna stellt sich vor.

»Geht es um das Mädchen?«, fragt Marianne.

»Kennen Sie Rosie Edwall?«

Die Frau schüttelt leicht den Kopf.

Die Bewegung ist ruhig, ihre Augen verraten aber ihre Sorge. Sie scheint etwas fragen zu wollen, doch dann schlingt sie nur die Arme um den Oberkörper.

»Wissen Sie noch, wann Sie Rosie zuletzt gesehen haben? Hier im Laden oder woanders?«, fährt Sanna fort.

Marianne nestelt nachdenklich an ihrer Schürze.

»Nein … Aber das ist sicher eine Woche her oder sogar noch länger …«

»War sie hier im Laden?«

»Nein, ich glaube, das war an der Bushaltestelle. Oder vor der Videothek. Ich habe sie im Dunkeln gesehen, aus der Ferne, das weiß ich noch. Die Jugendlichen fahren immer durch die Gegend, hier gibt es ja nicht viel anderes für sie zu tun, die Armen.«

»Die Armen?«

»Ja, hier in Augu gibt es kein Jugendzentrum, nicht einmal einen Imbiss, der lange geöffnet hat und in dem sie sich aufwärmen können. Deshalb sind sie die ganze Zeit unterwegs. Eigentlich ein Wunder, dass nicht noch mehr von zu Hause ausreißen.«

»Noch mehr? Wer ist denn von zu Hause weggelaufen?«

»Ist Rosie Edwall nicht abgehauen? Ich dachte, das ist der Grund, warum nicht mehr Polizisten vor Ort sind.«

Sanna atmet tief durch, um nicht zu viel zu verraten.

»Kennt Ulf Boström Rosie?«

Marianne schüttelt den Kopf. »Nein, warum sollte er?«

»Und wie gut kennen Sie und Ulf einander?«, fragt Sanna weiter.

Marianne blinzelt verständnislos.

»Wie meinen Sie das? Wir arbeiten seit vielen Jahren zusammen, und ich kenne ihn genauso gut wie meinen Ex-Mann, natürlich nicht körperlich …«

Sie errötet und verstummt.

»Ist Ulf heute hier?«

Marianne nickt nur und verschwindet durch eine Tür mit einem kleinen Fenster.

Ein Mann in Hemd und blauer Weste kommt heraus. Er ist mittleren Alters, breitschultrig mit dunklen Haaren und dunkelblauen Augen. Sein Blick ist überraschend eindringlich.

»Ulf Boström«, sagt er und streckt ihr die Hand entgegen.

Sein Händedruck ist fest, fast schmerzhaft. Instinktiv will sie die Hand zurückziehen, und hätte er sie nicht in dem Moment losgelassen, wäre sie einen Schritt zurückgewichen.

»Sanna Berling, ich bin von der Polizei und würde gern mit Ihnen über Rosie Edwall reden.«

»Ah, das … Ihr Vater war auch schon bei mir. Alle scheinen zu glauben, ich wüsste etwas. Aber ich weiß nichts.«

»Sie haben keine Ahnung, wo Rosie sich aufhalten könnte?«

Er schüttelt den Kopf und wirft einen Blick über die Schulter, zur Tür mit dem kleinen Fenster, von der aus Marianne sie beobachtet.

»Rosies Eltern glauben, dass Sie beide sich kennen, Sie und das Mädchen«, fährt Sanna fort. »Warum sollten sie das glauben?«

»Wie bitte?«

»Vielleicht ist es ein Missverständnis? Oder?«

Er seufzt.

»Sie ist manchmal hier im Laden, nur daher kenne ich sie. Etwas anderes fällt mir nicht ein, ich kenne auch ihre Eltern nicht …«

»Wann war sie denn zuletzt hier?«

»Ich weiß es nicht. Entschuldigung, aber ich verstehe nicht, warum ich eine Ahnung haben sollte, wo sie sich aufhalten könnte?«

»Sie kennen Rosie also nicht?«

Seine Augen funkeln.

»Nein, ich kenne sie nicht. Ich kenne sie überhaupt nicht.«

KAPITEL 34

Eva geht an der Videothek vorbei zu Augus Livs. Der Parkplatz ist fast leer, die Bäume genauso schwarz und dürr wie immer. Die Zweige bewegen sich im Wind, beugen sich über den toten Asphalt.

Vielleicht liegt es am Schmerz, dem Schock über Ulfs Verhalten. Sie hat die Schnitte in der Handfläche ausgewaschen, sie waren nicht tief, und die Scherben eingesammelt. Der weiche Verband wärmt und schützt. Doch sie fühlt sich wie in einer Parallelwelt, in der irgendetwas Fremdartiges Besitz von Ulf ergriffen hat.

Dieses Mal ist er ernsthaft krank, davon ist sie überzeugt. Seine Depressionen sind so viel schwerer geworden, er muss wieder zum Arzt. Wenn er hingeht, dann beruhigt sich bestimmt alles.

Beim Betreten des Ladens erstarrt sie. Direkt vor ihr steht eine unbekannte Frau und redet mit Ulf. Sie ist hellblond, schlank und etwa Mitte zwanzig. Ulf sieht müde aus.

»Sie haben nie mit ihr geredet?«, fragt sie ihn.

»Nein.«

»Was haben Sie am Montagabend gemacht?«

»Lange gearbeitet.«

»Kann das jemand bezeugen?«

Ulf nickt zu Eva. »Meine Frau.«

Die blonde Fremde dreht sich um. In ihren Augen strahlt ein seltsames Licht. Sie streckt die Hand aus und stellt sich als Sanna Berling vor, von der Polizei.

Eine Polizistin.

»Was ist hier los?«, fragt Eva. »Worum geht es?«

»Ich unterhalte mich nur mit Ihrem Mann über Rosie Edwall«, erklärt die Polizistin. »Das Mädchen wird seit ein paar Tagen vermisst, und wir versuchen uns ein Bild davon zu machen, wo es sich davor aufgehalten …«

»Und Sie glauben, dass sie hier im Laden war?«

»Das wissen wir nicht. Deshalb spreche ich gerade mit Ihrem Mann.«

Ihr Ton ist kühl. Im Hintergrund hört Eva gedämpft das Radio aus dem Personalraum. Plötzlich hat sie wieder das Gefühl, sich in einer Parallelwelt zu befinden. Sie denkt an das, was Ulf gesagt hat.

Kannst du mir alles verzeihen?

Sie erinnert sich an den Abend, an dem Ulf lange gearbeitet hat. Das Mädchen, das sie vor dem Laden gesehen hat. Rosie Edwall. Marianne hatte ihr am Telefon gesagt, dass Ulf an dem Abend fröhlich gewirkt hat.

»Stimmt das?«, fragt Sanna. »Hat Ihr Mann vor zwei Tagen abends lange gearbeitet?«

Stille.

»Ja.«

Eva sieht Rosie Edwall vor sich, wie sie vor dem Laden an dem silbernen Alfa Romeo lehnt. Jung und hübsch. Der arrogante Blick, als sie eine Kaugummiblase macht.

»Ich glaube es zumindest«, fährt sie zu ihrer Überraschung fort. »Ich war bei meinem Vater, er ist alt und krank, und als ich zu Hause war, bin ich eingeschlafen.«

Ulf blinzelt, dreht seinen Ehering. Eva schluckt angestrengt. Was hat sie jetzt schon wieder getan?

»Was ist mit Ihrer Hand passiert?«, fragt die Polizistin.

»Scherben von unserem Gewächshaus«, antwortet Eva rasch. »Nur oberflächliche Schnitte.«

Ulf und die Polizistin reden weiter, doch die Geräusche werden aus dem Raum gesogen. Als die Polizistin nickt und nach draußen geht, bekommt Eva kaum noch Luft.

»Ulf…«, sagt sie und versucht, ihm in die Augen zu sehen. »Ich wollte dir nur sagen, dass ich einen Arzttermin für dich vereinbart habe.«

Er sieht sie an.

»Ich muss arbeiten.«

»Jetzt?«

»Ich weiß nicht, wann ich zu Hause bin.«

Dann senkt er den Kopf, dreht sich um und geht zurück in den Kühlraum.

KAPITEL 35

Nach einem Spaziergang durch den Ort ist Sanna wieder in ihrem Zimmer im Gasthaus. Auf dem Bett liegt die Ermittlungsakte. Eine Weile steht sie nur da und starrt darauf.

Zwei Mädchen, die innerhalb von zwei Jahren im selben Ort verschwinden. Zwei Mädchen, die sich sehr ähnlich sehen. Zwei Mädchen, die beide möglicherweise Kontakt zu Ulf Boström hatten. *Möglicherweise.* Ulf bestreitet, Rosie Edwall zu kennen, aber er hat kein Alibi für die Nacht, in der sie verschwand.

Eva Boström hatte etwas Trauriges an sich. Wie ein Schatten war sie in den Laden gehuscht. Sie hatten sich angesehen, Eva und sie. Ihr Blick war unruhig gewesen, sie schien fast schon Angst vor Ulf zu haben.

Sanna seufzt. Julia Larsen und Rosie Edwall. Zwischen den beiden besteht irgendeine Verbindung.

Sie nimmt den Notizblock mit den Informationen zu Rosie, liest, was sie zu den Freunden des Mädchens aufgeschrieben hat. Alle scheinen ganz normale Mädchen und Jungen zu sein. Laut Jörgen sind sie alle nett und gut erzogen. Sie hat überlegt, mit ihnen zu sprechen, fürchtet aber, dass einer der Eltern wütend werden und sich auf dem Revier beschweren könnte. So wie Birger, als sie mit Kristina sprechen wollte. Bei Kindern und Jugendlichen muss sie vorsichtig sein, das weiß sie.

Vielleicht irrt sie sich bei Rosie Edwall, vielleicht ist das Mädchen aus eigenem Antrieb verschwunden. Menschen tun so etwas. Junge Menschen träumen von neuen Orten, neuen Beziehungen und neuen Möglichkeiten. Aber wenn sie freiwillig gegangen ist, warum hat sie dann ihr Geld nicht mitgenommen? Das Geld aus dem Batteriefach des Weckers?

Das in Plastikfolie eingewickelt war, genau wie die Körperteile von Julia Larsen. Warum hängen Rosies Kleider immer noch im Schrank? Warum hat sie ihren Eltern keine Nachricht hinterlassen?

Sie holt das Foto von Rosie aus der Tasche. Es zu betrachten, fühlt sich seltsam an. Rosie lächelt. Damals musste es einen Grund dafür gegeben haben.

Schritte vor der Tür. Eine leise Stimme.

Als sie die Tür öffnet, sieht sie Kristina gerade davongehen, in der Hand den gelben Eimer mit Deckel.

Sanna zögert kurz, dann folgt sie ihr.

Der Flur ist in gedämpftes Deckenlicht getaucht. An einer Biegung bleibt Sanna stehen und fragt sich, wohin Kristina wohl geht. Sie späht um die Ecke, es ist niemand zu sehen. Die Türen in diesem Teil des Hauses haben keine Nummern, sind keine Gästezimmer.

Sie geht auf die erste Tür zu und lauscht. Nichts. An der zweiten Tür hört sie Kristina, die leise mit jemandem spricht, der nicht antwortet.

Sanna wartet und lauscht wieder. Sieht zur Klinke. Die senkt sich. Die Tür wird geöffnet.

»Kommen Sie rein«, sagt Kristina leise und wirft einen Blick in den Flur.

Sanna tritt ein. Bis auf ein paar Regale mit Bettwäsche und Handtüchern ist das Zimmer leer. Der gelbe Eimer steht auf dem Boden. Etwas bewegt sich darin.

»Was machst du hier drin?«

Kristina antwortet nicht, und Sanna geht einen Schritt nach vorne. Sieht hinunter in den Eimer.

Eine Wanderratte.

Sie zuckt zurück.

»Ich lasse sie immer frei«, erklärt Kristina. »Papa fängt sie ein, aber ich bringe sie raus.«

»Du bringst sie raus? Du meinst, du nimmst sie aus den Fallen?«

»Er fängt sie lebendig. Dann ertränkt er sie. Er glaubt, das ist weniger schlimm. Aber ich will nicht, dass sie hier drin sterben.«

Sanna weiß nicht, was sie sagen soll. Das Kratzen der Rattenkrallen auf dem Plastik verursacht ihr Gänsehaut.

»Trägst du deshalb ein Messer mit dir herum?«, fragt sie. »Mir ist das Klappmesser aufgefallen.«

Kristina nickt. »Manchmal bleiben sie irgendwie stecken. Manchmal präpariert Papa die Fallen mit Kleber … Manchmal stellt er Wasserfallen auf, und ich komme gerade noch rechtzeitig.«

Ihre runden Augen leuchten, sie blickt auf den Eimer.

»Wie oft gehst du denn alleine raus?«, fragt Sanna.

Kristina schüttelt den Kopf.

»Gehst du nie raus, um zu spielen oder Freunde zu treffen?«

»Nur, wenn ich in die Schule muss.« Sie nickt in Richtung des Fensters. »Dieses Zimmer hat draußen eine alte Treppe, die sie hinunterlaufen können. Deshalb bringe ich sie hier her.«

Sie verstummt.

»Ich habe ihn gesehen«, sagt Kristina plötzlich.

Die Worte sind wie ein Schlag. Sanna sieht ihr in die Augen.

Kristina steht bewegungslos da. Nur das Kratzen der Krallen ist zu hören.

»Er hat geschlafen.«

»Jan Svensson?«

»Er hat die ganze Nacht in seinem Zimmer geschlafen. Ich bin mehrere Male vorbeigegangen und habe jedes Mal durch das Loch geschaut.«

»Moment mal … Vor zwei Jahren warst du acht oder neun Jahre alt? Willst du sagen, dein Vater hat dich mitten in der Nacht herumlaufen lassen?«

Kristinas Augen verdunkeln sich einen Moment, während sie den Pony mit ihrer blassen Hand zurechtstreicht.

»Papa geht oft nachts spazieren, wenn er denkt, dass ich schon schlafe.«

Birgers nächtliche Spaziergänge. Regina hat ihr davon erzählt, in der Akte steht es auch. Ein seltsames Verhalten, aber er hatte ein Alibi für die Nacht, in der Julia Larsen verschwand. Zeugen hatten ihn auf der Straße gesehen, und der Mann, der aushilfsweise an der Rezeption arbeitete, konnte bestätigen, wann Birger das Gasthaus verlassen hatte und wieder zurückgekommen war.

Sanna sieht Kristina an. Sie will das Mädchen so viel fragen, doch jetzt ist keine Zeit. Birger kann jeden Moment auftauchen und sie unterbrechen.

»Er war in seinem Zimmer, ich habe ihn jedes Mal gesehen, wenn ich durch das Loch geschaut habe«, sagt Kristina.

»Bist du sicher?«

Kristina nickt.

Sanna ist verwirrt. Hat die Polizei denn nie mit dem Mädchen gesprochen?

»Das musst du der Polizei erzählen«, sagt sie. »Das sind wichtige Informationen.«

Kristina betrachtet Sanna aufmerksam und schüttelt dann den Kopf. Sie geht zu dem Eimer, in dem die Ratte zappelt, die Krallen kratzen über das rutschige Plastik.

Sanna schweigt.

»Spielst du deshalb nicht draußen?«, fragt sie schließlich.

Kristina sieht sie an, ihr Blick wird noch ernster.

»Weil du weißt, dass nicht Jan Svensson Julia getötet hat«, fährt Sanna fort. »Du weißt, dass es jemand anderes war, der vielleicht …«

Kristina nickt langsam.

»Und sie sind immer noch da draußen.«

»Sie?«

»Sie eben …«

KAPITEL 36

Ihre Stimmen hallen durchs Haus, winden sich und reißen aneinander. Mama spricht am lautesten, so versucht sie, Papa zum Schweigen zu bringen. Jorun lauscht an der Tür, doch sie versteht nur Bruchteile der Auseinandersetzung. Warum sie streiten, ist ihr immer noch nicht klar. Sie kann nur vermuten, dass es irgendwie um sie geht. Sie legt das Ohr an die Tür, sieht dabei zu Boden. Das helle Licht aus der Diele kriecht unter der Tür hindurch, streckt sich nach ihr, doch sie wagt es nicht, ihr Zimmer zu verlassen. Noch nicht. Erst wenn sie nicht mehr streiten.

Sie weiß nicht, wie lange sie so dasteht. Eine gefühlte Ewigkeit. Als ihr plötzlich Tränen in die Augen steigen, wird sie unsicher. Sie weint, trotz der rosa Tabletten. Kann das sein? Wahrscheinlich ist es aber gut, dass sie immer noch weinen kann.

Einen Moment hält sie die Luft an.

Unten ist es jetzt still. Mama sitzt sicher am Küchentisch und wartet. Sie weiß, dass sie nach unten gehen sollte, fragt sich, weshalb Mama dieses Mal wohl schimpfen wird.

»Ist Papa gegangen?«, fragt sie, als sie sich ihrer Mutter gegenüber an den Tisch setzt.

Mama legt die Hände aneinander, als wolle sie beten.

Plötzlich fällt Jorun ein, dass sie ja am Nachmittag einen

Arzttermin gehabt hätte. Beide haben sie es vergessen, sie und Papa. Um vier hätte sie Mama dort treffen sollen.

»Tut mir leid«, sagt sie. »Papa hat es mir ausgerichtet, aber dann haben wir einen Film geschaut, und ich bin müde geworden. Er wollte mich vielleicht nicht wecken, keine Ahnung …«

Mama hebt eine Hand, um sie zu unterbrechen.

»Jorun, hattest du Kontakt zu Ulf Boström? Papa hat gesagt, dass du mit ihm über Ulf gesprochen hast.«

»Warum hackt ihr eigentlich dauernd auf ihm herum? Papa hat mir schon einen Vortrag gehalten, was für ein Riesenarsch Ulf seiner Meinung nach ist …«

»Seiner *Meinung* nach, was soll das heißen? Glaubst du, dass Papa einfach nur etwas erfindet? Dass er sich das nur so *denkt?*«

Jorun zuckt mit den Schultern. Ihr gefällt Mamas scharfe Stimme nicht. Wenn sie ruhiger wäre, würde Jorun ihr vielleicht erzählen, was Ulf gesagt hat. Dass er etwas hat, was Julia gehört hat.

»Bist du jetzt fertig?«, erwidert sie stattdessen.

Mama schlägt mit der Faust auf den Tisch. Jorun zuckt zusammen.

»Ich erzähle dir jetzt etwas, worüber wir noch nie gesprochen haben.«

Jorun windet sich. So klingt Mama nur, wenn sie über Julia spricht.

»Bevor deine Schwester verschwunden ist, hatte sie gewisse … Probleme … mit Ulf Boström.«

»Was für Probleme? Wovon redest du?«

»Er war hinter ihr *her.*«

Sie versteht kein Wort. Was meint Mama nur?

»Er hat offenbar versucht, sie anzumachen …«

»Sagt wer? Du und Papa, oder?«

»Julia kam eines Tages heim, sie war im Laden gewesen. Sie war aufgewühlt, sagte, Ulf hätte sie angefasst.«

»Vielleicht hat sie es nur falsch verstanden? Ich meine, vielleicht hat er sie nur angerempelt oder so?«

Wieder schlägt Mama mit der Faust auf den Tisch.

»Du hältst dich von ihm fern, verstanden?«

Jorun nickt und steht auf.

In der Diele sieht sie zur Treppe, dann zur Haustür. Seit sie wieder hier ist, fühlt sie sich eingeschlossen und kontrolliert, sie erstickt daran, dass sich alles immer noch nur um Julia dreht.

Leise zieht sie Schuhe und Jacke an.

Öffnet die Haustür und schlüpft hinaus in den Abend.

Die leeren, beleuchteten Fenster scheinen ihr zu folgen, als sie daran vorbeigeht. Sie hat das Gefühl, beobachtet zu werden, und geht schneller. Beim Spielplatz wird sie langsamer, denkt daran, wie sie als Kind dort mit Julia herumgelaufen ist. Papa hat sie auf der Schaukel nicht anschieben können, davon wurde ihm immer schlecht, deshalb haben sie das gegenseitig gemacht.

Hinter den letzten Häusern beginnt die Seenlandschaft. Sie folgt dem schmalen Weg, der sich wie ein schwarzer Bach durch die dunkelgrüne Landschaft schlängelt. Gelegentlich sieht sie zum Wegesrand. Unterholz wächst zwischen den Bäumen. Fichtenzweige bewegen sich unter einem Singvogel. Sonst ist alles wie erstarrt.

Die Seen liegen ruhig da, inmitten der verzauberten, wilden Waldlandschaft. Als man Julias Leiche fand, lag hier eine hohe Schneedecke. Jorun war hergerannt und hatte sich hinter einer großen Fichte versteckt. Überall war Polizei gewesen. Die Uniformen waren miteinander verschwommen, die leisen Stimmen ein einziges Rauschen. Im Hintergrund war alles blendend weiß gewesen, bis auf den Wald und die schwarzen Vögel. Überall in den Bäumen hatten sie gesessen.

Bei den letzten Schritten zum Ufer schaudert sie. Es ist so schön, dass es weh tut. Etwas bewegt sich unter der Wasseroberfläche. Sie fragt sich, was wohl in den Tiefen lebt.

»Manche sagen, es sei der Teufel«, sagt eine Stimme hinter ihr.

Sie zuckt zusammen, dreht sich um und sieht Ulf direkt in die Augen. Wie konnte sie ihn nicht bemerken? Sie hat nichts gehört, keine Schritte, keine knackenden Zweige.

Angespannt steht sie da.

»Wer sagt das?«

»Eine Kundin im Laden. Wenn sie mit ihrem Hund hier im Wald spazieren geht, hört sie Hufgetrappel, und wenn sie sich umdreht, ist nichts zu sehen.«

Jorun zieht die Jacke über den Hals.

»Meine Eltern sagen, dass ich nicht mit Ihnen reden darf …«

Sie hofft, dass er die Unsicherheit in ihrer Stimme nicht gehört hat. Als sie im Laden war, hatte sie ihn nicht angetroffen. Jetzt steht er mit gehetztem Blick vor ihr.

Er kommt näher.

»Du hast mich in der Kirche alleingelassen.«

»Ja.«

Er lächelt schwach.

»Wollen wir ein paar Schritte gehen?«

Sie beißt sich auf die Lippe. Er sieht sie an und schlägt den Jackenkragen hoch.

»Deine Eltern machen sich nur Sorgen um dich.«

Etwas raschelt im Wald, und sie zieht die Schultern hoch.

Da berührt er sie. Irgendetwas daran, wie er ihr eine Strähne hinters Ohr streicht, bereitet ihr Unbehagen.

»Ich werde nicht mit Ihnen schlafen«, sagt sie und weicht zurück.

Er folgt ihr nicht.

»Ich verstehe, dass dir der Gedanke kommt, aber ich verspreche dir, so sehe ich dich nicht. Nach unserem Spaziergang bringe ich dich nach Hause. Wenn du möchtest.«

»Sie haben gesagt, Sie hätten etwas, das Julia gehört hat. Was?«

Seine Augen haben dieselbe dunkelblaue Farbe wie die Dämmerung. Die Kälte kriecht ihr unter die Haut.

Sie sollte nach Hause gehen.

Das weiß sie.

»Du wirst es wiedererkennen, wenn du es siehst«, sagt er.

»Warum können Sie mir nicht einfach sagen, was es ist? Warum soll ich Ihnen glauben? Warum soll ich überhaupt mit Ihnen reden?«

Er zuckt mit den Schultern.

Am liebsten würde sie sich umdrehen und davongehen. Doch vor ihr steht jemand, der vielleicht ein Stück des Puzzles namens Julia hat.

Sie sieht zu der sich kräuselnden Wasseroberfläche. In der Ferne ruft ein Vogel.

Sie zögert, dann folgt sie ihm in den Wald.

KAPITEL 37

Um fünf Uhr morgens steht Sanna auf. Ihre Füße sind eiskalt, das Zimmer ist dunkel und still. Julia Larsens Ermittlungsakte liegt auf dem Boden neben dem Bett.

Sie schaltet den Wasserkocher ein, um sich Kaffee zu machen. Lauscht dem Glucksen, während sie ihre Gedanken zu ordnen versucht.

Die Luft ist stickig, sie öffnet das Fenster. Draußen ist es noch dunkel. Plötzlich hört sie ein leises Kratzen und beugt sich hinaus. Die Blaumeise. Sie fliegt aus einer Ritze unter ihrem Fenster und wieder zurück, den Schnabel voller Moos und Grashalme. Harriet hat sie ja gefragt, ob sie die Blaumeise gehört hat. Da ist sie. Ein schönes Gefühl, dem Tier so nahe zu sein. Sie steht still da, bis der Vogel wieder davonfliegt und sie allein im Dunkeln zurücklässt.

Das Alleinsein. Sie ist daran gewöhnt. Manchmal fragt sie sich, ob sie je Kinder haben wird, eine eigene Familie. Diese Art von Präsenz, diese Art von Verantwortung, kann sie damit umgehen? Mit Sicherheit weiß sie nur, dass sie Polizistin werden will. Vielleicht ist das ja genug? Außerdem muss sie erst jemanden kennenlernen, wenn sie eine Familie haben will.

Sie fühlt sich schwer, wenn sie an Robert denkt, ihren einzigen richtigen Freund. Er war die treibende Kraft, wollte sie, überredete sie. Am Ende landete sie bei ihm zu Hause. Seine Kunstfaserdecke glitt vom Bett, und sie fror. Aber er legte seine Arme schützend um sie, und sie schlief mit dem Gesicht an seiner Brust ein, füllte ihre Lungen mit seinem Duft. Es kribbelte in ihr, wenn er sie ansah. Sie erzählte ihm von ihrer Kindheit und Jugend. Sie liebte ihn mit einer bis dahin unbekannten Kraft. Dann stand sie eines Abends allein an der Bushaltestelle. Sie wollten sich im Kino einen Film ansehen. Doch Robert kam nicht. Es regnete stark, und sie war völlig durchnässt, bis ihr klar wurde, dass er nicht auftauchen würde. Am nächsten Tag lag ein Brief im Briefkasten. Robert erklärte, er sei in eine andere verliebt und dass es für alle das Beste sei, wenn sie sich nicht mehr sehen würden.

Sie sieht auf die Uhr. Es ist viel zu früh, um bei den Edwalls zu klingeln. Doch sie könnte vorbeigehen, und wenn schon Licht brennt, sich vielleicht kurz mit ihnen unterhalten, ihnen noch ein paar Fragen stellen. An etwas anderes kann sie gerade nicht denken.

Später, wenn es richtig hell geworden ist, will sie noch einmal zum Fundort von Julia Larsens Leiche fahren.

Beim ersten Licht der Morgendämmerung ist sie vor dem Eternithaus. Laila Edwall steht angespannt in der Küche an der Arbeitsfläche und hält eine Tasse umklammert.

Sanna klingelt und winkt durch das Küchenfenster, damit Laila sieht, dass sie es ist. Als sie in die Küche tritt, starrt Laila sie durchdringend an.

»Was wollen Sie?«, fragt sie.

»Nur mit Ihnen reden, wenn Sie kurz Zeit haben.«

Laila holt eine Tasse aus einem Schrank und gibt sie ihr.

Sanna schenkt sich Kaffee aus der herumstehenden Kanne ein. Beim ersten Schluck merkt sie, dass er kalt und bitter ist.

Laila erzählt, dass Jörgen die ganze Nacht mit der Taschenlampe unterwegs war und überall nach Rosie gerufen hat. Mehrmals hat er die zwei Seen umrundet und überall im Wald gesucht. Vergeblich.

»Jörgen kann sich nicht gut bewegen«, sagt sie. »Vor allem mit den Händen hat er Probleme. Und trotzdem sucht er weiter mit der Taschenlampe.«

Sanna zögert.

»Eine Frage …«, beginnt sie vorsichtig. »Hat Rosie jemals gesagt, dass sie nicht mehr leben möchte?«

Laila zieht scharrend einen Stuhl heraus und setzt sich an den Küchentisch.

Sie sinkt in sich zusammen.

»Rosie ist nicht depressiv«, sagt sie. »Noch ein paar Stunden, bevor … wir sie zum letzten Mal gesehen haben, hat sie mit uns gelacht und gescherzt. Klar, sie kann launisch sein, und sie hat ständig gesagt, dass sie ihre Ruhe will, vor allem bei den Hausaufgaben, aber sie war nicht deprimiert oder einsam. So war es nicht, verstehen Sie?«

Sanna nickt.

»Wir haben hier zu Hause offen über Selbstmord gesprochen«, fährt Laila fort. »Mein Bruder hat sich während seines Militärdienstes das Leben genommen. Rosie fand das so unglaublich feige. Ihrer Meinung nach hätte er sich wehren und auf seinem Recht auf Wehrdienstverweigerung bestehen sollen. Rosie würde sich niemals umbringen.«

Sanna nickt erneut.

»Ich habe mit Ulf Boström gesprochen«, fährt sie fort. »Wir machen Fortschritte. Ich bitte Sie und Jörgen, sich zurückzuhalten und mich und die Polizei unsere Arbeit machen zu lassen.«

Laila sieht sie ungeduldig an.

»Mir ist da noch etwas eingefallen. Haben Sie mit Regina Larsen gesprochen?«, sagt sie. »Die Mutter von Julia, dem Mädchen, das vor zwei Jahren ermordet wurde.«

»Ja, mit ihr habe ich gesprochen. Woran denken Sie gerade?«

»Sie hält sich für etwas Besseres. Alle wissen, dass sie Julias oberflächliche Interessen wie Schminke und Klamotten verabscheut hat. Und ihr Interesse an Jungs …«

»Was für Jungs?«

»Alle. Jeder wollte mit Julia Larsen zusammen sein. Rosie hat oft erzählt, wie beliebt Julia war.«

»Kannten sich Rosie und Julia?«

»Nein, nur vom Sehen.«

»Kennen Sie Regina Larsen?«

»Nein, nicht persönlich.«

»Aber Sie finden trotzdem, dass Sie sich für etwas Besseres hält?«

Laila schweigt und seufzt schließlich.

»Regina Larsen hat einmal in Malmö ein Fenster eines Labors eingeworfen, wo sie Tierversuche durchführten. Sie ist eingebrochen, hat alle Tiere befreit und Parolen an die Wände geschrieben.«

Sanna wird aufmerksam. Von dem Einbruch oder dem Vandalismus hat sie nirgends gelesen, Regina Larsen ist nicht verurteilt worden, und es ist auch nach dem Mord an ihrer Tochter bei den Ermittlungen nicht zur Sprache gekommen.

»Regina scheint eine hart arbeitende Mutter zu sein, die

ehrlich versucht, sich um Jorun zu kümmern«, erwidert sie daher.

Laila schnaubt.

»Mutter, ja. Hart arbeitend, ja. Aber sie hat es auch auf alles und jeden abgesehen, der ihr zuwider ist. Politiker, Wahlhelfer, Vorstandsmitglieder, alle Wissenschaftler. Männer, die einfach Ansprüche erheben … Aber auch Frauen, die *keine* Ansprüche erheben.«

»Was meinen Sie damit?«

»In den Siebzigerjahren war Regina überall dabei, hat gegen alles gekämpft … Sie findet, dass wir alle heutzutage mehr Ansprüche erheben sollten, vor allem die jüngeren Mädchen, denen man den Weg geebnet hat.«

»Sie meinen, sie hat ein Problem mit jungen Mädchen …«

»Jedem Mädchen, das sich schminkt und mit Jungs rumhängen will, wie ihre Tochter Julia.«

»Tut mir leid, aber ich kann Ihnen nicht folgen.«

»Sie hat auch mal Rosie und ihre Freundinnen beschimpft, hat irgendwas geschrien von wegen, sie sollten zu Hause sein und lernen, nicht vor der Videothek mit den Jungs herumhängen. Verstehen Sie, was sie für ein Mensch ist?«

Sanna zögert. Sieht Regina vor sich. Das Tuch um ihren Kopf, wie eine zweite Haut, wie sie die Arme um Jorun schlingt, wie Jorun in ihren Armen zu schrumpfen scheint.

»Sie hält sich für etwas Besseres«, fährt Laila fort.

»Hat schließlich gegen das Gesetz verstoßen, auch wenn sie mit einer Verwarnung davongekommen ist.«

Sanna schaut auf die Uhr an der Wand, eine alte Kuckucksuhr. Das kleine Türchen ist geschlossen, alles ist still.

»Reginas Jüngste ist auch gerade von zu Hause weggelaufen«, spricht Laila weiter. »Weg von ihr.«

Kurze Zeit später klingelt Sanna bei Regina Larsen, denkt dabei an das, was sie gerade über ihr Temperament erfahren hat.

Joruns Mutter öffnet die Tür und führt sie in die Küche, in der es schwach nach Kaffee riecht.

»Ich muss bald zur Arbeit radeln, aber möchten Sie eine Tasse?«

Sanna nickt.

»Geht es um den Brief?«, fragt Regina, schenkt Kaffee ein und reicht ihr die Tasse.

Der Brief. Das zusammengesetzte »Entschuldigung«. Natürlich glaubt Regina, dass sie deswegen gekommen ist.

»Wenn ich etwas Neues herausfinde, sage ich es Ihnen sofort, versprochen.«

Regina nickt sichtlich enttäuscht.

»Wie geht es Jorun?«, fragt Sanna.

Zuerst scheint Regina sie nicht zu hören, sie senkt den Blick, und ihre schlanke Gestalt steht völlig still. Dann zuckt sie mit den Schultern und wendet sich zum Fenster.

»Sie hasst mich, und sie hat ihren Arzttermin vergessen ... Ich tappe im Dunklen, ich weiß ja nicht, was sie eigentlich erlebt hat, während sie weg war.«

»Was wollen Sie wissen? Ich kann vielleicht nicht auf alles antworten, aber ...«

»Was haben die Mädchen in dem Motel gemacht?«, fällt Regina ihr ins Wort. »Was hat meine Tochter dort gemacht?«

Sanna senkt den Blick.

»Das Mädchen, das im Motel ermordet wurde, Camilla Nyman, wurde als Prostituierte ausgebeutet.«

Regina geht zum Fenster und schaut hinaus.

»Und Jorun?«

»Die nicht, soviel wir wissen. Aber es ist wichtig, dass Sie beide die nötige Hilfe bekommen, damit Jorun ihre Erlebnisse verarbeiten kann.«

Regina zündet sich eine Zigarette an und schaltet den Dunstabzug über dem Herd ein. Leises Surren erfüllt den Raum. Der Rauch entwickelt vor Reginas Gesicht ein Eigenleben und steigt nach oben in den finsteren Dunstabzug auf.

»Ich habe sie vertrieben«, sagt Regina leise und schnieft. »Ich war eine schlechte Mutter, konnte mich nicht um sie kümmern, war nach Julias Tod völlig gebrochen.«

Ihr Kinn zittert, und sie starrt ausdruckslos vor sich hin.

»An dem Tag, als sie weglief, haben wir uns gestritten. Ich hatte keine Kraft mehr, ich sagte ihr, ich würde sie zu meiner Schwester nach Stockholm schicken, auch wenn mir hätte klar sein müssen, was das für sie bedeutet.«

Steif wirft sie den Zigarettenstummel in die Spüle. Das Tuch um den Kopf sitzt fest, wie ein Helm.

»Ich habe schreckliche Angst, dass sie wieder wegläuft.« Sie wischt sich eine Träne ab. »Aber ich kann nichts anderes tun, als es weiter mit ihr zu versuchen. Ich kann sie ja nicht einsperren oder vierundzwanzig Stunden am Tag auf sie aufpassen, selbst wenn ich es wollte. Besonders jetzt, wo ich mir Sorgen mache, dass der Typ, dem der Lebensmittelladen gehört, hinter ihr her sein könnte.«

»Ulf Boström?«

Regina nickt.

»Julia hatte auch Probleme mit ihm. Er ist ein Widerling. Außerdem ist er mit einem Fußabtreter verheiratet. Diese Eva ist wahrscheinlich der größte Schwächling, der mir je begegnet ist.«

»Warum glauben Sie, dass er hinter Jorun her ist?«

»Peter, Joruns Vater, erzählte, dass sie neulich von ihm geredet hat. Wir versuchen also, sie besonders gut im Auge zu behalten, auch wenn das fast nicht geht.«

»Ist sie zu Hause?«

»Sie schläft.«

»Apropos Julia, wie war Ihre Beziehung zu ihr?«

»Wie meinen Sie das?«

»Hatten Sie eine enge Beziehung, konnten Sie über alles reden? Fanden Sie vielleicht Seiten an Julia oder Verhaltensweisen *unmöglich?*«

Regina senkt den Blick und seufzt.

»Sie wollte nur ausgehen und Freundinnen und Jungs treffen ... Ich habe es nie verstanden, sie war klug, und aus ihr hätte viel werden können, wenn sie sich in der Schule Mühe gegeben hätte. Aber nein, sie wollte sich nur anmalen und Moped fahren.«

»Und das hat Sie frustriert? Vielleicht sogar wütend gemacht?«

Regina blickt auf, ihre Augen zucken.

»Tut mir leid, aber was genau wollen Sie damit sagen?«

Sanna schluckt. Ihre Gedanken rasen.

Regina schüttelt den Kopf.

»Sie sollten jetzt gehen.«

»Bitte entschuldigen Sie, wenn ich Sie verärgert habe. Ich versuche nur zu verstehen, wie Ihre familiäre Situation war.«

»Warum? Warum fragen Sie jetzt danach?«

Sanna schweigt. Regina zieht die Augenbrauen hoch.

»Es ist wegen des anderen Mädchens, nicht wahr? Denken Sie, es könnte etwas mit Julia zu tun haben? Glauben Sie, er ist immer noch da draußen?«

Sanna schüttelt den Kopf. »Ich versuche nur, Julias Tod

zu verstehen, um zu sehen, ob es irgendwelche Überschneidungen gibt …«

»Überschneidungen?«

»Ja.«

»Himmel, deshalb sind Sie noch hier in diesem Kaff … Sie spielen Detektiv? Und kommen her und stellen mir lauter Fragen?« Sie lacht. »Vielleicht glauben Sie, dass ich meine eigene Tochter ermordet habe und jetzt ein anderes Mädchen versteckt halte, vielleicht in unserem Keller?«

»Ich stelle nur Fragen.«

»Schauen Sie sich um, nur zu.«

Ihre Stimme ist scharf und feindselig. Sanna strafft die Schultern, umfasst die Kaffeetasse mit beiden Händen. Das glatte, warme Porzellan scheint ihr aus der Hand zu gleiten.

»Es tut mir leid, wenn ich Sie verärgert habe«, sagt sie noch einmal.

Regina seufzt angespannt.

»Ich fand es furchtbar, dass Julia nicht mehr aus ihrem Leben machte. Ich war enttäuscht, dass sie nicht erkannte, dass so viele Frauen teuer für ihre Rechte bezahlt hatten, für ihre Freiheit, sich zum Beispiel für Arbeit und Karriere zu entscheiden. Aber ich wollte immer, dass sie selbst eine Wahl trifft.«

»Und das hat sie getan?«

Regina nickt. »Sie hat sich entschieden, ihre Chancen wegzuwerfen, sie hat ihre Hausaufgaben nicht gemacht und wollte nur Spaß haben. Wer weiß, wenn sie mehr zu Hause gewesen wäre, wäre sie vielleicht nie …«

»Sie waren in der Nacht, in der Julia verschwand, mit Ihrem Mann Peter zusammen?«

Regina nickt. »Er war in eine Schlägerei geraten, und ich musste ihn verarzten.«

Sanna zögert.

»Und in der Nacht, als Rosie Edwall verschwand? Am Montag?«

»Da war ich doch hier und habe auf Sie und Jorun gewartet«, sagt sie kalt. »Am frühen Abend habe ich der Nachbarin geholfen, ihre Katze aus einem Baum zu holen. Fragen Sie sie nur.«

»Danke.« Sanna steht auf und geht Richtung Tür.

Regina schaut ihr hinterher.

»Keine Mutter könnte ihrem Kind so etwas Grässliches antun«, sagt sie. »Julia … Ich meine … Niemand …«

Sanna hält inne und nickt.

»Und noch etwas«, fährt Regina fort.

»Ja?«

»Julia hat mir erzählt, dass sie sich beobachtet fühlt. Ich habe es der Polizei gesagt, aber ich glaube nicht, dass sie dem nachgegangen sind.«

»Inwiefern hat sie sich beobachtet gefühlt, hat sie Ihnen das gesagt?«

Regina nickt. »Wenn sie in ihrem Zimmer war.«

»In ihrem Zimmer?«

»Wir haben dann neue Vorhänge angebracht, und dann war es nicht mehr so. Zumindest hat sie das gesagt.«

Sanna kann sich nicht daran erinnern, dass in der Akte etwas dazu stand.

»Aber Sie haben es der Polizei gegenüber bei den Ermittlungen erwähnt?«

Regina nickt.

»Die Polizei hat mit den Nachbarn gesprochen, und eine

hat gesagt, sie hätte draußen auf der Straße einen Mann gesehen, mit etwas in der Hand. Vielleicht einer Kamera. Aber das hat nichts ergeben … Sie war alt, hatte ein schlechtes Gedächtnis und konnte ihn nicht beschreiben.«

Als Sanna auf die Straße tritt, ist sie unsicher und frustriert. Nichts wird klarer, stattdessen werden die Unklarheiten immer massiver.

Sie schaut hinauf zu den Zimmern im Obergeschoss. Stellt sich vor, wie jemand an genau diesem Punkt steht und Julia beobachtet.

Sanna zögert, dann geht sie auf den Wald zu. Lässt den Blick über Mauern und Fenster schweifen. Bei dem kalten Wind richten sich die Härchen an ihren Armen auf. Als sie ihr Spiegelbild in einer Fensterscheibe sieht, glaubt sie im ersten Moment, jemand anderen zu sehen. Jemanden, der krank ist, mit dunklen Augenringen und gekrümmtem Nacken. Der schlechte Schlaf fordert allmählich seinen Tribut.

Sie schlüpft zwischen die Bäume und geht weiter.

Die Seen liegen ruhig da, sind mal schwarz, mal grün, je nach Bewölkung. Genau wie der umliegende Wald.

Sie weiß nicht, was sie dort tut, fühlt sich hin und her gerissen. Als sie am Ufer in die Knie geht, wird alles still.

Ein Vogelschrei schreckt sie auf. Sie hebt den Blick vom Wasser. Tief zwischen den Bäumen am anderen Ufer flattert etwas.

Reisig und Äste streifen ihre Knöchel, während sie weitergeht, ihre Füße sinken zwischen knorrigen Wurzeln ein. Nach ein paar Minuten sieht sie einen Müllabladeplatz, der sich wie ein Geschwür aus dem Boden erhebt. Unrat, Gartenabfälle und Schrott. Das Flattern kommt von einer zerrissenen Plastiktüte.

Ein kakerlakengroßer Käfer landet plötzlich auf ihrer Hand, und sie zuckt zusammen. Macht einen Schritt zur Seite. Stößt mit dem Fuß gegen etwas. Ein rostiges Spielzeugauto kippt um. Schmutz und Blätter fallen heraus. Auch wenn ihr klar ist, dass das Spielzeug weggeworfen wurde, fragt sie sich, ob hier früher mal Kinder gespielt, ihre Wochenenden und Ferien inmitten der Bäume an den märchenhaften, glatten Seen verbracht haben. Bevor jemand den Wald als Mülldeponie benutzt hat. Bevor der Tod in Form von zwei weißen Koffern bei dem Schuppen gelandet ist.

Sie hebt das Spielzeugauto auf, damit sich kein Tier an dem rostigen Metall verletzen kann. Dann entdeckt sie etwas. Direkt neben ihr ist etwas in die Rinde eines alten, hoch aufragenden Baumes geritzt. Sie berührt die Einkerbung mit den Fingern. Eine Figur mit rundem Körper und zwei Armen. Der eine deutet nach oben, der andere lässt die Hand hängen. Die Figur hat etwas Trauriges und Verlassenes an sich. Die Einkerbung ist alt, die Narben graugrün und kaum von der Rinde zu unterscheiden.

Der Wind raschelt im Laub, und sie entdeckt eine fast identische Schnitzerei an einem anderen Baum. Und dann noch eine und noch eine.

Ihre Haut kribbelt. Irgendwoher kennt sie die Figur. Sie zögert. Es ist doch nur ein alter Mann. Oder? Sie beugt sich vor, um besser zu sehen.

Etwas flattert in ihrer Brust. Jetzt fällt ihr wieder ein, wo sie die Konturen schon mal gesehen hat. Der kleine Papiervogel, den man im Innenfach einer der Koffer gefunden hat. Er ist in der Ermittlungsakte abgebildet. Und jetzt sieht sie ihn vor sich in der Rinde. Den langen, schmalen Hals und den Kopf mit dem geneigten, nach unten gebogenen Schnabel. Die großen Flügel, die aus dem Körper ragen, die Schwanzfedern, die nach oben zeigen. Das sind keine Strichmännchen, sondern Papierkraniche.

Ein ganzer Schwarm.

KAPITEL 38

Eva lauscht auf Ulfs Schritte vor dem Haus. Als sie verklingen, wartet sie noch eine Weile, bis sie sicher ist, dass er wirklich gegangen ist. Bevor sie nach oben geht, wirft sie einen Blick in den Spiegel in der Diele.

Ulfs Arbeitszimmer liegt neben dem Schlafzimmer. Die Tür ist immer geschlossen, und sie hat das Gefühl einzubrechen, als sie sie jetzt vorsichtig öffnet. In dem kleinen Raum hat sie die Wahl zwischen Schreibtisch, Kommode und Aktenschrank.

Vor ein paar Jahren hat Ulf sie das Zimmer einrichten lassen. Stahlrohrmöbel und eine schwarz-gelb gestreifte Tapete, die Ideen hatte sie aus einem Katalog. Bis auf den schwarz-gelb gepunkteten Schreibtischstuhl übernahm sie alles, Ulf bestand auf einem normalen schwarzen.

Sie berührt den Schreibtisch und sieht Ulf vor sich: seine Hände, die Unterlagen sortieren und Rechnungen abzeichnen.

Die Schubladen sind schwergängiger, als sie dachte, lassen sich nur wenige Zentimeter herausziehen. Sie versucht es noch einmal, und noch einmal. Hört, wie darin Papiere rascheln. Als sie gerade aufhören will, gibt eine Schublade nach. Sie schleicht zurück in den Flur und lauscht, ob sie auch wirklich allein im Haus ist.

In der Schublade findet sie nur Rechnungen. Die Telefonrechnungen sortiert sie heraus und legt sie auf den Schreibtisch. Überfliegt sie. Die meisten Nummern kennt sie. Eine Nummer ist ihr unbekannt, die hat er letzten Monat öfter angerufen. Sie schreibt sie auf einen Zettel, den sie zusammenfaltet und in die Tasche schiebt, um sie später zu überprüfen.

Der Aktenschrank ist abgesperrt, überall sucht sie nach dem Schlüssel. Da fällt ihr Blick auf Ulfs Pantoffeln unter dem Schreibtisch. Sie tastet sie ab, und tatsächlich liegt der Schlüssel in einem Schuh.

Die obersten zwei Schubladen enthalten nur die Buchhaltung des Ladens, Personalverträge und verschiedene offizielle Schreiben. Die unterste Schublade ist fast leer. Auf einem Notizblock hat Ulf einiges aufgeschrieben. Den Namen einer Klinik. Smålandskliniken. Vielleicht sucht er sich ja doch Hilfe?

Sie liest weiter. Er hat drei Schritte notiert:

Ein Arzt stellt einen Einweisungsschein aus.

Ein Oberarzt trifft eine Anordnung.

Ein Behandlungsplan wird erstellt.

Die nächste Zeile verwirrt sie. Er hat ihre Personennummer aufgeschrieben und mehrmals mit einem Bleistift unterstrichen. Einen Moment lang schöpft sie Hoffnung. Vielleicht ist es eine Kinderwunschklinik. Doch das kann eigentlich nicht sein. Sie haben es ja schon lange nicht mehr versucht. Sie überlegt angestrengt, was die Notizen wohl zu bedeuten haben.

Unten auf der Seite steht eine Telefonnummer, vielleicht die der Klinik. Sie zieht den Zettel mit der Nummer heraus, die Ulf letzten Monat mehrmals angerufen hat, es ist dieselbe.

Sie legt alles wieder an seinen Platz, schließt die Tür und geht die Treppe hinunter. In der Küche nimmt sie wieder den Zettel mit der Nummer in die Hand, zögert. Dann hebt sie den Telefonhörer ab, wählt. Es läutet ein paarmal, bis sich jemand meldet.

»Smålandskliniken, guten Tag, wie kann ich Ihnen helfen?«

Ein ungutes Gefühl bebt in ihrer Brust, und sie versucht, es abzuschütteln. Es musste sich einfach um eine Kinderwunschklinik handeln, es konnte gar nicht anders sein.

»Hallo, ich wollte fragen, wie lange die Wartezeiten im Moment sind.«

»Wie lautet denn Ihr Name?«

»Für eine normale Fruchtbarkeitsuntersuchung?«

»Oh, da haben Sie sich wohl verwählt.«

»Nein …«

»Dann haben Sie uns vielleicht mit einer anderen Einrichtung verwechselt, wir sind nämlich eine psychiatrische Klinik.«

Kalter Schweiß bricht ihr unter der Bluse aus.

»Psychiatrie?«

»Ja, zur stationären, geschlossenen Behandlung.«

Eva schluckt anstrengt.

»Mit Zwangseinweisung?«

»Wenn Sie kurz warten könnten, ich muss gerade ein anderes Gespräch …«

Die Stimme verstummt. Eva legt auf, weicht einen Schritt zurück, hält sich an der Spüle fest. Schmerz durchzuckt ihre verletzte Handfläche. Der rostfreie Stahl ist kalt auf der Haut.

KAPITEL 39

Jörgen telefoniert, während Laila noch einen von Rosies Koffern aus dem Abstellraum holt und auf dem Sofa ausleert. Sommershorts, Sandalen, ein Badeanzug. Das kurze Kleid, das Rosie im Handarbeitsunterricht genäht hat. Bei Jörgens niedergeschlagener Stimme schmerzen ihr Bauch und ihre Schultern. Laila setzt sich aufs Sofa, streicht über Rosies Kleid. Sie hält es ans Gesicht, atmet tief den Geruch ein. Tränen laufen ihr über die Wangen.

»Was machst du da?« Jörgen legt die Hand auf ihre Schulter. »In den weggepackten Sachen wirst du keine Hinweise finden.«

»Was hat Berit gesagt?«

Berit ist die Mutter, die die Mädchen in Rosies Clique am besten kennt. Sobald sie von Rosies Verschwinden erfahren hatte, hatte sie alle Mädchen zu sich gerufen und befragt.

»Keine der Freundinnen, die bei Berit waren, wusste etwas. Alle sind ratlos.«

»Waren alle da?«

»Nur Annelie nicht.«

Laila seufzt.

»Hatte sie Annelie denn eingeladen?«

»Natürlich. Aber sie wollte nicht.«

»Was soll das heißen, sie wollte nicht?«

Laila nimmt das Paket mit der Spitzenunterwäsche, die Rosie bestellt hat, und trägt es hinaus in die Diele. Die Haare fallen ihr ins Gesicht, als sie die Stiefel schnürt.

»Ich habe auch versucht, mit Annelie zu reden«, sagt Jörgen.

»Ich weiß.«

Jörgen streckt die Hand nach seiner Jacke aus.

»Ich komme mit, ich will nicht, dass du alleine fährst.«

»Nein, du musst hierbleiben. Falls Rosie anruft oder auftaucht.«

Etwas blitzt in Jörgens Augen auf. Er reicht ihr den Mantel und die Autoschlüssel.

»Vergiss nicht, dass der Rückwärtsgang woanders ist als in unserem Auto«, sagt er und küsst sie auf die Wange.

Sie sieht ihn an und legt die Hände an seine Wangen.

»Wir bringen sie nach Hause«, sagt sie. »Egal, was ich dafür tun muss, aber sie kommt wieder nach Hause.«

Laila lässt das Eternithaus hinter sich, folgt der schmalen Straße aus dem Ort in Richtung der alten Ackerflächen. Zu beiden Seiten der Straße liegen schwarze Felder unter dem grauen Himmel. Mit zitternden Fingern raucht sie eine Zigarette und wischt sich ab und zu die Tränen mit dem Handrücken ab. Irgendwann wird sie noch an den Tränen ertrinken, wenn Rosie nicht nach Hause kommt.

Sie denkt an Annelie und Rosie. Sie sind zusammen aufgewachsen, und trotzdem kennt sie Annelie Martinsson nicht besonders gut. Das Mädchen war immer schweigsam und reserviert. Rosie nennt sie »loyal« und »beinhart«, »niemand, mit dem man sich anlegt«. Vielleicht mag Rosie die seltsame Annelie deshalb so gern. Weil sie in sich ruht. Ohne die ganzen Unsicherheiten, die die anderen Teenagermädchen mit sich herumschleppen.

Als die Asphaltstraße in Schotter übergeht, bebt der Karton mit der Unterwäsche auf dem Beifahrersitz. Vor Ekel schnürt sich ihr die Kehle zu.

Der Weg ist in schlechtem Zustand. Tiefe Fahrrinnen und schlammige Pfützen erschweren das Vorankommen. Auf dem letzten Stück bis zum Hof verläuft zu beiden Seiten ein schwarzer Zaun, von dem die Farbe abblättert. Laila rollt auf den Vorplatz, der von baufälligen Nebengebäuden gesäumt wird, und parkt vor dem Gartentor, das ständig auf und zu schlägt. Eine Elster hüpft aus einem Wohnwagen mit kaputten Fenstern. Am Wohnhaus vor ihr wuchert Unkraut empor. Rauch schlängelt sich aus dem Schornstein. Die Tür wird geöffnet, und ein paar Hunde rennen ins Freie, beschnuppern das Auto, knurren aufgebracht. Jemand pfeift, und die Hunde ziehen sich zum Haus zurück.

Auf der Treppe steht Conny Martinsson. Lailas Blick zuckt von ihm zu den Hunden, die sich in das Unkraut vor der Treppe gelegt haben.

Schließlich wagt sie sich aus dem Auto und versucht dabei, ihre Unsicherheit nicht zu zeigen.

»Ich bin Laila, Rosies Mutter …«

»Ich weiß, wer Sie sind.«

Er kommt die Treppe hinunter und spuckt ins Gras.

»Wisst ihr etwas Neues wegen Rosie?«

Sie schüttelt den Kopf. Erstarrt, als er näher kommt. Sie ist zum ersten Mal auf dem Hof. Sonst hat immer Jörgen Rosie zu Annelie gefahren oder abgeholt. Er sagt, Conny sei sehr wortkarg. Wenn er überhaupt hinaus auf die Treppe kommt, dann nickt er nur knapp. Jetzt kommt er auf sie zu, sein Blick ist so düster, dass sie ihm kaum in die Augen sehen kann.

Ganz still steht sie da. Vielleicht liegt es an der Einsamkeit hier draußen und den Hunden, die im Gras liegen und auf Connys Befehl warten. Oder an dem Argwohn, den er ausstrahlt, dass sie einander nicht vertrauen.

»Weshalb sind Sie hier?«, fragt er. »Wollen Sie mit Annelie reden?«

»Falls das möglich wäre ... Ich wollte sie nur etwas fragen.«

Er sieht zum Haus, das bis auf eine Petroleumlampe in einem der großen Fenster dunkel ist. Dahinter bewegt sich ein Schatten.

»Annelie?«, ruft er und dreht sich zu Laila zurück. »Sie hat Ihrem Mann bereits gesagt, dass sie nichts weiß.«

Da kommt Annelie schon in einem großen Strickpullover aus dem Haus. Hinter ihr in der Diele sind die Jagdgewehre zu sehen.

»Komm«, ruft Conny. »Rosies Mutter möchte kurz mit dir reden.«

Annelie wirft Laila einen Blick zu. Eine ganz neue Situation. Sie haben sich fast jeden Morgen getroffen, wenn Annelie Rosie abgeholt hat. Doch nie hier draußen auf dem Land, vor einem Rudel wachsamer Hunde und mit dem Wind in den Bäumen.

»Mach schon«, sagt Conny.

Annelie schlüpft in ein Paar Stiefel und geht zu ihrem Onkel und Laila.

»Ist sie immer noch nicht nach Hause gekommen?«, fragt sie.

»Nein.«

Laila überlegt, was Annelie wohl denkt. Ob sie auch weint.

Ihre Augen glänzen, also wahrscheinlich ja. Egal, wie tough sie ist.

Laila holt tief Luft, holt das Paket vom Beifahrersitz und gibt es Annelie.

»Weißt du, warum Rosie Unterwäsche bestellt hat? Hat sie einen Freund, von dem sie uns nichts erzählt hat?«

Annelie öffnet das Paket, ihr Blick wird unruhig, als sie einen Spitzen-BH mit Perlenbesatz zwischen den Körbchen herausnimmt.

»Was ist das für Zeug?«, fragt Laila leise. »Warum hat sie so etwas gekauft?«

Conny sieht Laila wütend an und reißt seiner Nichte den Karton aus den Händen.

»Annelie weiß doch nicht alles über Rosie«, sagt er und gibt Laila das Paket zurück.

Natürlich weiß sie, dass er recht hat. Sie selbst weiß ja auch nicht mehr über Rosies Leben, als was ihre Tochter sie hat wissen lassen.

Annelie blinzelt und sieht zu Boden.

»Bitte«, sagt Laila. »Wenn du etwas weißt, erzähl es uns. Auch wenn sich Rosie irgendwo mit einem Jungen versteckt hält. Ich will nur wissen, dass sie lebt.«

Conny legt den Arm um Annelie.

»Wenn sie sagt, dass sie nichts weiß, dann glaube ich ihr.«

Laila wartet, bis Annelie ihr in die Augen sieht, bevor sie zum Wagen zurückgeht. Die Blicke der beiden brennen in ihrem Rücken, als sie die Autotür öffnet. Sie fühlt sich kraftlos, die Schultern schmerzen.

Da fällt ihr Blick auf den baufälligen Schuppen. Sie denkt an das, was Rosie über die toten Tiere gesagt hat, die von den Balken hängen, die großen Fleischstücke. Sie schaudert.

Da macht sich Annelie von ihrem Onkel los und kommt zum Wagen.

»Ich weiß nichts über die Unterwäsche und warum sie sie bestellt hat«, sagt sie. »Ich schwöre.«

Einer der Hunde steht auf, streckt sich und läuft ein paar Schritte.

»Aber ich glaube, ich weiß, wohin sie wollte, wenn sie die Gummistiefel mitgenommen hat.«

KAPITEL 40

Annelie sieht zu Conny, als er auf den schmalen Weg einbiegt, der zum Wald und zum Bach führt. Sein Gesichtsausdruck ist finster. Vielleicht ist er von ihr enttäuscht, weil sie gelogen und behauptet hat, sie wisse nichts. Der Volvo klappert wie eine Blechbüchse. Sie sind durch Augu nach Norden gefahren, wo der Wald dichter wird und die Konturen rauer sind. Laila folgt ihnen in ihrem eigenen Wagen.

Beim Gedanken an die Unterwäsche, die Laila ihr gezeigt hat, wird ihr schlecht. Die Spitze mit den schönen Mustern. Die Perlen. So etwas hat Rosie nie getragen, wenn sie sich gemeinsam umgezogen haben. Erst bei dem Anblick der Dessous dachte sie, dass Rosie vielleicht doch nicht freiwillig verschwunden ist. Vielleicht hat Rosie Geheimnisse, ein Leben, von dem sie nichts weiß. Das macht ihr Angst.

Sie kommen an einen Wendeplatz, hinter dem ein unbefestigter Weg zwischen die Bäume führt, der breit genug für ein Auto wäre. Doch Conny stellt den Volvo ab, dessen Motor mit einem Seufzen erstirbt.

Als sie die Autotüren öffnen, empfängt sie Blätterrascheln. Ein paar Rehe verschwinden zwischen den Bäumen. Laila steigt aus ihrem Wagen und zieht den Mantel enger um sich.

»In diesem Teil des Waldes war ich seit vielen Jahren nicht mehr«, sagt sie leise.

Annelie geht zum Waldrand und dem Schotterweg, Conny und Laila folgen ihr, an Fichten und unbelaubten Birken vorbei.

Nach einer Weile kommen sie zum Bach, dessen dunkelblaues Wasser leise vor sich hin plätschert. Laila wirkt im grauen Tageslicht abgehärmt und verzweifelt, und Annelie schämt sich. Sie wünschte, sie hätte von dem Bach erzählt, sobald Rosies Vater die Gummistiefel erwähnt hatte.

Die Bilder von früher, als sie und Rosie noch viel Zeit im Wald verbrachten, kehren zurück. Damals fuhren sie mit dem Fahrrad zum Bach, in Badeanzügen und Gummistiefeln. Stundenlang wateten sie zwischen den Forellen herum, einmal sahen sie sogar einen Aal. Manchmal klemmten sie eine Tüte mit Limoflaschen zwischen den Steinen fest und kühlten die Getränke im Wasser. Der Bach war ein sicherer Ort, an den sie sich zurückziehen konnten. Conny hatte versucht, ihr mit Geschichten von Wassergeistern Angst einzujagen, doch das machte den Bach nur noch reizvoller.

Sie zuckt zusammen, als Laila ihr eine Hand auf die Schulter legt.

»Warum denkst du, dass Rosie hierhergefahren sein könnte?«, fragt sie.

»Wir haben hier gespielt und Limo im Bach versteckt, als wir jünger waren.«

»Limo?«

»Ja, im kalten Wasser.«

Laila sieht sie verständnislos an.

»Wenn Rosie die Gummistiefel angezogen hat, wollte sie

vielleicht hier das Bier verstecken, das jemand anders für sie kaufen sollte.«

Connys Augen blitzen auf. Er legt die Hand darüber, doch sie sieht noch, wie er sie enttäuscht schließt.

Laila geht auf sie zu. Annelie macht sich auf eine Ohrfeige gefasst, doch da zuckt Lailas Blick.

»Rosie!«, schreit sie und stößt Annelie beiseite.

Annelie verliert beinahe das Gleichgewicht. Sie entdeckt etwas Helles zwischen den Bäumen, die Umrisse eines Autos, das unter Zweigen und Blättern versteckt ist.

Conny eilt Laila hinterher.

»Rosie!« Lailas heulender Schrei hallt durch den Wald.

Zusammen reißen sie die Zweige vom Auto, und Annelie bekommt kaum Luft, als sie Jörgens silbernen Alfa Romeo erkennt.

Conny schlägt mit der Faust auf die Karosserie, sodass sich der Kofferraum öffnet. Er ist leer. Währenddessen rüttelt Laila an der Fahrertür, bis sie sich öffnen lässt. Annelie bewegt sich nicht. Laila dreht sich zu ihr, und in dem Moment weiß Annelie, dass Rosie nicht im Wagen ist. Laila stolpert nach hinten, ihr Gesicht zuckt.

Stumm sinkt sie zu Boden.

KAPITEL 41

Sanna hört die Rufe schon von Weitem. Laila Edwalls Stimme hallt wie etwas aus Urzeiten durch den Wald.

Hier, nördlich des Ortes, stehen die Bäume dicht. Schatten bewegen sich dahinter. Sie geht den unbefestigten Weg entlang, der zum Bach führt.

Der Beamte, der sie im Gasthaus anrief, informierte sie zusammen mit Rantala über den Fund des Autos.

Mehrere Personen stehen am Bach, darunter Laila Edwall, die sofort auf Sanna zustürzt und ruft, dass jetzt endlich mehr Polizeikräfte eingesetzt werden müssen, dass Rosie gefunden werden muss. Eine Frau, die sich kurz als Berit vorstellt, nimmt Laila in den Arm, um sie zu beruhigen.

»Mehr Einsatzkräfte sind unterwegs«, sagt Sanna zu Berit, die Laila zur Seite zieht, damit sie vorbeigehen kann.

Um das silberne, mit Vogeldreck verschmutzte Auto herum liegen Zweige und Äste, daneben stehen drei Jäger mit Gewehren und Hunden.

»Ich bin von der Polizei«, sagt sie und zeigt ihren Ausweis.

Sie lassen sie durch.

»Ein anderer aus der Jagdgruppe ist zu Jörgen Edwall gefahren«, sagt der älteste der Männer. »Er kennt Jörgen schon lange. Sie haben zu Berit gesagt, dass bald Verstärkung kommt?«

Sanna nickt. Rantala hat bestätigt, dass er jetzt alle verfügbaren Ressourcen für die Suche nach dem Mädchen einsetzen wird. Die Polizei von Kalmar ist bereits mit Hundeführern auf dem Weg.

Sie geht um den Alfa Romeo herum und versucht, durch die Fenster zu schauen. Mit über die Hand gezogenem Ärmel öffnet sie vorsichtig die Fahrertür.

Auf dem Beifahrersitz stehen ein paar Bierpaletten. Es riecht schwach nach Erdbeeren oder etwas anderem Fruchtigen, vielleicht einer Bodylotion oder einem Kaugummi. Auf dem Boden, unterhalb den Paletten, liegt ein regenbogenfarbener Rucksack.

Sanna geht zu den Jägern zurück und fragt sie, ob ihnen in der Nähe etwas aufgefallen ist, was sie verneinen.

Ein Mann löst sich in einiger Entfernung von einem Baum, an dem er seit ihrer Ankunft gestanden hat, und kommt auf sie zu. Er ist schlank, aber muskulös, die dunklen Haare sind im Nacken zu einem langen Pferdeschwanz gebunden. Man sieht, dass er sich von den anderen Einwohnern unterscheidet, er trägt andere Kleidung, ist wettergegerbt. In einem schweren Parka und schlammigen Stiefeln streckt er ihr die Hand entgegen. Ein Geruch nach Holz und Teer erfüllt die Luft. Er stellt sich als Conny Martinsson vor.

»Man hat mir gesagt, dass Rosie und Ihre Nichte als Kinder oft hierhergefahren sind«, sagt Sanna. »Sind Sie deshalb heute hier? Weil Annelie Sie hergeführt hat?«

Er nickt stumm. Eine Falte erscheint zwischen seinen Augenbrauen.

»Annelie ist ein gutes Mädchen. Sie hat nichts damit zu tun.«

Sanna nickt.

»Was haben Sie am Montagabend gemacht, in der Nacht, als Rosie verschwand?«

Sein Blick ist ruhig und fest.

»Ein Mann war bei mir auf dem Hof, ich wohne auf der anderen Seite des Ortes. Er hat Fleisch gekauft.«

»Fleisch?«

»Ich jage. Verkaufe manchmal etwas. Ich kann Ihnen seinen Namen und seine Nummer geben.«

Sanna nickt.

»Kennen Sie Rosie gut?«, fährt sie fort. »Sie ist ja Annelies Freundin, da haben Sie sie doch bestimmt oft gesehen, oder?«

Seine Nasenflügel zucken leicht, doch sein Blick ist immer noch ruhig.

»Ja, oft. Sie ist ein gutes Mädchen.«

Sanna nickt erneut. Nach dem Gespräch geht sie zum Bach. Das Wasser ist ruhig, aber erstaunlich laut. Sie spürt die feuchte Kälte auf der Haut. In der Ferne hört sie Lailas Stimme, es klingt, als würde sie gegen ihren Willen zu einem Auto gebracht.

Die Kollegen aus Kalmar treffen ein und sperren das Gebiet ab. Die Hundeführer gehen mit den Tieren in einem großen Kreis um den Fundort des Autos herum. Sanna beobachtet die Hunde und hofft, dass sie eine Spur finden, der sie folgen können. Doch sie haben kein Glück.

Man beschließt, den Rucksack aus dem Auto zu holen. Ein Techniker öffnet ihn und nimmt den Inhalt heraus. Ein Bündel Geldscheine, das von einem Gummiband gehalten wird. Eine Strickjacke. Spitzenunterwäsche in bunten Farben und ein Paar hochhackige lila Schuhe mit Glitzer an den Seiten und offener Spitze.

Einer der Hundeführer wird zur Familie Edwall nach Hause geschickt, um zum Abgleich etwas zu holen, das nach Rosie riecht, ein Kleidungsstück vielleicht. Zwei Polizeibeamte sollen ihn begleiten.

Sanna geht wieder zur Fahrerseite, beugt sich vorsichtig hinein, um nichts zu berühren. Mit zusammengekniffenen Augen mustert sie die Kopfstütze. Blutspritzer. Sie stellt sich Rosie vor. Die weißblonden Haare, die über die Schultern fallen. Die grünen Augen, die in die Dunkelheit starren. Rosie, Sekunden, bevor ihr jemanden einen so heftigen Schlag auf den Kopf verpasst, dass Blut spritzt.

»Werden Sie sie jetzt finden?«, fragt einer der Jäger, der plötzlich neben Sanna steht. »Oder glauben Sie, dass sie nicht mehr wiederkommt?«

Sanna antwortet nicht, schafft es nicht einmal, ihn anzusehen.

Bei den Spritzern auf der Kopfstütze kann sie sich Rosie Edwalls tote Augen unter Fichtenzweigen vorstellen, den leblosen Körper im Bach. Oder etwas noch Schlimmeres.

Zwei weiße Koffer.

KAPITEL 42

Liebe Fatima,

ich habe von den Überschwemmungen gelesen, die euer Haus mitgerissen haben, und schicke dir und deiner Familie etwas Geld. Gib die Hoffnung nicht auf, alles wird gut. Ulf ist krank, weshalb ich vielleicht in nächster Zeit etwas seltener schreiben kann. Aber auch ich werde die Hoffnung nicht aufgeben. Es wird sich alles finden.

Eva

Eva steht auf, liest den Brief noch einmal. Sie legt noch einen Zettel hinzu, auf dem sie die Organisation bittet, sie nicht anzurufen, sollte es Probleme mit dem Brief geben, sondern sich schriftlich deswegen bei ihr zu melden. Ulf geht es nicht gut, schreibt sie, und er muss sich schonen.

Das Telefon klingelt.

»Hast du schon gehört?« Ninni klingt atemlos. »Sie haben das Auto gefunden!«

»Welches Auto?«

In dem Moment begreift sie, dass Ninni Jörgen Edwalls Auto meint. Ninni redet wie ein Wasserfall, sie plappert irgendetwas von Mord und Vergewaltigung und von satanistischen Umtrieben, bei denen vor vielen Jahren Tiere zu Schaden kamen, und zum Schluss noch etwas von Julia Larsen. Alles innerhalb weniger Minuten.

»Bist du noch da?«, fragt sie schließlich irritiert.

Eva reißt sich zusammen. »Hat man eine Spur von ihr gefunden?«

»Nein, aber das ist sicher nur eine Frage der Zeit«, keucht Ninni. »Du, ich muss Ulla noch anrufen, wir reden später. Das ist alles so furchtbar, dass ich mir fast in die Hose mache.«

Nachdem Ninni aufgelegt hat, blickt Eva in Küche und Wohnzimmer. Das Haus ist still. Da steht sie nun, mittleren Alters, ohne Kinder und mit einem Mann, den sie nicht mehr erkennt. Sie fragt sich, ob sie an jenem Abend wirklich richtig gesehen hat, als sie auf dem Weg zum Haus ihres Vaters war. Zugleich weiß sie, dass sie so nicht weitermachen kann. Denn auch wenn Ulf depressiv und verletzlich ist, kann sie die Anzeichen nicht ignorieren, dass Ulf mehr über Rosie Edwall weiß, als er zugibt.

Eigentlich möchte sie sich nur hinlegen und weinen, aber das kann sie nicht. Vor allem, weil sie Ulf nicht recht geben will. Sie ist nicht kaputt. Sie schaudert, als sie an die psychiatrische Klinik mit der geschlossenen Abteilung denkt. Sie fragt sich, was passieren würde, wenn es ihm gelingen würde, sie dort einweisen zu lassen. Ob sie für den Rest ihres Lebens dort bleiben müsste.

Ulf lässt seinen Charme bei vielen Menschen spielen, vor allem Frauen. Aber er ist launisch und war ihr gegenüber körperlich gewalttätig. Bei seinem letzten Wutanfall hat er sie sogar gewarnt. *Ich weiß nicht, was ich tue.*

Die Verantwortung lastet schwer auf ihren Schultern. Ihre Augen brennen. Im Moment will sie nichts mit Ulf zu tun haben, aber gleichzeitig wächst ihre Panik. Ihre Hände kribbeln unangenehm. Sie muss versuchen, mit ihm zu reden, ihn zu fragen, was er eigentlich treibt.

Was hat er nur getan?

KAPITEL 43

Marianne trinkt ihren Kaffee im Stehen an der Tür zum Personalraum, damit sie sieht, wenn Kunden in den Laden kommen. Kenneth füllt Fisch in der Tiefkühltruhe nach, die rechteckigen Dorschfilets ohne Gräten, die alle haben wollen. Daneben steht auf dem Boden ein Stapel Kartons mit brauner Soße, die ins Regal eingeräumt werden muss. Marianne ekelt sich bei der Vorstellung von dem Pulver, das mit Milch und Wasser verrührt wird. Warum kochen die Leute ihre Soße nicht einfach selbst, das dauert doch nicht lange?

Heute hat sich Kenneth die Haare gekämmt, vielleicht sogar auch gewaschen. Dafür ist eines seiner Augen tiefrot, ein Äderchen ist geplatzt. Er hat erzählt, dass er sich gestern verschluckt hat und heftig husten musste.

Bisher hat sie ihn nicht auf den Zustand seiner Wohnung angesprochen, doch am liebsten würde sie ihn fragen, ob er nicht eine Putzhilfe gebrauchen könnte.

Plötzlich steht er vor ihr und sieht sie aus verhangenen Augen an.

»Wo ist Ulf denn hin?«

»Er bringt die Kisten mit Rinderfilet zu dem Laden in …«

Ihr fällt der Ort nicht ein, weiß nur, dass Ulf einen Teil seiner Fleischlieferung an einen anderen Laden abgibt. Normalerweise kaufen sie nur so viel Fleisch, wie die Kunden bestellen, doch manchmal ordert Ulf, in dieser Hinsicht Optimist, mehr. Zum Glück kaufen ihm andere Läden den Überschuss oft ab, und er muss nichts wegwerfen.

»Wenn du mit dem Fisch fertig bist, könntest du die Fleischreste aus dem Kühlraum bringen«, sagt sie. »Stell sie einfach vor die Hintertür, Ulf kümmert sich dann später darum.«

Kenneth kaut träge Kaugummi. Die Sorte, die so widerwärtig nach Salmiak riecht. Sie sollte ihm sagen, dass er ihn in den Müll spucken soll, doch er tut ihr vor allem leid.

Als er zum Kühlraum geht, stellt sie ihre Kaffeetasse ab. Ein Kunde kommt herein, holt ein Kassler aus der Kühltruhe und geht zur Kasse, um zu bezahlen. Marianne unterhält sich ein wenig mit ihm, bis er sich vorbeugt.

»Ich habe den Zettel am Eingang gesehen, wegen des verschwundenen Mädchens. Nachdem man das Auto ja jetzt gefunden hat, findet man sie vielleicht auch bald.«

»Ja, hoffen wir, dass sie wohlauf ist«, sagt Marianne.

Er schnaubt, als hätte sie etwas Lustiges gesagt.

Nachdem er gegangen ist, räumt sie die Soßenpäckchen ins Regal. Normalerweise findet sie die monotone Arbeit entspannend, doch jetzt denkt sie an Rosie Edwall und ihren Vater, der das Foto vorbeigebracht hat. Seine Angst und Sorge, durch die seine Augen richtiggehend tot gewesen waren.

Marianne weiß noch gut, wie es war, als Julia Larsen verschwand. Ihr Vater Peter ist seither nicht mehr er selbst. Aber wer ist das schon? Jeder im Ort sieht bei einem unbekannten Auto zweimal hin, oder wenn jemand einen Koffer in seinen Wagen lädt.

Sie bückt sich nach dem letzten Soßenpäckchen, und

ihr Blick fällt auf das Datum. Kenneth hat die abgelaufene Ware nach oben gebracht, die entsorgt werden sollte.

»Kenneth?«, ruft sie.

Keine Antwort.

Sie geht zur Hintertür und sieht nach draußen, doch weder die Kiste mit den Fleischresten noch Kenneth sind zu sehen. Aus dem Keller dringen Geräusche.

Sie steigt die Treppe hinunter und sieht Kenneth, der aufgeregt vor der Tür zum Durchgang auf und ab geht.

»Ich will nicht«, murmelt er.

Dann nestelt er an dem Vorhängeschloss an der Tür.

»Kenneth«, sagt sie.

Er wirbelt herum.

»Wegen dir habe ich fast zwanzig abgelaufene Päckchen braune Soße eingeräumt«, fährt sie ihn an. »Kannst du bitte die richtigen aus dem Lager holen?«

Er kaut schneller Kaugummi, blinzelt. Nickt. Marianne nimmt einen seltsamen Geruch wahr. Es riecht wie im Kühlraum. Da sieht sie die Kiste mit den Fleischresten auf dem Boden, die zwar geschlossen ist, aber offenbar diesen Geruch verströmt.

»Und was machst du hier unten mit dem Fleisch?«, fragt sie. »Du weißt doch, dass Ulf das Vorhängeschloss angebracht hat, um die Ratten abzuhalten? Wieso bringst du dann die Fleischreste hierher?«

Er wird tiefrot.

»Und was hast du an dem Vorhängeschloss an der Tür gemacht?«

»Welcher Tür?«

»Die zum Durchgang. Was hattest du da zu schaffen?«

»Nichts …« Er sieht sie an, sein Auge ist immer noch

stark gerötet. »Ich wollte … nur schauen, ob die Tür richtig verschlossen ist.«

Er lächelt nervös, sieht dabei jedoch aus wie ein Tier, das die Zähne fletscht.

Irgendetwas an seinem Blick kriecht Marianne unter die Haut, und ihr wird kalt und schwindelig, und sie muss sich an der Wand festhalten. Kenneth kommt auf sie zu.

»Geht es dir gut?«

Sie nickt und hebt abwehrend die Hand. Übelkeit steigt in ihr auf, als sie zur Treppe zurückweicht.

»Bring die Fleischreste jetzt raus«, sagt sie so schroff wie möglich.

Zurück im Laden, lehnt sie sich an die Kühltruhe. Es riecht nach Salmiak.

Sie hört Stimmen und dreht sich um. Sie kommen von draußen.

Ihr Blick zuckt zu dem Zettel am Schwarzen Brett, zu Rosie Edwalls Foto. Die Wand hinter dem Mädchen ist dunkel, nur das Licht, das durch die Glastüren hereinfällt, erhellt das junge Gesicht.

Marianne sieht zur offenstehenden Kellertür. Kenneth ist immer noch da unten. Warum? Was macht er da nur?

Plötzlich kommt ihr ein Gedanke.

Sie geht in Ulfs Büro, lehnt die Tür an und wählt die Nummer der Polizei. Legt die Lippen dicht an die Sprechmuschel.

»Also, ich rufe an wegen …«

Schritte im Flur. Kenneth bleibt vor der Tür stehen. Marianne hält inne, zögert.

Dann legt sie den Hörer auf.

KAPITEL 44

Eva steht vor Rosie Edwalls Foto, atmet die Angst ein. Die blonden Haare, die fröhlichen Augen, die ihr entgegenlächeln. Sie lauscht auf Marianne oder Ulf, hört jedoch nichts. Als sie weiter in den Laden hineingeht, entdeckt sie Marianne kreidebleich bei der Käsetheke.

»Marianne, was ist denn los?«, fragt sie.

»Nichts, alles in Ordnung.« Marianne lächelt und streckt sich.

»Ist Ulf im Büro?«

Marianne schüttelt den Kopf. »Er bringt Fleisch zu einem anderen Laden. Wie üblich haben wir zu viel bestellt.«

Eva wird schwer ums Herz.

»Ich warte am besten im Büro«, meint sie seufzend.

»Mach das.« Marianne lächelt. »Ich habe gerade frischen Kaffee gekocht, wenn du möchtest.«

Eva nickt dankbar. Beide wissen, dass sie keine Freundinnen sind, aber sie versuchen, höflich miteinander umzugehen.

Auf dem Weg zu Ulfs Büro trifft sie auf Kenneth. Er riecht nach Schweiß, ein Auge ist knallrot. Eva versteht nicht, wie Ulf und Marianne ihn zu den Kunden lassen können. Mit dem Mann stimmt irgendetwas ganz und gar nicht.

Im Büro riecht es nach Ulf. Sie schließt die Tür und lässt sich in seinen Stuhl sinken, macht die Augen zu. Einen Moment lang fühlt sich alles wie früher an. Da hat sie Ulf jeden Tag sein Mittagessen oder etwas für die Kaffeepause vorbeigebracht. Sie waren ein ganz normales Paar, beinahe jedenfalls. Sie denkt an die Male, als er ihr auf dem Heimweg fürsorglich den Arm um die Schultern gelegt hat. Das ist lange her, es war eine andere Zeit.

Ihr Blick schweift über die fensterlosen senfgelben Wände. Überall liegen Papiere herum. Etwas blitzt in ihrem Augenwinkel auf, und als sie sich umdreht, erkennt sie den kleinen Tresor, den er vor vielen Jahren über eine Zeitungsanzeige gekauft hat. Normalerweise steht er immer offen, doch jetzt ist er geschlossen.

Sie legt die Hand auf den kalten silbernen Griff. Die Tür lässt sich öffnen. Bis auf eine Plastiktüte mit einer blauen Weste für den Laden ist der Tresor leer. Vielleicht ist es ein gutes Zeichen, dass er darin nur ein sauberes Kleidungsstück aufbewahrt. Sie schließt die Tür und dreht den Griff zurück, dann sieht sie auf die Uhr. Wo mag er nur sein?

Sie steht auf, fühlt sich rastlos. Die Diele unter ihrem Fuß schwankt ein wenig, und sie fragt sich, ob es morsch ist. Da entdeckt sie eine Kerbe in einem Brett, dünn, aber deutlich sichtbar. Sie streicht mit der Hand darüber, sie führt unter den Tresor, als hätte jemand etwas ausgeschnitten oder -gesägt. Sie schiebt den Tresor zur Seite.

Ein Versteck.

Sie nimmt einen Brieföffner vom Schreibtisch und hebelt das Holzstück hoch.

In der Öffnung ist es dunkel. Vorsichtig schiebt sie die

Hand hinein, bis ihre Finger etwas berühren. Einen Stapel Papier, das glatt und fest ist. Sie holt ihn heraus.

Ein Stück Papier nach dem anderen dreht sie um.

Fotos von jungen Mädchen. Die meisten wurden aus der Ferne aufgenommen, von draußen, mit Blick ins Schlafzimmer oder Bad. Einige der Mädchen sind nackt oder halbnackt, sie ziehen sich um, steigen gerade in die Badewanne oder gehen unter die Dusche. Alle Bilder wurden heimlich aufgenommen.

Sie schlägt die Hand vor den Mund, um den Impuls zu unterdrücken, laut aufzuschreien.

Sie wirft die Bilder auf den Schreibtisch. Ein paar Fotos gleiten zu Boden. Als sie sie aufhebt, sieht sie, dass sie anders sind als die anderen. Das Mädchen auf den Bildern trägt nur ein Paar Spitzenhöschen. Es sind Nahaufnahmen, und sie lächelt in die Kamera. Es handelt sich um eine inszenierte Aufnahme, für die Fotograf und Model interagieren. Das Mädchen kennt sie nur zu gut.

Rosie Edwall.

Eva schiebt die Fotos in die Handtasche und verschließt sie sorgfältig, damit sie beim Verlassen des Ladens nichts verliert. Marianne winkt ihr an der Kasse zu, während sie sich um einen Kunden kümmert. Zum Glück ist Kenneth nirgends zu sehen.

Als sie nach Hause kommt, sitzt sie lange auf dem Bett, die Hände vors Gesicht geschlagen. Der Boden schwankt unter ihren Füßen, und sie weiß nicht, was sie tun soll. Wut steigt in ihr auf, sie will die Fotos am liebsten verbrennen und Ulf im Beisein aller die Asche in die Augen streuen.

Stattdessen steht sie auf, reißt Handtasche und Mantel an sich und geht hinaus in die Dunkelheit, zu ihrem Vater.

Ein unbehagliches Gefühl begleitet sie auf dem ganzen Weg dorthin. Vor dem Haus bleibt sie stehen, spürt den Kummer durch die Adern fließen. Alles ist dunkel. Sie hat vergessen, das Licht für ihren Vater anzulassen. Sie eilt die Treppe hinauf und durch die Tür.

KAPITEL 45

Jorun bläst auf die heiße Schokolade im Becher. Der Junge, der an der Tankstelle arbeitet, gibt ihr das Wechselgeld und fragt, ob sie eine Zimtschnecke vom Vortag möchte. Als er sie ihr gibt, blitzt etwas in seinen Augen auf, vielleicht Erkennen.

Sie isst die Schnecke und blickt währenddessen auf die Zapfsäulen. In ihr herrscht stille Leere. Sie weiß, dass die Tabletten dafür verantwortlich sind, denn so hat sie sich noch nie gefühlt. Es ist schön. Als ob jemand ihr das Herz herausgenommen hätte und sie jetzt hohl und unerreichbar wäre. Jedenfalls fast.

Langsam flackern die Bilder von Ulf Boström vor ihr auf. Der Spaziergang mit ihm gestern, unten an den Seen, war seltsam. Als sie losgingen, stach ihr die kalte Luft in die Augen. Zuerst hatten sie über oberflächliche Dinge geredet, dann war das Gespräch erstorben. Sie konnte sich in der Stille nicht orientieren. Als sie wieder das Wort ergriff, musste sie ihre Angst unterdrücken. Sie fragte ihn wieder nach Julia und was er von ihr hätte. Er schaute sie nur schweigend mit diesen Augen an, an die sie sich immer noch nicht gewöhnt hatte. Sie weiß nicht, was sie zu hören erwartet hatte, aber zumindest irgendetwas. Als sie ging, hielt er sie nicht auf.

»Willst du noch eine?«, fragt der Junge und reißt sie aus ihren Gedanken.

Das ist bereits ihre dritte heiße Schokolade. Wahrscheinlich bietet er ihr deshalb Zimtschnecken an, er glaubt, dass sie obdachlos ist.

Sie schüttelt den Kopf, obwohl sie hungrig ist. Sie hatte kein Abendessen, weil sie zu Mama gesagt hatte, sie würde bei Papa schlafen, und zu Papa, sie würde bei Mama schlafen.

Jorun geht zu den gekühlten Getränken, wo auch Pink-Panther-Limo steht. Nie wieder wird sie eine Tankstelle betreten können, ohne an Camilla zu denken. An ihr Lachen und den Glitzer auf ihrem Gesicht, wie um sie herum alles irgendwie heller wurde. Langsam öffnet sie die Tür und nimmt eine Flasche heraus.

An der Kasse bezahlt sie die Limo mit ihrem letzten Geld.

»Geht es dir gut?«, fragt der Junge vorsichtig. »Ich meine, du darfst gern noch ein wenig bleiben, wenn du nicht weißt, wo du hin sollst …«

Da fällt ihr auf, wie gut er aussieht. Er kann nur ein paar Jahre älter sein als sie. Blond, eine Baseballkappe, schöne Hände. Grübchen, wenn er lächelt. Sie würde gern etwas empfinden, doch es gelingt ihr nicht.

»Du willst doch nicht per Anhalter fahren?«, sagt er. »Das Risiko ist es nicht wert, das ist dir klar, oder?«

Der Gedanke ist verlockend, auch wenn sie weiß, dass sie es im Moment nicht schaffen würde und jetzt noch nicht weg will. Außerdem muss sie erst herausfinden, was Ulf von Julia hat.

Sonst wird sie immer daran denken müssen.

Das weiß sie.

»Mal schauen, was ich mache«, sagt sie und geht zur Tür.

»Du hast deine Limo vergessen«, ruft er ihr nach.

Doch sie geht einfach davon, lässt Camilla bei ihm zurück.

Vor Ulfs Haus ist es dunkel, keine Straßenlaterne brennt, die Fenster sind schwarz. Sie steht lange auf der anderen Straßenseite, bevor sie vorsichtig zum Küchenfenster geht.

Die Küche ist aufgeräumt, die Arbeitsfläche sauber, kein schmutziges Geschirr steht in der Spüle. Auf dem Tisch stehen ein paar Kerzenständer, daneben liegt ein Päckchen Streichhölzer.

Plötzlich sieht sie ihn. Er sitzt in der Ecke auf einem Stuhl, sein Gesicht liegt im Dunkeln. Vielleicht hat er die Augen geschlossen, vielleicht sieht er aber auch direkt zu ihr.

Sie drückt die Klinke und zieht die Haustür auf.

In der Küche sieht sie ihm sofort an, dass etwas passiert ist.

»Ich dachte mir schon, dass du früher oder später auftauchen würdest«, sagt er.

Sie senkt den Blick.

»Setz dich«, sagt er.

Sie bleibt stehen. Eigentlich will sie ihn sofort nach Julia fragen. Doch irgendetwas an Ulfs Blick hält sie zurück.

»Ist etwas passiert?«, fragt sie.

»Meine Frau ist weg.«

»Wie meinen Sie das?«

»Ich weiß nicht, wo sie ist.«

»Sie kommt bestimmt bald.«

Langsam schüttelt er den Kopf. Tränen glänzen feucht auf seinen Wangen.

»Ich habe versucht, ihr zu helfen«, sagt er.

»Ihrer Frau?«

Er beugt sich vor, ein Schatten fällt auf sein Gesicht, verzerrt Wangenknochen und Augen.

»Rosie.«

Erschrocken sieht sie ihn an. Redet er von Rosie Edwall? Warum sollte er?

»Sie wollte sich etwas dazuverdienen, deshalb habe ich ihr geholfen. Es waren nur ein paar Fotos. Aber dann wollte sie noch mehr Geld …«

Jorun atmet langsam aus, um die Angst zu verbergen, die in ihr aufsteigt.

»Ich verstehe nicht. Haben Sie das Mädchen, das verschwunden ist, fotografiert?«

Er schweigt. Irgendetwas stimmt nicht. Sein Blick kriecht unter ihre Haut. Vorsichtig weicht sie zurück.

»Wohin willst du?«, fragt er.

Wie hatte sie nur so dumm sein und herkommen können? Was hatte sie denn gedacht, dass passieren würde? Dass sie sich wie gute Freunde unterhalten würden? Dass er ihr zeigen würde, was er angeblich von Julia hat?

Aus dem Augenwinkel sieht sie die angelehnte Badezimmertür.

»Darf ich mal aufs Klo?«, fragt sie und hört, wie unsicher ihre Stimme ist.

Sie überlegt, wie sie am schnellsten aus dem Haus kommt. Vielleicht gibt es noch eine Hintertür.

Er steht auf, kommt auf sie zu. Folgt ihr in die Diele. Sie wagt es nicht, zur Haustür zu rennen, daher geht sie zum Bad.

Die Wand knarzt, als er sich dagegenlehnt. Er sieht sie an, mit diesem gehetzten Blick.

Sie schließt die Tür hinter sich, dreht den Wasserhahn auf, überlegt fieberhaft. Klappt den Toilettendeckel so laut wie möglich auf.

Sie sitzt in der Klemme.

Das weiß sie.

Schwer atmend sieht sie in den Spiegel. Das bleiche Gesicht. Die Haare über den Wangen. Ihre Hände zittern, als sie sie mit eiskaltem Wasser wäscht. Sie sollte hierbleiben, bis irgendjemand kommt, vielleicht seine Frau. Doch ihre Angst ist zu groß. Vielleicht schlägt er die Tür ein und zerrt sie nach draußen, wenn sie nicht herauskommt.

Sie stellt das Wasser ab und sieht zu den Handtüchern an den Haken. Handtücher für Erwachsene, in gedeckten Farben. Alles im Bad ist erwachsen, gedeckt, gesetzt. Keine dreieckigen Flaschen mit Shampoo und Spülung, keine Parfümflaschen, auf denen dünne Mädchen abgebildet sind.

Sie öffnet den Badezimmerschrank und sucht hastig und so leise wie möglich nach etwas Scharfem, etwas, womit sie sich verteidigen kann, vielleicht eine Nagelschere oder eine Pinzette. Doch sie findet nichts Brauchbares.

Auf dem Waschbeckenrand steht ein Kulturbeutel. Sie öffnet ihn und wühlt zwischen Schminkutensilien und Pinseln. Nichts. Panik flackert in ihrer Brust auf. Sie braucht eine Waffe, muss hier raus.

Plötzlich sieht sie aus dem Augenwinkel neben der Dusche in der Wand ein Ventil. Es ist aus Metall und scheint locker zu sein. Eine rostige Ecke ragt aus den Kacheln heraus. Wenn sie das Ventil lösen kann, reicht das vielleicht als behelfsmäßige Waffe.

Da weder Hocker noch Stuhl im Bad stehen, steigt sie stattdessen auf den Toilettendeckel. Ihr ganzer Körper schmerzt, als sie sich zur Decke streckt. Sie muss auf den Zehenspitzen an der Kante balancieren, und beinahe verliert sie das Gleichgewicht, als ihr schwindelig wird. Doch schließlich kann sie das Ventil lösen.

Sie will gerade zurück auf den Boden, als sie etwas aus dem Loch an der Wand hängen sieht. Etwas, das vorher nicht da war. Es muss mit herausgekommen sein, als sie an dem Ventil gezogen hat.

Eine dünne grauschwarze Kette. Vielleicht oxidiertes Silber. Sie hängt schlaff über die Kacheln. Jorun streckt sich noch einmal, greift nach der Kette und zieht sie heraus. Hält sie ins Licht.

Ein Druck in der Brust, als sie erkennt, was sie in der Hand hält.

An der dünnen Kette baumelt ein Anhänger, der Buchstabe J.

Kann das wirklich Julias Silberkette mit dem Anhänger sein? Sie hat sie jeden Tag getragen.

Jorun zieht die Tür einen Spalt auf. Er lehnt noch immer an der Wand und wartet auf sie.

Sie öffnet ihre Hand, in der die Kette liegt.

»Sie haben gesagt, Sie hätten etwas, das ihr gehört hat …«

Er betrachtet die Halskette. Dann dreht er langsam den Kopf und sieht sie an.

»Ich habe auch versucht, Julia zu helfen«, sagt er. »Genau wie ich versucht habe, Rosie zu helfen. Das habe ich wirklich …«

»Julia hätte nie zugelassen, dass jemand Fotos von ihr macht«, fällt ihm Jorun ins Wort.

»Sie hat es geliebt, hat sich für mich vor dem Fenster ausgezogen …«

»Sie sind ekelhaft«, sagt sie leise.

Er macht einen Schritt auf sie zu. Berührt ihr Haar. Der Geruch nach Alkohol. Sie tritt zur Seite, will sich an ihm vorbeidrängen. Schmerz durchzuckt ihre Schulter, als er ihren Oberarm packt.

»Lassen Sie mich los!«, schreit sie.

Doch er gibt sie nicht frei. Sie spürt, wie schwer und unbeweglich ihr Körper ist. Zum ersten Mal verflucht sie die Tabletten. Sie machen sie schwach.

Ulfs Wangen sind gerötet. Sein Blick bohrt sich in sie, scheint nach etwas zu suchen. Sie wendet ihr Gesicht ab, erträgt es nicht, ihn anzuschauen. Vor ihrem geistigen Auge sieht sie ihn und Julia, wie er sich über sie wirft, wie sie sich wehrt.

»Was wollen Sie?«, fragt sie.

Er antwortet nicht.

Ihre Kehle schnürt sich zu, sie findet keine Worte. Sie reißt sich die Haut an dem scharfen Ventil auf, das sie in der Hand hält. Doch als er ihren Oberarm noch fester umklammert, lässt sie es fallen. Sein Blick zuckt bei dem lauten Klappern.

Ohne zu wissen, woher sie die Kraft nimmt, rammt sie ihm das Knie in den Schritt. Aufschreiend krümmt er sich zusammen, sodass sie sich losreißen und aus dem Haus stürmen kann.

Die Häuser an der Straße sind dunkel, zu dunkel, als dass sie es wagen würde, irgendwo an die Tür zu hämmern. Sie muss es irgendwie zur Tankstelle schaffen, dort Hilfe rufen. Mama ist auf einem Vereinstreffen, Jorun weiß aber nicht, wo. Papa wohnt zu weit außerhalb des Ortes, um hinlaufen zu können, aber wenn sie es zur Tankstelle schafft, kann sie ihn anrufen. Die ganze Zeit glaubt sie, entfernte Schritte zu hören, aber sie weiß nicht, ob es Ulfs sind oder das Echo ihrer eigenen. Ihre Augen tränen vom Wind. Der Asphalt und die Hecken verschwimmen um sie herum. Als sie sich über das Gesicht wischt, bekommt sie Wimperntusche ins Auge, es brennt. Aber sie wagt nicht, stehen zu bleiben, nicht eine Sekunde.

Sie nimmt die Abkürzung durch den Kiefernwald mit den hohen roten Stämmen.

Das Geräusch der Hauptstraße. Vereinzelte Autos und Lastwagen fahren über den nassen Asphalt. Das große Tankstellenschild kommt in Sicht. Dahinter die Lichter des Gasthauses.

Als sie den Graben erreicht, wird sie langsamer. Etwas bewegt sich. Jemand geht im Dunkeln auf der anderen Straßenseite.

Es ist ein Mensch, ein Mädchen. Sie hustet. Sie hat ein Seil in der Hand, das wie ein Pendel über dem Boden vor ihr baumelt. Ihre Kleidung ist schmutzig. Erst als Jorun blinzelt, erkennt sie, dass das Seil um ihr Handgelenk gebunden ist. Ihr Gesicht ist voller Kratzer, und sie blutet an der Schläfe. Um ihren Kopf ist ein Tuch gewunden.

Jorun ruft ihr etwas zu. Das Mädchen bleibt stehen und versucht, die Straße zu überqueren. Sie ist unsicher auf den Beinen und stürzt fast, erlangt aber gerade noch das Gleichgewicht wieder, bevor ein großer Lastwagen zwischen ihnen durchrauscht.

Ein paar Sekunden später ist Jorun an ihrer Seite.

»Geht es dir gut?«, fragt sie und sieht sich nach einem Auto oder Lastwagen um, den sie anhalten und um Hilfe bitten könnte, doch die Straße ist einsam und verlassen. Sie wendet sich an das Mädchen: »Kannst du noch ein Stück weiterlaufen, dann gehen wir zur Tankstelle?«

Das Mädchen ergreift ihren Arm und versucht vergeblich, etwas zu sagen. Da erkennt Jorun sie. Die grünen Augen, die Sommersprossen.

Rosie Edwall.

»Ich weiß«, sagt Jorun. »Ich sehe, dass du verletzt bist, aber halt noch etwas durch, ich helfe dir …«

Sie sieht in die grünen Augen, als sie den Schlag spürt. Etwas trifft sie am Kopf, und der Boden und der Straßengraben kommen immer näher.

Dann wird alles dunkel.

KAPITEL 46

Harriet sitzt an der Bar und sieht zu, wie Birger das letzte Glas abtrocknet und ins Regal stellt. Er hat ihr gerade den Tageslohn gegeben und etwas zum Abendessen hingestellt. Die pappigen, mit Fleisch gefüllten Kartoffelklöße sind widerlich. Die Schweden und ihr verdammtes Essen, das wird sie nie verstehen. Gestern lagen Lebereintopf, Nudeln und Preiselbeeren auf dem Teller. Sie muss schon würgen, wenn sie nur daran denkt. Doch sie isst alles, denn Essen ist Essen, und sie will nicht unhöflich sein.

»Was treibt Kristina heute?«, fragt sie, als sie das Besteck auf den Teller legt.

»Sie hat schon mindestens zwei Ratten freigelassen, die ich gefangen hatte. Sie glaubt, ich wüsste es nicht.«

Harriet lächelt.

»Sie hat ihre Eigenarten, aber sie ist ein gutes Kind«, fährt er fort.

»Wo ist ihre Mutter?«

Sofort bereut sie die Frage und murmelt eine Entschuldigung. Das geht sie nichts an.

Er stützt die Hände auf den Tresen.

»Möchtest du ein Glas Wein?«

Harriet schüttelt den Kopf.

Er seufzt.

»Die Leute sagen, es sei meine Schuld gewesen, dass sie mich verlassen hat. Sie sagen, ich hätte sie erstickt, hätte sie zu sehr eingeengt.«

»Entschuldigung, ich hätte nicht fragen sollen …«, sagt Harriet.

Er zuckt mit den Schultern.

»Das ist lange her.«

Sie nickt und bedankt sich, will zurück zu Delilah. Ihr Körper ist schwer nach dem langen Arbeitstag, und sie möchte sich ausruhen.

»Darf ich dich was fragen?«, sagt Birger.

Sie hebt die Augenbrauen, gähnt.

»Warum musst du weiterfahren?«

Sie wendet den Blick ab.

»Warum? Es wartet doch niemand auf dich, oder?«, fragt er noch einmal.

»Du weißt gar nichts über mich.«

»Ich weiß, dass du eine Schlange hast und sie wie dein Kind behandelst. Das ist doch total verrückt.«

Sie sieht ihm in die Augen.

»Ich will nicht darüber reden.«

Er lässt die Schultern hängen, nimmt mit schweren Bewegungen einen Lappen und wischt den Tresen ab.

»Tut mir leid«, sagt sie. »Ich bin nur müde …«

Er knüllt den Lappen zusammen.

»Ich dachte, du wolltest vielleicht weg, weil du gehört hast, dass sie auch hier gearbeitet hat. Und dass du dich deshalb unwohl fühlst. Und ich dachte, wenn wir darüber reden, änderst du deine Meinung vielleicht.«

»Entschuldige, von wem sprichst du? Wer hat hier gearbeitet?«

»Julia Larsen.«

Ein brennender Schmerz in der Brust. Sie denkt an die Fotos, die sie in Sannas Zimmer gesehen hat.

Birger wirft ihr einen langen Blick zu, während sie sich wieder auf den Barhocker sinken lässt.

»Oh, ich dachte, du wüsstest davon. Dass du deshalb nicht bleiben möchtest …«

Sie schüttelt den Kopf.

»Als Anja, meine Frau, uns verlassen hat, brauchten wir Hilfe«, erklärt Birger. »Deshalb habe ich einen Aushang gemacht, und Julia Larsen hat sich gemeldet. Sie hat gesagt, sie könne ab und zu nach der Schule arbeiten. Wir haben viel Zeit miteinander verbracht, sie, ich und Kristina.«

Harriet nickt, weiß nicht, was sie sagen soll.

»Julia war ein gutes Mädchen«, sagt er. »Nett und fleißig.«

»Wirklich tragisch, was ihr zugestoßen ist.«

»Das ist es ja«, erwidert er aufgebracht. »Es *war* tragisch. Und dann ging es nur noch um technische Details, Körperteile und all das, als ob sie gar kein Mensch mehr wäre. Es ging nur noch um die schrecklichen Einzelheiten. Und darum, wer der Täter war.«

Harriet zögert.

»Mag hier deswegen keiner die Polizei? Weil ihr alle findet, dass sie Julia entmenschlicht hat?«

Er zuckt mit den Schultern. Räumt ihren Teller ab und wischt über den Tresen.

Wenn Mama noch leben und jetzt neben ihr sitzen würde, hätte sie Harriet sicher daran erinnert, dass niemand die Polizei mag. Nirgendwo.

Sie sieht Mama vor sich. Die müden Augen, die roten, schmerzenden Hände.

»Henriqueta. Geh so weit weg von mir und diesem Land, wie du kannst.«

»Warum sagst du das?«

»Gestern habe ich einen blutigen Ohrring in einer Hosentasche gefunden.«

»Wovon redest du?«

»Ich sehe sie in meinen Träumen. Die Frauen. Sie werden aus Autos geworfen, mit blauen Flecken an den Armen und zerrissenen Unterhosen.«

Plötzlich legt Birger die Hand auf ihre, die warme Berührung holt sie in die Gegenwart zurück.

»Tut mir leid, ich wollte dir nicht die Stimmung verderben«, sagt er.

Sie will ihm antworten, kann ihn jedoch nicht einmal ansehen, denn sie ist sicher, dass er sie durchschaut. Die Kälte erkennt, die sich in ihr verbirgt. Die Kälte, die seit der Sache mit Mama wie ein eisiger Wind in ihr weht.

Ein paar Minuten später ist sie wieder in ihrem Zimmer. Delilah liegt nicht mehr auf dem Bett, sondern dem Boden.

»*Minha querida* … Wie geht es dir?«

Wie so viele andere Dinge lernte sie alles über Schlangen von ihrem Großvater. Als er ihr das erste Mal erzählte, wie Schlangen Nahrung loswerden, die ihnen nicht guttut oder die sie nicht verdauen können, fand sie es grässlich und schmerzhaft. Als sie mehr darüber erfuhr, wurde ihr klar, dass es natürlich und harmlos war. Der Körperbau einer Schlange ist so erstaunlich, dass sogar das Hochwürgen relativ undramatisch ist. Daran dachte sie, als sie beschloss, Delilah das Kaninchen zu fressen zu geben. Dass es ihr nicht schaden würde, wenn sie es nicht verdauen könnte. Dann würde sie es einfach wieder herauswürgen.

Jetzt liegt sie da, Delilah. Im Bauch hat sie das Kaninchen. Das schönste Kaninchen, das Harriet je gesehen hatte, als es da neben der Straße lag. Silbergrau mit Augen, die wie Öl glänzten. Das Genick war gebrochen, und es war tot, aber noch warm. Als sie Delilah das Tier gab, lief Blut über Harriets Hände und Handgelenke. Sie wandte sich ab, redete sich ein, dass es einfacher wäre, wenn sie nicht zusah.

Delilah rückt näher an sie heran. Die schöne Haut glänzt. Die Beule an ihrem Bauch, sie sitzt, wo sie sitzt.

Die Zeit, die sie im *Sleep Inn* verbrachten, die Momente, die sie sich aus der Dunkelheit stahlen, haben sie zusammengeschweißt. Delilah war zäh. Sie hatte Angst und Gewalt überlebt, und Harriet tat ihr Bestes, es ihr leichter zu machen. Sie hat gehört, dass Pythons alt werden können. Wenn sie sich gut um Delilah kümmert, haben sie vielleicht noch viele Jahre zusammen. Delilah gab ihr einen Grund weiterzuleben, und sie trägt ihn immer bei sich.

Sie wird nie loslassen.

KAPITEL 47

Sanna gähnt. Sie sollte sich ausruhen, aber sie kann jetzt keine Pause machen. Stattdessen sitzt sie auf dem Bett und betrachtet die Fotos, die um sie herum ausgebreitet liegen. Sie mustert Rosie Edwalls Bild. Die sommersprossigen Wangen, die niedliche Nase, die grünen Augen. Sie ist jemandes Kind, und jetzt ist sie verschwunden.

Das Fenster steht offen, die Luft ist kalt und frisch. Ihre Lungen brennen, als sie erneut gähnt. Sie denkt an das silberfarbene Auto, das im Wind flatternde Absperrband und den dick angezogenen Polizisten, der den Fundort bewachte.

Das Telefon klingelt.

»Ja?«, meldet sie sich.

»Wie läuft es?«

Jussi Rantala.

Sanna blickt auf die aufgeschlagene Akte.

»Ich glaube, dass irgendetwas mit diesem Ulf Boström nicht stimmt …«

Rantala räuspert sich.

»Die Spurensicherung ist noch im Keller des Krankenhauses beschäftigt«, sagt er. »Sie kann noch keine definitiven Ergebnisse vorlegen, aber das Blut auf dem Boden scheint von einem Opfer zu stammen, nicht von zweien. Bisher wurden keine Spuren von Julia Larsen gefunden.«

Sanna schließt die Augen.

»Wir haben auch nachgewiesen, dass es sich bei der Frau auf den Polaroidfotos immer um ein- und dieselbe Person handelt. Lydia Ström. Daran besteht kein Zweifel.«

»Moment mal«, sagt Sanna. »Willst du damit sagen, dass du auch daran zweifelst, dass Jan Svensson Julia Larsen ermordet haben soll?«

»Nein, ich sage nur, dass er sie nach den bisherigen Untersuchungen nicht *dort,* im Krankenhaus, ermordet hat.«

Sanna schweigt.

»Wir sollten ja noch etwas anderem nachgehen, hast du gesagt«, fährt Rantala fort. »Der frühere Angestellte, der unter der Hand die Räumlichkeiten der Taxifirma benutzt hat. Wie hieß der gleich?«

»Roger Lindskog. Er heißt Roger Lindskog.«

»Wir schauen uns das an.«

»Heißt das, dass der Fall Julia Larsen vielleicht noch einmal …«

Rantala fällt ihr ins Wort und beendet das Gespräch.

Halbwegs erleichtert stellt sie sich ans Fenster und beugt sich hinaus. Die Luft ist eiskalt, doch das spürt sie kaum.

Wieder widmet sie sich der Akte Julia Larsen. Liest, wie Eltern, Freunde, Lehrer und ihre Schwester Jorun sie beschrieben haben.

Eine Eigenschaft wird öfter genannt. *Sie war Fremden gegenüber misstrauisch.*

Jan Svensson war nicht aus dem Ort. Wenn Julia Larsen Fremden misstraute, wäre sie mit ihm nirgendwohin gefahren. Er hätte sie nicht wie Lydia Ström mit sich locken können. Er nicht und auch kein anderer Fremder.

Sie überlegt hin und her.

Kannte Julia ihren Mörder vielleicht?

Falls ja, war sie ihm dann aus eigenem Antrieb gefolgt? Morgen früh wird sie Regina bitten, sich Julias Sachen ansehen zu dürfen. Sie weiß, dass die Spurensicherung Julias Zimmer mehr als einmal untersucht hat und dass das lange her ist. Trotzdem will sie sich alles selbst noch einmal ansehen.

Erst als sie die Akte zuklappt, fühlt sie sich beobachtet. Sie sieht zum offenen Fenster. Die Blaumeise. Sie ist in den Fensterrahmen gehüpft. Zittert im kalten Luftzug, doch die schwarzen Knopfaugen sehen sie ruhig an.

Sanna hört nur das Rascheln der Blätter im Wind. Es klingt wie ein Flüstern.

KAPITEL 48

Jorun stützt sich auf die Ellbogen, weiß nicht, wo sie ist. Hinter den Augen ein pochender Schmerz, der Blutgeschmack im Mund lässt sie würgen. Sie setzt sich auf und betastet vorsichtig ihren schmerzenden Hinterkopf. Sie spürt geronnenes Blut im Nacken, und ihre Finger sind rot, als sie sie betrachtet.

»Nicht in Panik geraten«, flüstert eine heisere Stimme.

Jorun sieht sich um. Sie befindet sich in einem kleinen Raum, Rosie sitzt zusammengekrümmt an einer Wand. Die Kratzer in ihrem Gesicht sind noch genauso entzündet wie bei ihrer Begegnung auf der Straße. Das Seil ist verschwunden. Jorun bemerkt ein paar frische rote Male um ihre Handgelenke. Ein süßlicher, metallischer Geruch geht von ihr aus.

»Wo sind wir?«

Rosie senkt den Blick.

»Wer hält uns hier fest?«, fragt Jorun weiter. »Ulf Boström?«

Rosie zuckt mit den Schultern.

»Er hat immer eine Maske auf und trägt einen Overall. Er spricht nie …«

Wieder zuckt der Schmerz durch Joruns Kopf. Sie schließt die Augen. Als er nachlässt, lässt sie den Blick durch den Raum schweifen. Von der Decke hängt eine rote Kunststofflampe, die im gedämpften Licht einen Schatten wie eine fliegende Untertasse auf den Boden wirft. Schmutzige Matratzen bedecken Wände, Boden und Zimmerdecke. Eine Schallisolierung. Überall sind Flecken und Risse zu sehen.

Die Tür befindet auf der anderen Seite des Raums. Auch sie ist mit etwas verkleidet, das wie Schaumgummi in einem braunen Bettbezug aussieht.

»Wo sind wir hier ...«, flüstert sie.

Rosie hustet.

»Ich weiß es nicht.«

An der Wand steht ein Eimer, aus dem ein strenger Uringeruch dringt, daneben ein Wasserkanister, ein Plastikbecher und ein Handtuch.

Diese Stille. Die Haut kribbelt. Nichts ist zu hören, kein Wind, kein Vogelzwitschern, kein Auto, kein Mensch. Jorun weiß nicht, was am schlimmsten ist – die Stille oder das fehlende Tageslicht.

»Was ist passiert?«, fragt sie Rosie. »Deine Eltern suchen nach dir, und die Polizei ...«

Rosie beugt sich zur Seite, als ob sie näher an Jorun heranrücken wolle, und verzieht vor Schmerzen das Gesicht.

»Ich wollte Bier für ein paar Freunde abholen. Manchmal besorgt Ulf uns welches. Er schuldet mir Geld, deshalb wollte er mir mehr Bier als sonst geben. Also bin ich mit Papas Auto gefahren ...«

Jorun sieht Ulf vor sich, wie er über Julia und Rosie redet. Dass er ihnen helfen wollte.

»Ich habe das Bier im Laden geholt und bin noch ein wenig geblieben«, erzählt Rosie. »Ich hatte ihm versprochen, etwas für ihn zu tun ...« Rosie wischt sich die Tränen ab, die ihr über die Wangen laufen. »Danach habe ich eine Zigarette geraucht und bin in den Wald gefahren. Habe beim Bach geparkt, wo ich das Bier verstecken wollte. Danach kann ich mich an nichts mehr erinnern …«

Rosie wischt sich wieder die Tränen ab.

»Er muss sich im Wagen versteckt haben, auf dem Rücksitz, im Fußraum, denn ich habe ihn nicht gesehen …«

Rosie sieht Jorun fest an, doch ihre Stimme bricht. Jorun streckt sich zu ihr, umfasst vorsichtig ihren Arm. Rosie wimmert leise bei der Berührung.

»Ich bin so müde«, sagt sie.

»Das sehe ich …«

»Ich schlafe die ganze Zeit.«

»Du schläfst?«

»Aber dann weckt er mich, gibt mir Suppe und Wasser aus dem Kanister. Hält mich fest, damit ich den Eimer benutzen kann.«

Rosie schnieft und spricht weiter.

»Seit er mir den Schlag auf den Kopf verpasst hat, kann ich mich nicht aufrecht halten.«

Plötzlich tastet Rosie mit der Hand über ihren Hals und den Kopf, um den ein Tuch gebunden ist. Sie flucht leise, reißt an dem Knoten im Nacken.

»Brauchst du Hilfe mit deinem …«, fragt Jorun.

»Das ist nicht *meins*«, fällt Rosie ihr ins Wort.

Mühsam dreht sich Jorun zur Seite, um Rosie zu helfen. Der Knoten ist fest. Sie schließt die Augen und zieht mehrmals kräftig daran. Da löst sich das Tuch.

Es riecht beißend nach Salbe.

Rosies Kopf ist kahlgeschoren, die Haut rot und entzündet. Hinter einem Ohr hat sie einen Kratzer.

Plötzlich steigen Jorun die Tränen in die Augen. Sie versucht, sie zurückzudrängen, doch ihr entweicht ein gequältes Stöhnen.

Rosie betastet ihren Kopf, während sie Jorun weiter ansieht. Auch ihr kommen wieder die Tränen. Die weißen Augäpfel leuchten im Dämmerlicht.

»Wo … Wo sind meine Haare?«

Jorun hält den Atem an, schließt die Augen, sieht die Fotos von Julias Leiche vor sich. Die Bilder, vor denen Mama sie beschützen wollte, die sie aber doch gesehen hat. Julias Kopf war völlig kahl gewesen.

Rosie weint leise, vielleicht vor Schock, vielleicht vor Erschöpfung.

Jorun versucht, das Taubheitsgefühl der Tabletten heraufzubeschwören, doch stattdessen breitet sich immer größere Angst in ihr aus. Rosie hat das Gesicht abgewendet, scheint im Sitzen eingeschlafen und in sich zusammengesunken zu sein.

Vorsichtig neigt Jorun den Kopf in ihre Richtung. Die Nähe ist tröstlich. Sie werden es hier raus schaffen. Irgendwer wird sie finden, wenn ihnen nicht vorher die Flucht gelingt.

Sie will Rosie sagen, dass das hier nur ein Albtraum ist, dass alles gut werden wird.

Doch sie wagt es nicht.

KAPITEL 49

Eva lehnt den Kopf gegen das Busfenster und knöpft noch einen Knopf an ihrer Bluse auf. Von der Fahrt ist ihr schlecht, und sie ist froh, dass der Bus bald in Kalmar ankommt.

Draußen ist es dunkel, menschenleer. Überall stehen klassische Häuser aus Holz und Stein, der mächtige Dom ist nicht weit entfernt. Straßen mit Kopfsteinpflaster und Plätze.

Sie streicht mit der Hand über die Tasche, die in ihrem Schoß liegt. Bei dem Gedanken an die Fotos darin jucken ihre Arme. Falls die anderen Fahrgäste ihre Nervosität bemerken, zeigen sie es nicht. Sie wirft einen Blick auf den Mann neben sich. Die faltige Haut hängt schlaff über seine Wangenknochen, und seine krallenartigen Hände umklammern den Stock, der zwischen seinen Beinen ruht. Plötzlich blickt er auf, und sie lächeln sich an.

Der Bus pfeift, als der Fahrer den Schlüssel umdreht und die Türen öffnet. Das Polizeirevier befindet sich direkt vor der Bushaltestelle, die wenigen Schritte kommen ihr allerdings wie eine Ewigkeit vor.

Vor dem Eingang bleibt sie stehen. Die Sekunden vergehen tickend in ihrem Kopf. Seit sie in Augu in den Bus gestiegen ist, hat sie sich immer wieder gefragt, ob sie es schaffen wird, die Fotos abzugeben und Ulf damit auszuliefern.

Der ganze Ort ist voller Polizei, die nach Rosie Edwall sucht, doch Ulf läuft weiter in seiner eigenen Blase herum. Die Verwandlung kam plötzlich, genau wie beim letzten Mal. Da war er auch zuerst froh, fast schon aufgeregt. Glücklich und energiegeladen. Dann verschwand Julia Larsen, und er stürzte mental ab. Sorgenfalten vertrieben das Lächeln, und eine Panikattacke folgte auf die nächste. Vor Angst zog er sich zurück. Wenn sie seine Aufmerksamkeit erzwang, versuchte, mit ihm zu sprechen, reagierte er aggressiv. Manchmal gewalttätig. So war es auch dieses Mal. Marianne erzählte, dass Ulf plötzlich fröhlich und aufgeregt gewesen war. Er sang im Kühlraum. Der Absturz musste hart gewesen sein, die Konfrontation mit dem, was er getan hatte.

Was er getan hatte.

Die Worte schmerzen. Sie kann sich nicht sicher sein, was Ulf genau getan hat – wenn er überhaupt etwas getan hat.

Aber sie hat die Fotos. Die jungen Mädchen, darunter Julia Larsen und Rosie Edwall. Bilder, auf denen sie spärlich bekleidet sind. Bilder, die einfach *falsch* sind. Der Juckreiz an den Armen wird stärker, wandert zur Kopfhaut. Als ob ihr Körper verzweifelt versucht, ihr zu sagen, dass die Fotos ein Virus sind. Es wird sich weiter ausbreiten, wird nie aufhören.

Als sie aufblickt, sieht sie sich selbst in einem Fenster. Die gerade Nase und die flachen Wangenknochen. Den Mund, der nicht mehr lächeln kann. Die Augen, die sie anstarren.

Der Wind wird schwächer und wechselt die Richtung, als sie das Polizeirevier betritt. Sie drückt die Klingel an der Wand. Als niemand erscheint, lässt sie ihre Tasche langsam auf den Boden gleiten. Am Empfang findet sie Papier und Stift und beginnt zu schreiben.

Mit meinem Mann stimmt etwas nicht. Er heißt Ulf Boström. Diese Fotos gehören ihm. Ich habe sie in seinem Büro gefunden. Hiermit nehme ich auch das Alibi zurück, das ich ihm für den 9. Januar 1984 gegeben habe. Da habe ich gelogen. Eva Boström.

Sie dreht sich weg und begegnet wieder ihrem Spiegelbild im Fenster, ihrem leeren Blick. Sie blinzelt und geht hastig hinaus in die Dunkelheit.

KAPITEL 50

Zum ersten Mal fährt Marianne mitten in der Nacht zum Laden. Sie parkt ein Stück entfernt vom Eingang und schließt leise die Autotür. Vor Augus Livs ist es dunkel.

Sie holt den Bolzenschneider aus dem Kofferraum, überprüft, ob die Taschenlampe in ihrer Handtasche liegt, und macht sich auf den Weg zum Eingang. Davor erahnt sie auf dem nassen Boden schmale Reifenspuren, vielleicht von einem Fahrrad oder einem Lastenfahrrad.

Marianne schließt auf, geht hinein und verschließt die Tür wieder hinter sich. Sie wartet kurz, bis sich ihre Augen an die Dunkelheit gewöhnt haben. Sie will das Licht nicht anschalten.

Sie kann nicht aufhören, an Kenneth im Keller zu denken. Dass er sich dort aufhält, ist an und für sich nicht merkwürdig, er hat dort unten Dinge zu erledigen, genau wie sie und Ulf. Aber was hatte er an dem Vorhängeschloss der Tür zu dem Durchgang zu schaffen?

Es ist zwei Uhr nachts. Schlaflos hat sie mehrere Stunden wach gelegen, bevor sie den Autoschlüssel aus dem Schlüsselschrank im Flur geholt und sich auf den Weg gemacht hat, mit all den Fragen, die ihr keine Ruhe lassen. Die Polizei anzurufen, hat sie schließlich doch nicht gewagt. Aber sie kann es auch nicht auf sich beruhen lassen. Sie muss nachsehen.

Adrenalin durchströmt ihren Körper, als sie die Tür zum Keller öffnen will. Die Klinke fühlt sich merkwürdig warm an, als hätte sie jemand erst vor ein paar Sekunden umfasst. Vielleicht bildet sie es sich aber auch nur ein, und ihre eigenen Hände sind einfach kalt.

Sie geht die Treppe hinunter. Schaltet das Deckenlicht ein. Schielt zur Tür. Geht darauf zu. Schaut sich um, um sicherzugehen, dass sich niemand zwischen dem ganzen Gerümpel versteckt. Nichts rührt sich.

Plötzlich ertönt ein seltsames Geräusch von der anderen Seite der Tür. Ein Zischen. Dann klingt es, als ob sich jemand oder etwas über den Boden schleppen würde.

Ihre Arme zittern, als sie den Bolzenschneider an das Vorhängeschloss setzt. Es dauert eine Weile, bis sie den Bügel durchtrennt hat. Das Schloss fällt klappernd zu Boden. Ihr Herz klopft so heftig, dass sie es fast bereut, als sie nach der Tür greift. Gerade hat sie die Hand auf den Griff gelegt, als dahinter ein Schrei ertönt.

Mit quietschenden Scharnieren wird die Tür aufgestoßen. Erschrocken zuckt sie zurück. Schmeckt Galle im Mund, als sie zur Treppe stürzt.

Durch die Tür kommt etwas, auf allen vieren. Panisch rennt es zu den Kisten und dem anderen Gerümpel, wobei die Krallen über den Boden kratzen.

»Ich dachte, er wäre tot«, sagt Kenneth plötzlich hinter ihr.

Sie wirbelt herum, blickt in das Gesicht mit den Aknenarben.

»Ich habe ihn angefahren und hierhergebracht. Wollte ihn Ulf zeigen. Es heißt ja, das Fleisch wäre lecker. Ich dachte, wir könnten es im Laden verkaufen. Aber dann war er gar nicht tot und ist aufgewacht. Ich wusste nicht, was ich tun soll, deshalb habe ich versucht, ihn zu füttern.«

Marianne schließt einen Moment die Augen, dann geht sie zu Kenneth und verpasst ihm eine so heftige Ohrfeige, dass sein Kopf zur Seite geworfen wird.

»Ich rufe jetzt die Polizei. Hoffentlich kann sich jemand um das arme Tier kümmern, vielleicht hat es ja eine Überlebenschance«, sagt sie.

Mit zitternden Knien geht sie nach oben in den Laden, während der Dachs zwischen den Kartons faucht und schreit.

Sie sieht Kenneth vor sich, wie er dasteht und an den Innenseiten der Wangen kaut.

KAPITEL 51

Der Kaffee von der Tankstelle ist wässrig. Sanna kippt den Rest ins Gras, zerknüllt den Pappbecher und schiebt ihn in die Jackentasche. Die Nacht hat keine Erholung gebracht, sondern nur wenig Schlaf und viele Gedanken.

Sie blickt auf die Tür, während sie klingelt. Überlegt, wie Regina Larsen wohl reagieren wird.

Kurz darauf zündet sich Regina eine Zigarette an und stellt sich an den Dunstabzug.

»Jorun ist nicht da, falls Sie mit ihr reden wollen. Sie hat bei ihrem Vater übernachtet.«

Sanna schüttelt den Kopf.

»Ich wollte mit Ihnen reden. Beziehungsweise Sie um etwas bitten.«

Regina zieht lange an ihrer Zigarette und sieht sie misstrauisch an. Sanna strafft die Schultern.

»Ich würde mir gern Julias Sachen ansehen, wenn ich darf. Haben Sie sie noch?«

Sannas Kehle wird eng, als sie das Zimmer betritt. Sie lässt den Blick über die fliederfarbenen Wände schweifen und bemerkt verwundert, wie unberührt der Raum wirkt. An den Wänden David-Bowie-Poster, im Schrank normale Teenagerkleidung, auf der Kommode Make-up und

Schmuck. Fast kann sie das Bild von Julia in diesem Zimmer heraufbeschwören.

Die Morgensonne späht hinter einer Wolke hervor. Sanna zögert, dann geht sie zum Fenster, das nach Osten liegt. Das Licht ist seidenweich, die Straße vor dem Haus ruhig und verlassen. Auf der anderen Seite stehen exakt gleich aussehende rote Holzhäuser. Der Garten auf der anderen Straßenseite ist zugewachsen.

»Woran denken Sie?«, fragt Regina hinter ihr.

Sanna dreht sich um. Reginas Augen sind feucht und leer, sie wringt die schmalen Hände.

»Sie schauen doch hinüber zu Frau Bentes Haus, nicht wahr?«, fährt Regina fort. »Genau gegenüber?«

»Steht es leer?«

»Nach ihrem Tod haben die Kinder wegen des Erbes gestritten. Jetzt steht es leer und verfällt.«

»War sie es, die jemand vor Ihrem Haus hat stehen sehen?«

»Ja.«

Sanna dreht sich wieder zum Fenster.

»Julia hat ihr im Frühling und Sommer immer im Garten geholfen, um sich ein bisschen was dazuzuverdienen«, erzählt Regina. »Die alte Frau war sehr lieb. Und sie hatte immer so schöne Blumen.«

Kurz darauf öffnet Sanna das Gartentor und betritt Frau Bentes Grundstück.

Der zugewucherte Garten ist wie ein Sumpf. Bei jedem Schritt sinkt sie leicht in den weichen Boden ein. Alte Obstbäume ragen wie Skelette aus dem hohen Gras.

Fassade und Hausdach sind intakt, die Fenster unversehrt.

Sanna stellt sich auf die Zehenspitzen und späht durch

ein Fenster. Es sieht aus, als wäre das Haus eilig verlassen worden. Auf einem kleinen Tisch neben einem Sessel liegt eine Zeitung mit einem Kreuzworträtsel. Auf dem Boden liegen ein Stift und eine zerbrochene Kaffeetasse. Sie schaudert bei dem Gedanken, dass jemand vielleicht sein letztes Stündlein in dem Sessel verbracht hat und dass seither niemand mehr in dem Haus war, um aufzuräumen.

Sie geht ein Stück weiter in den Garten. Bleibt an einem Beet mit einem mannshohen Holzkreuz stehen, an dem eine weiße Plastiktüte festgebunden ist, die im Wind raschelt. Eine selbst gebaute Vogelscheuche.

Hinter dem Beet steht ein rot gestrichener Schuppen. Die Fenster glänzen in der aufgehenden Sonne.

Sie löst den Riegel und schlüpft hinein. Schiebt das Gerümpel zur Seite, damit die Tür offen stehen kann. An den Wänden hängen ordentlich aufgereiht Gartengeräte. An einer Wand steht ein offener Sack mit Erde, der sich an der Seite leicht ausbeult. Wieder schaudert sie, diesmal bei der Vorstellung, was sich darin verstecken könnte, vielleicht ein Rattennest. In einem Korb auf der Arbeitsbank liegen lilafarbene, mit Erde verschmutzte Gartenhandschuhe. An einem Zeigefinger sind kleine blaue Striche zu sehen, wie von einem Kugelschreiber.

Sanna sieht zur anderen Wand, an der ein weiteres Paar Handschuhe sowie eine Schürze hängen, aus deren Tasche eine kleine Harke ragt.

Sie bleibt stehen. Sieht zu dem Sack mit Erde, den lilafarbenen Handschuhen. Der Schmutz an ihnen ist heller und oberflächlicher, sitzt nicht so fest in dem Stoff wie bei dem anderen Paar Handschuhe. Und sie liegen allein in dem Korb. Sanna sucht den Stift, von dem die Tinte am Finger stammen könnte, oder auch einen Block, irgendein Stück Papier, auf dem sie geschrieben hat. Nichts.

Es lässt ihr keine Ruhe. Gerade hat sie ein Teenagerzimmer ohne Geheimnisse gesehen, weder die Polizei noch Julias Eltern haben dort etwas gefunden, das sie zu Julias Mörder hätte führen können. Jemand, den Julia gekannt, mit dem sie eine heimliche Beziehung gehabt haben könnte. Jetzt steht sie in diesem Schuppen, mit einem Paar lilafarbener Gartenhandschuhe vor sich. Lila, Julias Lieblingsfarbe, wie die Wände in ihrem Zimmer. Die Handschuhe weisen schwache Erd- und Tintenflecke auf. Schwache Erdflecke. Die von trockener Erde stammen. Erde, die nicht dem Wetter ausgesetzt war. Erde aus einem Sack.

Sie holt tief Luft, dann tritt sie vorsichtig gegen den Sack, um zu sehen, ob sich darin etwas bewegt. Nichts. Sie tritt noch einmal dagegen. Wieder keine Bewegung. Sie zögert. Dann zieht sie die lilafarbenen Handschuhe an und fängt an zu graben.

Schon nach wenigen Sekunden spürt sie etwas. Eine Plastiktüte. Sie ist schwer. Sanna holte sie heraus und legt sie auf die Arbeitsbank. Vorsichtig knotet sie sie auf und nimmt den Inhalt heraus.

Ein Päckchen Zigaretten und ein lilafarbenes Feuerzeug, auf das jemand mit Filzstift »Julias« geschrieben hat. Ein feucht gewordenes Polaroidfoto von Julia und Andreas Ljunggren, ihrem Freund. Nur in Unterwäsche liegen sie auf einem Bett und lächeln aufreizend in die Kamera. Außerdem eine zweite Plastiktüte, die zerreißt, als sie sie heraushebt. Ein scharfer Gegenstand hatte einen Riss verursacht.

Ein dickes Album oder ein Notizbuch. Aber auch eine Tube Textilkleber, ein Kugelschreiber, Papier, eine Schere, zwei Pinzetten und eine kleine Machete. Vorsichtig öffnete sie das Buch. Auf der Innenseite des Umschlags steht: »Für Mama. Alles Gute zum Geburtstag.« Sie blättert weiter. Seite um Seite ist mit hübschen gepressten Blumen und Pflanzen gefüllt.

Ein Herbarium für Regina, eine Überraschung zum Geburtstag. Ein sehr privates Foto, das zeigt, wie intim Julia und Andreas waren. Zigaretten, die sie heimlich geraucht hat. Hier hat Julia ihre Geheimnisse aufbewahrt.

Sie widmet sich der Machete. So eine kleine hat sie noch nie gesehen. Sie dreht sie um und sieht die eingravierten Buchstaben *NZ* im Stahl.

Sie nimmt die Tube in die Hand. Dieselbe Art Kleber, wie auf Julia Larsens Leiche gefunden wurde. Wer ist NZ? Wer hat Julia die Machete gegeben oder geliehen? Hat Julia ihn in der Nacht ihres Verschwindens getroffen? Hat das unschuldige Geheimnis eines Herbariums sie direkt in die Hände des Täters geführt?

Bald darauf ist Sanna zurück im Gasthaus. Es ist warm in ihrem Zimmer. Die Frühlingssonne scheint zum ersten Mal kräftig, seit sie nach Augu gekommen ist. Sie kippt das Fenster, streift den Mantel ab und wählt Rantalas Nummer.

»NZ«, sagt sie. »Die Initialen NZ ...«

»Einen Moment«, fällt Rantala ihr ins Wort. »Ich wollte dich gerade anrufen ...«

»Nein, hör mir zu. Ich habe eine Tüte mit Sachen gefunden, die Julia Larsen versteckt hatte ...«

»Genug!«

Sanna erstarrt.

»Hör zu«, sagt er. »Eva Boström ist auf dem Revier in

Kalmar aufgetaucht. Sie hat eine Tasche abgestellt, die vorhin gefunden wurde.«

»Eva Boström?«

»Ja, sie hat Fotos abgegeben, von jungen Mädchen, die offenbar heimlich aufgenommen wurden. Sie sagt, sie hat sie im Büro ihres Mannes gefunden.«

»Nein …«

»Doch, ich fürchte schon. Auf den Fotos sind auch Julia Larsen und Rosie Edwall zu sehen.«

Sanna geht zum Fenster und dehnt dabei die alte, störrische Telefonschnur.

»Soll ich gleich zu ihm fahren?«, fragt sie.

»Ich habe schon einen Wagen hingeschickt. Außerdem habe ich noch mehr zu erzählen. Wir haben Roger Lindskog gefunden.«

Roger Lindskog, der Mann, der den Fuhrpark und das Büro des insolventen Taxiunternehmens SPT weiterbenutzt hat. Der Einzige, der Zugriff auf das Papier hatte, auf dem der Brief an Regina Larsen nach dem Mord an ihrer Tochter geschrieben wurde.

»Er hat ein paar Sachen aus dem Büro mit nach Hause genommen, darunter das Briefpapier. Auf den Hof, den er und seine Familie damals gemietet hatten«, fährt Rantala fort. »Als sie ausgezogen sind, vor zwei oder drei Jahren, hat er alles da gelassen.«

»Du meinst, das Briefpapier lag dann in einem leer stehenden Haus, aus dem es jeder hätte mitnehmen können?«

»Wer hat etwas von leer stehend gesagt? Der Besitzer hat den Hof so weitervermietet, wie man ihn zurückgelassen hatte. Wir haben ihn befragt, und der neue Mieter von damals ist noch derselbe wie heute. Ulf Boström.«

KAPITEL 52

Das heiße Spülwasser brennt durch die Gummihandschuhe. Der alte Wasserhahn funktioniert nie richtig. Eva spült das Geschirr fahrig und nachlässig. Der Schaum, der an den Handgelenken unter die Handschuhe dringt, irritiert sie. Doch immerhin hat sie einen Ort, an den sie gehen kann. Sie kann hier zu Hause bei ihrem Vater bleiben. Sie wirft einen Blick zur Haustür. Jeden Moment könnte Ulf draußen auf der Treppe stehen. Als sie die letzte Tasse gereinigt hat, spült sie alles mit klarem Wasser ab und räumt das Geschirr ins Trockengestell. Zieht die Handschuhe ab und wirft sie in die Spüle.

Seit sie die Fotos gefunden hat, ist ihr ständig übel vor Ekel. Von Zeit zu Zeit macht sich die Angst in ihrer Brust bemerkbar. Als sie sich heute Morgen die Zähne putzte, sah sie ihn hinter sich im Badezimmerspiegel. Als sie sich nach dem Mittagessen auf der Couch ausruhen wollte, kroch er über den Boden auf sie zu.

Sie schaltet die Kaffeemaschine ein. Dann geht sie schweigend ins Wohnzimmer. Papa sitzt mit seinem Rollator vor dem Fenster. Draußen bewegen sich die Baumkronen vor der Sonne.

»Bald wird es wärmer«, sagt sie und legt ihm eine Hand auf die Schulter. »Dann können wir wieder im Garten Kaffee trinken.«

Papa sieht sie mit seinen blauen Augen an. Er lächelt, vielleicht. Es könnte auch ein unwillkürliches Zucken der Haut sein statt einer Emotion.

Sie drückt sanft seine Schulter.

Kaffeegeruch dringt ins Wohnzimmer. Sie lächelt ihn an und dreht sich um.

In der Küche schenkt sie zwei Tassen ein. Dazu will sie Schokoladenkekse aus der Speisekammer holen. Sie tastet mit der Hand über das Regal, doch sie sind nicht da. Hat sie nicht erst gestern eine Packung mitgebracht?

Plötzlich bekommt sie Angst. War jemand im Haus? Ulf vielleicht? Mittlerweile könnte er gemerkt haben, dass sie die Fotos genommen hat. Vielleicht hat er hier im Haus danach gesucht?

Sie geht zum Telefon auf dem Tisch neben dem Fenster und wählt ihre eigene Telefonnummer. Der Anrufbeantworter schaltet sich ein. Sie legt sofort auf, sieht mit zusammengekniffenen Augen aus dem Fenster. Vielleicht versteckt Ulf sich da draußen und wartet auf den richtigen Moment, um sich auf sie zu stürzen.

Sie eilt in die Diele und überprüft, ob die Sicherheitskette noch vorgelegt ist. Lehnt sich mit dem Rücken an die Tür, zwingt sich, tief und langsam zu atmen. Als sie sich beruhigt hat, geht sie zurück in die Küche. Setzt sich auf einen Stuhl. Papa soll sie nicht so sehen.

Eine Erinnerung überwältigt sie, ein Moment aus ihrer Kindheit, ein Moment mit Papa. Sie sitzt am Esstisch und malt. Stimmen ertönen vor dem Nachbarhaus. Sie blickt hinaus und sieht den Weihnachtsmann, der Geschenke an die Nachbarskinder verteilt. Aufgeregt kreischend drängen sie sich um ihn. Als sie den Kopf zurückdreht, sieht der Raum aus wie immer. Keine Beleuchtung, kein Weihnachtsbaum und ganz bestimmt kein Weihnachtsmann oder Geschenke. Papa sitzt in seinem Sessel und starrt vor sich hin. Sie sagt, dass sie Hunger hat, aber er hört sie nicht. Sie drückt sich ein Kissen auf dem Bauch, gegen das Ziehen, will den Hunger ersticken. Dann schließt sie die Augen, versucht zu vergessen, dass Weihnachten ist.

Ein dumpfer Schlag holt sie in die Gegenwart zurück. Sie eilt ins Wohnzimmer, sieht sich nach ihrem Vater um. Er liegt auf dem Boden neben dem Telefontisch. Seine Augen sehen aus wie leuchtend blaue, glänzende Abgründe. Eine Träne läuft ihm über die Wange. Sie hilft ihm auf. Nimmt seine Hände in die ihren, vorsichtig, um die blau-roten Flecken nicht zu berühren. Sie beugt sich zu ihm.

»Hast du dich verletzt?«

Tränen laufen über die geschwollenen Wangen. Sie senkt den Blick.

»Wie konnte es nur so weit kommen …«

KAPITEL 53

Jorun träumt, dass sie wieder im *Sleep Inn* ist. Die schmutzige Zimmerdecke schwankt über dem Bett. Glitzer schimmert auf dem Laken. Camillas Atemzüge dicht neben ihr. Dann öffnet sie die Augen.

Mit einem Schrei schreckt Jorun auf und stößt Rosie von sich weg. Rosie sieht sie erschrocken an.

»Tut mir leid«, sagt Jorun.

Rosie reibt sich die Augen.

Da sieht Jorun eine Thermoskanne an der Tür und nimmt sie in die Hand, sie ist warm. Sie wirft sich gegen die Tür und hämmert dagegen. Schreit, so laut sie kann. Als sie erschöpft und weinend zu Boden sinkt, kriecht Rosie zu ihr.

»Ich sage doch, dass uns keiner hört.«

Rosie schraubt die Thermoskanne auf. Es riecht nach warmer Milch. Jorun will sich am liebsten übergeben, sie nimmt Rosie die Kanne aus der Hand und schraubt sie wieder zu.

»Auf gar keinen Fall«, sagt sie. »Lieber verrotte ich hier drin.«

»Bisher habe ich immer getrunken, was er hingestellt hat«, entgegnet Rosie. »Ich habe es einfach gemacht. Und daran war nichts komisch.«

Jorun schüttelt den Kopf und stellt die Kanne so weit weg wie möglich.

»Irgendwer wird uns finden«, sagt sie.

»Glaubst du das wirklich?«

Rosies Stimme ist kalt und leer.

»Da draußen ist überall Polizei.«

Rosie schlägt die Hände vors Gesicht.

»Hey«, sagt Jorun und zieht sie an sich.

Sie lehnen sich gegen die muffigen Matratzen. Plötzlich schmerzt Joruns Bauch, und zuerst weiß sie nicht, warum. Dann erkennt sie den Geruch wieder, den Duft nach Rosen und Sandelholz. Julias Duft. Sie dreht den Kopf, damit Rosie ihre Tränen nicht sieht. Vielleicht bildet sie sich das alles aber auch nur ein. Ja, es muss Einbildung sein, Gerüche halten sich schließlich nicht jahrelang.

Bevor sie reagieren kann, holt Rosie die Thermoskanne zu sich, schraubt sie auf und trinkt einen Schluck. Der magere Körper sinkt in sich zusammen.

»Willst du wirklich nichts?«, fragt sie.

Jorun schüttelt den Kopf. Am liebsten würde sie Rosie die Thermoskanne aus den Händen reißen, doch sie hat kein Recht, über sie zu bestimmen. Sie sieht zu, wie Rosie große Schlucke trinkt.

Rosie setzt sich wieder neben sie, legt den Kopf auf ihre Schulter, trinkt noch einen Schluck. Jorun verspürt ebenfalls Hunger, doch noch ist er nicht stark genug.

So sitzen sie da. Irgendwann schläft Jorun ein. Als sie aufwacht, weiß sie nicht, wie viel Zeit vergangen ist.

»Hey«, sagt sie und stößt Rosie leicht in die Seite.

Die gibt keine Antwort. Jorun stößt sie noch einmal an. Die Thermoskanne rutscht Rosie aus den Händen, Milch ergießt sich auf den Boden.

»Setz dich auf!«, schreit Jorun sie an, schlägt ihr erst leicht auf die Wangen, dann immer fester. Doch Rosie reagiert nicht. Ihr Kopf hängt auf die Brust, ihr Körper ist schwer und leblos.

Jorun packt sie, schreit sie an, sie solle aufwachen. Schlägt ihr immer wieder auf die Wangen.

»Du lässt mich nicht allein! Hörst du? Sie werden uns finden.«

KAPITEL 54

Borghild Björnsdotter vergisst immer ihre Zigaretten, nachdem sie sie angezündet hat. Jetzt liegen die heruntergebrannten Stummel im Aschenbecher auf dem Schreibtisch. Sie zündet sich eine neue an, holt ihren Taschenspiegel heraus und zupft an ihren Haaren, die aussehen wie Kupferwolle. Ruiniert nicht der Wind die Frisur, dann der Schlaf.

In ihren Träumen wird sie von nichts mehr heimgesucht, mittlerweile sind sie leer. Sie träumt nicht vom Sommer und wacht auch nie außer Atem mit ertrinkendem Herzen auf. Wenn sie jetzt einschläft, verschwindet sie einfach im gleißenden Licht. Manchmal wacht sie zu den rhythmischen Klängen von Jefferson Airplanes »White Rabbit« im Kopf auf.

Der Himmel vor dem Fenster hat überhaupt keine Selbstachtung. Er brennt rosa, und die Wolken sind rot wie Blut. Sirenen heulen. Sie sieht den Festgenommenen vor sich, den Junkie oder den Freier mit den niedergeschlagenen Augen. Dann kommt jedes Mal der Anruf, bei dem sie entscheiden soll, wer die Vernehmung leitet oder ob ein Haftbefehl ausgestellt werden muss.

Staatsanwältin, was ist das eigentlich? Als sie jünger war, war sie unbesiegbar. Ihr Gehirn brannte vor Leidenschaft und dem Verlangen nach Recht und Ordnung. Jetzt interessiert sie nur noch die Wahrheit.

Sie denkt an die blonden Jungs aus der Mittelschicht, die für ihre Zukunft beten, an die Mädchen aus der Mittelschicht, die mit geschlossenen Augen warten, aufgeblasen und steif. Die Gerechtigkeit ist ein Ort der Dunkelheit, eine Wüste voller Zombies.

Das Telefon klingelt. Sie zieht an der Zigarette und nimmt den Hörer ab.

»Wir fahren in fünf Minuten los«, sagt die Stimme. »Lovisa wartet vor dem Eingang auf dich.«

Borghild legt die Zigarette in den Aschenbecher, wo sie von selbst ausgehen wird.

Die letzten vierundzwanzig Stunden hat sie sich mit Roger Lindskog beschäftigt. Dem Mann, für den sich der Polizeichef von Oskarshamn, Jussi Rantala, wegen neuer Erkenntnisse im Mordfall Julia Larsen interessiert hat. Jetzt ist ein gewisser Ulf Boström in den Fokus geraten, Ladenbesitzer und vielleicht sogar ein pädophiles Arschloch. Sie weiß, dass Rantala und seine Leute auf dem Weg zu dem Hof sind, auf dem sich Ulf Boström versteckt halten soll. Sie hat nur noch auf den Anruf gewartet, dass sie und einige Einsatzwagen aus Kalmar zu ihnen stoßen sollen.

Normalerweise fährt sie nicht mit zu einer Festnahme, doch in diesem Fall, der vielleicht auch eine Verbindung zu dem Verschwinden der minderjährigen Rosie Edwall haben könnte, will sie dabei sein. Sie will sehen, wie Ulf Boström reagiert und sich ein Bild von dem Hof machen. Aber sie will auch die Anwärterin kennenlernen, Sanna Berling, die für die neuen Erkenntnisse zu Roger Lindskog und Ulf Boström verantwortlich ist. Rantala hatte widerwillig zugegeben, dass die Ermittlungsfortschritte nicht ihm, sondern der jungen Frau zu verdanken waren.

Wieder klingelt das Telefon. Sie ignoriert es, Lovisa Nilsson will bestimmt nur fragen, wo sie bleibt. Bald wird sie sich darüber beschweren, dass Borghild wie üblich zu spät dran ist.

Borghild nimmt Zigarettenschachtel und Feuerzeug. Ein unerklärliches Gefühl von Elektrizität in ihrem Körper, fast wie Kohlensäure, wenn sie sich vorstellt, dass sie die vermisste Rosie Edwall finden könnten. Als sie in ihre Jacke schlüpft, streicht ihre Hand über den hässlichen, gestrickten Schal um ihren Hals.

Die Glut der nächsten Zigarette leuchtet wie ein Stern in dem dunklen Zimmer, als sie sich zur Tür bewegt. Sie greift nach dem Türrahmen und zieht sich vorwärts, die Schwelle knarzt unter dem Gewicht ihres Rollstuhls.

Im Flur ist es kalt. Wenn sie hustet, klingt es wie der Wind auf einem Schrottplatz. Sie zieht die Tür ins Schloss und nickt Lovisa zu, die auf sie zu kommt.

Let's go chasing rabbits.

KAPITEL 55

Sanna will nicht an Rantala und Fredriksson und die anderen Kollegen denken, die gerade zusammen zu Ulf Boströms Hof fahren. Gleich müssten sie da sein. Sie wäre gern dabei, aber sie hat den Befehl erhalten, aus dem Gasthaus auszuchecken und zum Revier nach Kalmar zu fahren.

Um sich von ihrem Ärger abzulenken, beginnt sie zu packen. Sie faltet ihre Kleidung und legt sie in den Koffer, nimmt die braune Akte, bleibt stehen. Sie denkt an die ganze Arbeit, die sie in den Fall gesteckt hat, die langen Tage hier in Augu, und dass man sie trotzdem von Ulf Boströms Festnahme ausschließt. Am liebsten würde sie die Akte gegen die Wand werfen, doch stattdessen legt sie sie in den Koffer.

Schließlich greift sie nach der Plastiktüte, die sie im Gartenschuppen gefunden hat. Sieht wieder die lilafarbenen Handschuhe vor sich. Riecht die Erde, das Gras. Julias Geheimnisse. Die Zigaretten und das Foto. Ein hübsches Herbarium mit dazugehörigem Werkzeug. Unschuldige Dinge zusammen mit einer kleinen Machete. *NZ,* wessen Initialen sind das? Die Wut darüber, ausgeschlossen zu sein, schwindet. NZ hat nichts mit dem Namen Ulf Boström zu tun, trotzdem war es Julias Geheimnis.

Kurz darauf steht sie unten an der Rezeption. Sie hat ausgecheckt, blättert im Telefonbuch von Augu und sucht nach Namen mit den Initialen NZ. Aufregung durchzuckt sie, als sie tatsächlich einen gewissen Nils Zetterström findet. Sie sucht die Adresse auf dem Stadtplan und schreibt sie sich auf.

KAPITEL 56

Der Nebel liegt wie ein Schleier über dem Wald. Das fahle Licht blendet Borghild. Sie ascht aus dem Fenster und sieht zu den Bäumen. Ein rotes Eichhörnchen hüpft einen Baum hinauf. Irgendwo im Unterholz ruft ein Birkhuhn.

Die Straße zu Ulf Boströms Hof ist gewunden und uneben. Borghild wirft Lovisa am Steuer einen Blick zu.

»Wie weit ist es noch?«

»Nicht mehr weit.«

»Wie weit?«

Lovisa sieht sie verärgert an und schaltet in den nächsten Gang. Umfasst das Lenkrad fester.

»Hoffentlich läuft es nicht so wie in dem Fahrradkeller …«, sagt sie.

Borghild seufzt. Vor ein paar Jahren war sie bei einem Einsatz in einem Mehrfamilienhaus an einer von Kalmars besten Adressen dabei. Zusammen mit einer Polizeistreife, zu der auch Lovisa gehörte, waren sie in den Keller gegangen. Ein besorgter Nachbar hatte die Polizei darüber informiert, dass zwei Männer dort irgendetwas anbauten. Borghild und die Streife fanden im Keller zwei Abteile voller Schmetterlingspuppen vor. Ein Tumult brach aus. Als die Männer zu fliehen versuchten, stieß einer Borghild hart gegen die Wand. Sie bekam ihn zu fassen und bohrte ihre

Finger in seine Augen, sodass er zusammenbrach und ihm der Speichel aus dem Mund rann.

»Was, wenn es wieder so eskaliert?«, fährt Lovisa fort.

Borghild antwortet nicht. Denkt nur, dass die kalte Luft schneidend ist und wie Rauch in den Lungen brennt.

Die Straße macht eine scharfe Biegung. Dann kommen die Streifenwagen in Sicht, teilweise hinter ein paar Bäumen verborgen, deren Kronen sich im Wind biegen. Lovisa steuert den Wagen neben die anderen. Jussi Rantala steigt aus seinem Fahrzeug und kommt zu ihnen.

»Wir haben Männer in allen Himmelsrichtungen positioniert. Es gibt keinen Fluchtweg. Sollen wir jetzt vorrücken?«

Borghild nickt.

Die Autos fahren an. Noch eine Biegung, die Landschaft wird immer einsamer.

Dort, am Ende der Straße, steht der kleine Hof.

Borghild schaudert, als sie davor anhalten. Die Kälte steht still über dem Wald und den Dächern. Das Wohnhaus wirkt mit der rot gestrichenen Holzfassade und den weißen geschnitzten Verzierungen auf den ersten Blick wie aus einem Märchen. Doch am Boden häufen sich Laub vom letzten Jahr und verwitterte Zweige. An der Haustür, am anderen Ende der Veranda, liegt etwas Pelziges, vielleicht eine Wühlmaus.

Die Polizisten huschen zum Haus, hämmern laut rufend gegen die offene Tür. Sie bilden massige Umrisse, die vom Haus verschluckt werden. Borghild öffnet die Autotür, ohne die Einsatzkräfte aus den Augen zu lassen. Sie zündet sich eine Zigarette an, nimmt einen tiefen Zug.

Im Haus werden Türen aufgerissen und lautstark wieder geschlossen. Etwas fällt mit einem Knall zu Boden. Die

Stimmen werden lauter und leiser. Jemand flucht, bevor sie nacheinander wieder ins Freie kommen. Sie durchsuchen auch die Nebengebäude, jedoch ohne Ergebnis.

Jussi Rantala kommt zu ihr.

»Da drin sind deutliche Spuren, dass jemand kürzlich hier war«, sagt er. »Stiefel, eine Angelrute, etwas Kleidung …«

»Irgendwelche Anzeichen, dass er Rosie Edwall hier festgehalten hat?«

Jussi Rantala schüttelt den Kopf.

Borghild zählt die Polizisten, die sich auf dem Hof bewegen, es sind mehr als gedacht. Die meisten sind junge Männer mit rastlosen Körpern. Doch es fehlt jemand.

»Wo ist Berling?«

»Wie bitte?«

»Sanna Berling, wo ist sie?«

»Auf dem Weg zum Revier, ich habe ihr gesagt, dass wir uns dann dort treffen.«

»Warum? Warum ist sie nicht hier?«

»Weil es meiner Einschätzung nach besser ist, wenn sie nicht dabei ist.«

Borghild schnipst die Zigarette gegen den Wagen und mustert die Männer. Dann schlägt sie die Tür so nachdrücklich zu, dass es durch den ganzen Wald hallt.

KAPITEL 57

Das Licht dringt durch die Wolken und färbt den Himmel blassrosa. An der Tankstelle überquert Sanna die Hauptstraße und kann gerade noch zur Seite springen, bevor ein Lastwagen sie vollspritzt.

Als sie das Viertel erreicht, das sie auf dem Stadtplan gefunden hat, überprüft sie zweimal die Adresse und vergleicht sie mit den Straßenschildern. Die abgeschiedene Straße scheint nirgendwohin zu führen. Die Häuser stehen wie leere Kulissen in überwucherten Gärten.

Dann sieht sie es. Eines der Häuser ist erleuchtet, und sie geht auf das warme Licht zu. Die Fassade ist dicht mit Efeu bewachsen. Auf dem Briefkasten steht *Nils Zetterström*. Ihr Griff um die Tüte, die sie vom Gasthaus mitgenommen hat, wird fester. Darin liegt die kleine Machete.

Die Haustür ist zwar stattlich, doch die Farbe blättert ab. Sie findet keine Türklingel, daher klopft sie. Niemand öffnet, im Haus rührt sich nichts. Sie versucht es noch einmal, räuspert sich und ruft laut. Keine Antwort. Sie beugt sich zum nächstgelegenen Fenster.

Ein Wohnzimmer. Gepflegt eingerichtet, die Möbel aus früheren Jahrzehnten. Ein paar schlanke Stehlampen werfen einen goldenen Schein auf Holz, Stoffe und Kunstwerke. An der Wand steht ein altes Klavier. Plötzlich sieht sie ihn.

Der Mann sitzt in einem Sessel, eine Hand auf einem Rollator. Sein Kopf hängt nach vorn, er scheint zu schlafen. Sanna klopft ans Fenster, und er zuckt zusammen, dreht den Kopf und sieht zu ihr. Er öffnet schlaff den Mund. Langsam hebt er seine zitternde Hand.

Sie legt die Hand auf die Türklinke, will hineingehen, falls sie offen ist. Da nähern sich rasche Schritte im Haus. Etwas rasselt, vielleicht eine Kette.

Die Tür wird einen Spalt geöffnet, dahinter steht Eva Boström.

Was macht sie hier? Sanna zögert, weiß nicht, was sie sagen soll. Ein scharfer Windstoß dringt unter ihren Kragen und sticht auf der Haut. Einen Moment sehen sich die beiden Frauen an.

»Hallo«, sagt Sanna zögernd. »Ich suche nach Nils Zetterström.«

Eva lächelt schwach.

»Meinem Vater? Kommen Sie rein.«

Die Kette rasselt, als Eva sie aushakt. Sanna folgt ihr ins Haus, ohne sie anzusehen. Sie weiß nicht, wie sie mit der Tatsache umgehen soll, dass Eva Boström vor ihr steht. Sollte sie etwas zu den Fotos sagen, von denen Rantala ihr erzählt hat? Sollte sie Rantala anrufen?

»Entschuldigung«, sagt Eva. »Aber was wollen Sie von meinem Vater? Er ist sehr erschöpft, und ich mache mir Sorgen um ihn. Sie sind ja Polizistin und …«

»Keine Angst, ich möchte ihm nur etwas zurückgeben, das ihm gehört.«

»Das ihm gehört? Das verstehe ich nicht …«

Sanna drückt wieder den Griff der Tüte.

»Es wird nur ein paar Minuten dauern«, sagt sie.

Eva seufzt, dann nickt sie.

»Er ruht sich im Wohnzimmer aus. Möchten Sie einen Kaffee?«

»Gern. Schwarz, bitte.«

Während Eva in der Küche verschwindet, bleibt Sanna in der Diele zurück. Sie betrachtet ein altes Schwarz-Weiß-Foto an der Wand, das einen jungen Mann, vielleicht Nils Zetterström, bei einer Pflanzenpresse zeigt.

Sie geht ins Wohnzimmer, wo das Radio läuft. Eva kommt mit einer Tasse Kaffee herein und bedeutet ihr, sich in den Sessel bei Nils zu setzen. Die Tasse stellt sie auf dem kleinen Tisch daneben ab.

»Mein Vater hatte einen Unfall«, sagt Eva. »Er versteht alles, was man sagt, kann aber kaum antworten …«

Sanna nickt und stellt sich dem alten Mann vor. Seine Augen glänzen in dem faltigen Gesicht. Vorsichtig öffnet sie die Tüte und holt die Machete heraus.

»Die haben wir gefunden«, sagt sie. »Gehört sie Ihnen?«

Nils hebt die zitternde Hand und nickt schwach.

»Wo haben Sie die gefunden?«, fragt Eva und nimmt Sanna das Werkzeug aus der Hand. Dann schaltet sie das Radio aus. Im Haus wird es still.

»Wir haben sie bei Julia Larsens Sachen gefunden«, erklärt Sanna.

Nils' Augen werden von einem seltsamen Licht erfüllt. Eva legt die Machete beiseite, als wäre sie ansteckend.

»Was meinen Sie damit?«, fragt sie.

»Julia hatte angefangen, ein Herbarium für ihre Mutter Regina anzulegen. Die Machete lag dabei …«

Eva sieht von ihrem Vater zu dem Messer, als würde sie nicht ganz verstehen, was sie da hört.

»Haben Sie eine Ahnung, warum sich Nils' Machete unter Julias Sachen befinden könnte?«, fragt Sanna.

Eva schüttelt den Kopf.

»Vielleicht war sie irgendwann mal hier«, sagt sie. »Vielleicht vor dem Unfall meines Vaters, als er noch von einem Pflegedienst betreut wurde. Damals liefen hier viele junge Frauen herum …«

»Julia war siebzehn, als sie starb«, sagt Sanna. »Zu jung, um in der häuslichen Pflege zu arbeiten.«

Eva sieht sie an.

»Ja, natürlich … Daran habe ich gar nicht gedacht. Hm, dann weiß ich es auch nicht.«

Sanna zögert.

»Hat außer Ihnen noch jemand einen Schlüssel zum Haus?«

Eva blickt Richtung Diele und Haustür und umklammert ihre Kaffeetasse. Dann nickt sie.

»Er hilft mir nie mit meinem Vater, aber er hat einen Schlüssel. Das heißt, der Ersatzschlüssel hängt bei uns zu Hause.«

»Auf den hat Ihr Mann Zugriff?«

Eva nickt wieder.

»Ich lege nur schnell wieder die Kette vor«, sagt sie und greift nach Sannas Kaffeetasse. »Ich schenke Ihnen noch etwas nach, dann können wir in Ruhe weiterreden. Ich möchte Ihnen ein paar Dinge über Ulf erzählen.«

Schnell geht sie in die Diele. Die Sicherheitskette rasselt, dann hört Sanna hastige Schritte in der Küche, ein Schrank wird quietschend geöffnet und geschlossen. Eva hat vor etwas Angst. Oder jemandem.

Sanna sieht Nils an, der tief in sich versunken ist. Sein

Blick ruht auf der Machete. Die Hände sind zu Fäusten geballt.

Auf der anderen Seite des Raumes steht ein Regal voller Bücher, Aktenordnern und Alben. Sie geht hinüber. Da stehen sie, Nils Zetterströms Werke. Sie nimmt eines heraus, es liegt schwer in der Hand. Auf der Innenseite steht mit blauer Tinte geschrieben *Sommer 1969*. Sie blättert durch die Seiten, Hunderte von Pflanzen müssen auf den dünnen Pappbögen aufgeklebt sein.

Einen Moment lang hält sie inne, lauscht.

Ein schwaches Geräusch.

Es kommt aus dem Obergeschoss. Leise, dumpfe Schläge. Sanna wartet. Das Geräusch dauert an. Sie stellt das Herbarium zurück ins Regal, sieht Richtung Küche, Eva hantiert dort noch herum.

Ein kurzes Zögern. Dann geht sie zur Treppe, sieht hinauf. Nichts. Nur Dunkelheit.

Sie legt ihre Hand auf das Geländer und geht ein paar Stufen nach oben.

»Das Bad ist hier unten«, sagt Eva plötzlich hinter ihr.

sie. »Falls Sie die Toilette suchen?«

Mit den dampfenden Kaffeetassen steht sie am Fuß der Treppe.

»Ist sonst noch jemand hier?«, fragt Sanna.

Etwas blitzt in Evas Augen auf, genau wie an dem Tag, als sie Ulf im Laden angesehen hat. Vielleicht Angst.

»Was meinen Sie?«, flüstert sie.

Plötzlich ertönt noch ein dumpfer Schlag.

»Oh«, sagt sie und atmet aus. »Das ist das Fenster in meinem Zimmer. Ich kippe es tagsüber, um zu lüften. Wenn der Wind auffrischt, klingt es so.«

Sie reicht Sanna die Kaffeetasse.

Gemeinsam gehen sie zurück ins Wohnzimmer, wo Sanna einen Schluck Kaffee trinkt.

»Sie sagten, Sie wollten mir etwas über Ulf erzählen?«

Eva setzt sich wieder in den Sessel, trinkt einen kleinen Schluck Kaffee. Dann seufzt sie.

»Ich habe Rosie Edwall an dem Abend, als sie verschwand, vor Augus Livs gesehen.«

»Sie haben Rosie gesehen? Das haben Sie mir bei unserem letzten Treffen verschwiegen.«

Eva schüttelt den Kopf.

»Wollte sie sich mit Ulf treffen, was denken Sie?«, fährt Sanna fort.

Wieder blickt sie zur Treppe, doch jetzt ist alles still. Ihr Blick bleibt am Klavier und dem Bücherregal dahinter hängen.

Da sieht sie sie.

Die kleinen weißen Papierkraniche stehen dicht gedrängt auf einem der unteren Regalbretter, die Hälse stolz gereckt. Es müssen dreißig oder vierzig Stück sein. Sanna mustert langsam den ganzen Schwarm.

Plötzlich überfällt sie eine seltsame Müdigkeit, und sie gähnt.

»Sie war hübsch, Rosie, sehr jung«, fährt Eva fort. »Sie hatte einen Rucksack dabei und kaute Kaugummi …«

Die Stimme verstummt, Evas Lippen bewegen sich jedoch weiter. Sanna beugt sich leicht vor, um sie besser zu verstehen. Die Deckenlampe surrt leise. Der rosafarbene Himmel krümmt sich.

Plötzlich lässt Sanna ihre Tasse fallen, Kaffee ergießt sich über den Teppich. Sie will etwas sagen, doch ihr Mund gehorcht ihr nicht. Ihre Zunge fühlt sich dick und widerspenstig an.

Eva steht auf, ihr hagerer Schatten bewegt sich katzengleich auf die Treppe zum Obergeschoss zu. Sanna versucht, sich aus dem Sessel zu erheben.

»Warten Sie …«

Aber Eva ist schon weg. Sanna gibt sich einen Klaps auf die Wange, um wieder wach zu werden. Sie öffnet das Fenster und atmet tief durch. Die kalte Luft dringt in ihre Lunge, ihr Kopf klärt sich. Sie steckt sich die Finger in den Hals und erbricht den Kaffee. Hustet und spuckt, bis alles nach Galle schmeckt.

Ein leises Trommelgeräusch. Es kommt von Nils. Seine Finger bewegen sich auf dem Tisch, auf dem die Machete liegt. Als sie zu ihm sieht, zeigt er mit zitternder Hand darauf. Sie nimmt das Messer und geht zur Treppe.

Oben lehnt sie sich an die Wand. Eine nackte Glühbirne baumelt von der Decke. Sie sucht nach einem Lichtschalter, findet aber keinen. Alles ist dunkel, hier gibt es keine Fenster. Nur von unten dringt ein wenig Licht in den Flur, Sanna erkennt Umrisse von Türen.

Da ist es wieder, das klopfende Geräusch. Es kommt aus einem der Zimmer. Dumpfe Schläge. Dann etwas, bei dem sie innerlich erstarrt. Eine gedämpfte Stimme. Jemand ruft um Hilfe.

Ihre Augenlider haben immer noch einen eigenen Willen, öffnen und schließen sich. Kopf und Körper wollen noch nicht wieder gehorchen. Sie spürt sich kaum selbst. Der ganze Flur schwankt, als sie auf das Geräusch zugeht. Die Stimme scheint sich ständig von ihr zu entfernen.

Vor der letzten Tür bleibt sie stehen. Sie legt die Hand

darauf, spürt die Erschütterungen. Jemand hämmert auf der anderen Seite dagegen. Der Raum muss irgendwie schallisoliert sein, selbst die Schläge klingen gedämpft.

Sie drückt die Klinke herunter und rüttelt mit aller Kraft.

Die Rufe werden lauter, der Mensch auf der anderen Seite kämpft verzweifelt darum, gehört zu werden.

Sanna gefriert das Blut in den Adern.

Sie kennt diese Stimme.

Sie gehört Jorun.

Die Machete glänzt matt in ihrer Hand. Noch einmal reißt sie mit aller Kraft an der Tür, kneift die Augen dabei zusammen.

Ein kühler Luftzug streicht ihr über den Nacken. Sie hört die Schritte nicht, nur das Geräusch von Evas Atem, als diese plötzlich hinter ihr steht. Dann spürt sie eine kalte Messerklinge am Hals.

»Ich wollte nie jemandem wehtun«, sagt Eva.

»Machen Sie die Tür auf.«

Langsam dreht Sanna sich um.

Eva streicht mit dem Messer an ihrem Körper auf und ab, dann schüttelt sie den Kopf.

»Ich will sie sehen«, sagt Sanna. »Ich will Jorun sehen. Sie können mich dann auch da reinwerfen oder töten, aber ich muss wissen, dass es ihr gut geht.«

»Da gibt es nicht viel zu sehen, es ist fast vorbei. Ich habe ihnen etwas gegeben, damit sie schlafen können.«

Ihnen? Sind noch mehr in dem Zimmer? Zum Einschlafen? Etwas zerbricht in Sanna.

»Öffnen Sie die Tür«, verlangt sie scharf und spürt das Gewicht der Machete in der Hand.

Eva verzieht das Gesicht, ihr Kinn zittert.

»Ich konnte es einfach nicht mehr ertragen …«

Sanna hebt beruhigend eine Hand und versteckt die andere, in der sie die Machete hält, hinter dem Rücken.

»Julia war ein Unfall«, fährt Eva fort. »Ich wollte sie nur betäuben … Sie sollte nur schlafen.«

Eva richtet das Messer auf Sannas Stirn, ihre Stimme stockt.

»Ulfs Mädchen … Ich wollte nur, dass sie aufhören …«

Sie verstummt und wischt sich die Augen.

Im selben Moment schiebt Sanna das Messer zur Seite, stößt Eva nach hinten, gegen die Wand, und drückt ihr die Machete an die Kehle.

»Schluss jetzt.«

Sie durchsucht Evas Taschen, findet aber keinen Schlüssel.

»Wo ist er?«

Eva schüttelt den Kopf, ihr Blick flackert ängstlich. Sanna packt ihr Handgelenk, reißt ungeduldig daran.

»Also?«

Eva schließt die Augen.

Sanna zerrt sie mit sich die Treppe hinunter, geht zum Telefon und ruft Verstärkung. Ihre Stimme zittert, als sie mit dem diensthabenden Beamten spricht. Ihr Blick ist verschwommen, ihr Körper gehorcht ihr immer noch nicht, doch sie kann sich verständlich machen. Die ganze Zeit hält sie Evas Handgelenk umklammert.

Nach dem Telefonat starrt Eva Sanna reglos und finster an, ihre Lippen beben. Aber irgendetwas stimmt nicht mit ihrem Kopf. Ihre Haare sind verrutscht, und bei dem Anblick verkrampft sich Sannas Magen. Es ist eine Perücke. Darunter kommt bleiche, nackte Haut zum Vorschein.

Die Polizei trifft gleichzeitig mit den Krankenwagen und den Sanitätern ein. Sanna führt sie die Treppe hinauf, und die Tür zu dem schalldichten, fensterlosen Raum wird aufgebrochen. Jorun stürzt hinaus in den Flur. Als ein Polizist sie auffängt, bricht sie zusammen, weint und hyperventiliert. Rosie Edwall liegt zusammengekrümmt und scheinbar leblos im Zimmer. Doch als ein Sanitäter ihren Puls fühlt, bewegt sie sich.

Die Straße wird von den blinkenden Lichtern erhellt. Man legt Eva Handschellen an und setzt sie in einen Streifenwagen. Rosie Edwall und Jorun Larsen werden jeweils in einen Krankenwagen gebracht. Jemand legt Nils Zetterström eine warme Decke um die Schultern und spricht sanft mit ihm, fast wie mit einem Kind, bevor man auch ihn wegbringt.

Während sich die Leute der Spurensicherung in Haus und Garten verteilen, kümmert sich eine Polizistin um Sanna, fragt, wie es ihr geht, ob sie verletzt ist. Sanna schmeckt immer noch den bitteren Kaffee in der Kehle und fühlt sich kraftlos von dem, was Eva hineingemischt hat, doch sie ist am Leben.

»Ihr müsst nach Spuren von Julia Larsen suchen«, sagt sie.

Mehr bringt sie nicht heraus. Die Polizeibeamtin führt sie zu den Sanitätern, wo sie sich hinsetzen soll. Jemand spricht mit ihr, ein anderer behandelt sie. Man drückt ihr einen Becher in die Hand, aber sie sitzt nur da, während ihr der Geruch nach Hagebutten in die Nase steigt.

Sie weiß nicht, wie viel Zeit vergangen ist, als ein Techniker aus dem Haus tritt, vielleicht Stunden. Aufgeregt ruft er einer Gruppe Polizisten zu: »Wir haben Blut und Hautreste gesichert.«

In dem Moment sinkt Sanna in sich zusammen.

Es ist vorbei.

KAPITEL 58

Es riecht nach Zigaretten und Geld. Nur Kristina sitzt im Restaurantbereich an einem Fenstertisch. Harriet leert einen weiteren Aschenbecher und wischt Krümel und Spaghettireste von einem Tisch. Sie zählt die Scheine und Münzen, die auf dem kleinen Beleg liegen, und bringt alles zu Birger.

Der Geruch nach Geld ist hartnäckig. Harriets Blut kocht vor Wut, wenn sie an Geld denkt. An Mama und an Geld.

Einige Wochen sind seit Mamas letztem Anruf vergangen. Sie weinte am Telefon, wollte zuerst den Grund nicht sagen, schluchzte laut.

»Sie sind dahintergekommen«, sagte sie schließlich. »Sie sagen, dass ich vielleicht ins Gefängnis komme …«

»Natürlich kommst du nicht ins Gefängnis, Mama. Hör jetzt auf. Du musst einfach nur sagen, wie es ist. Ich kann kommen und dir helfen, alles zu klären.«

»Ich habe versucht, es zu klären.«

»Und?«

»Sie haben mich nicht reingelassen, niemand will zuhören …«

»Das Finanzamt? Soll ich dir wirklich glauben, dass das Finanzamt sich weigert, mit dir zu reden?«

»Nicht das Finanzamt. Ich bin zu den Männern gegangen, wollte mit ihnen reden …«

»Moment mal, wohin bist du gegangen?«

»Ich habe versucht, mit ihnen zu reden, in der Staatskanzlei.«

»Wie bitte?«

»Du weißt schon, um ihnen zu sagen, dass sie mir jetzt helfen müssen. Schließlich habe ich ihnen auch geholfen und mich um ihren Mist gekümmert.«

Sie klang ängstlich. Richtiggehend panisch.

»*Mãe …*«

»Der Ministerpräsident stand auf der Straße und hat sich die Sterne angesehen. Ich bin zu ihm gegangen …«

»Mama, wovon redest du?«

»Er stand einfach da und hat zum Himmel geschaut. Ich lüge nicht. Glaubst du etwa, ich lüge?«

Harriet wusste nicht, was sie sagen sollte. Mama log nie. Außer beim Finanzamt. Vielleicht verlor sie allmählich den Verstand, vielleicht hatte das Finanzamt das Fass zum Überlaufen gebracht. Vielleicht log sie jetzt bei allem.

»Ich habe ihn angesprochen«, erzählte Mama weiter. »Aber er war in Gedanken versunken, ganz unnahbar. Er sah mich nicht, er sah mich überhaupt nicht.«

»Mama, ich nehme den nächsten Bus und komme zu dir.«

»Ich nehme die ganze Schuld auf mich … Ich habe mich ihrer Krankheit unterworfen …«

Das Gespräch brach ab.

Mamas Angst fuhr aus dem Telefonhörer direkt in Harriets Bauch.

Sie sprang in den nächsten Bus nach Stockholm. Doch Mama öffnete nicht. Harriet schloss mit dem Reserveschlüssel auf.

Abgestandene Luft schlug ihr entgegen.

»Mama, ich bin's. Bist du zu Hause?«

Keine Antwort.

Sie ließ die Tür offen und machte ein paar vorsichtige Schritte. Die Deckenlampe funktionierte nicht, auf dem Boden lag ungeöffnete Post. Die Diele war dunkel und unaufgeräumter als je zuvor. Ein Lichtstreifen fiel durch die Badezimmertür auf eine leere Flasche Portwein auf dem Boden.

Noch einmal rief sie nach ihrer Mutter.

Albtraumartige Angst stieg in ihr auf, als sie wieder keine Antwort erhielt.

In der Wohnzimmertür blieb sie wie erstarrt stehen.

Mama hing von der Decke, in ihrem besten Kleid. Die Silberfäden im Stoff glitzerten.

Harriet stürzte zu ihr, versuchte, sie herunterzuholen. Doch es war zu spät. Mamas Geist hatte ihren Körper bereits verlassen.

Sie legte die Hand auf ihre Mutter und weinte. Schwarze Trauer breitete sich in ihrer Brust aus, schwärzer und schwerer als alles, was sie bisher in ihrem Leben empfunden hatte.

Auf dem Wohnzimmertisch lag der Brief vom Finanzamt, in dem stand, dass ihrer Mutter wegen Steuerhinterziehung zwei Jahre Gefängnis drohten. Auf dem Boden stand eine Tüte mit akkurat gebügelten und gefalteten Männerhemden.

Harriet schließt die Augen, versucht, die Bilder zu verdrängen. Doch sie sieht ihre Mutter immer noch vor sich, wie sie in ihrem besten Kleid von der Decke baumelt.

Birger klappert hinter dem Tresen mit Besteck und Porzellan. Als sie aufblickt, beginnt er, die gespülten Gläser in die Regale zu räumen. Hohe und niedrige Trinkgläser, Bier- und Weingläser in verschiedenen Farben. Viele sind verkratzt.

»Ich habe nicht für alles Geld«, sagt er.

»Wie bitte?«

»Das denkst du doch gerade, oder? Wegen der Gläser?«

»Nein …«

»Mir ist wichtiger, dass geputzt ist, dass ich dich bezahlen kann, als neue Sachen zu kaufen.«

Harriet fährt sich mit den Fingern durch die Haare, seufzt.

»Renovierst du deshalb Zimmer sieben nicht? In dem er gewohnt hat …?«

Birger stützt sich mit verschränkten Armen auf den Tresen.

»Das werde ich noch«, sagt er. »Ich weiß nur nicht, woher ich das Geld nehmen soll.«

Harriet denkt an das Zimmer. Dass sie seit gestern nicht nach Sanna gesehen hat. Sie muss später mal bei ihr klopfen.

»Sie hat übrigens ausgecheckt«, sagt Birger, als könnte er ihre Gedanken lesen. »Deine Freundin, die Polizistin.«

Harriet sieht ihn nur schweigend an.

»Vor ein paar Stunden. Sie schien es eilig zu haben. Seit einer Weile ist ein großes Polizeiaufgebot bei einem Haus im alten Teil von Augu. Wir dürften also bald erfahren, was da los ist.«

Harriet wischt weiter die Tische ab.

»Hast du dich entschieden, was du machen willst?«, fragt Birger.

Plötzlich fällt ihr auf, dass es schon Ende der Woche ist und Lastwagenfahrer Elias kommen wollte. Doch er ist nicht aufgetaucht.

»Wenn du bleiben willst, freue ich mich über die Hilfe«, sagt Birger.

Harriet versucht, sich Elias mit seinem Lastwagen Dolly

vorzustellen, wie er lächelnd an der Tankstelle wartet. Es gelingt ihr nicht. Traurig ist sie aber auch nicht.

Sie sieht Delilah vor sich, allein im Zimmer. Widerwillig dreht sie sich zu Birger, zögert kurz, bevor sie ihm ihre Antwort gibt.

»Delilah und ich müssen weiter. Ich würde also gern meinen Lohn haben. Vielen Dank für alles.«

Das Licht zieht sich allmählich aus dem Zimmer zurück, während sie ihre Sachen packt. Sie ist müde, Arme und Beine sind schwer. Ein bisschen zu schlafen wäre schön, doch sie hat keine Zeit. Sich abends an die Straße zu stellen und den Daumen rauszuhalten, ist keine verlockende Vorstellung, aber wenn sie sich beeilt, schaffen sie es vielleicht noch, bevor es zu spät wird.

Sobald sie die Tür hinter sich geschlossen hat, sieht sie zu dem Zimmer hinüber, in dem Sanna gewohnt hat. Die Tür ist angelehnt. Sie drückt die große Tasche, in der sie Delilah transportiert, fester an sich. Die Tasche ist Birgers Abschiedsgeschenk, damit Delilah bequem mit der Wärmflasche reisen kann, die er auch eingepackt hat.

Sie zögert, dann geht sie zu Zimmer sieben.

Durch den Türspalt sieht sie, dass Sanna wie üblich das Bett ordentlich gemacht hat. Sie hört sie wieder sagen, dass die Dienststelle Oskarshamn für die Übernachtungskosten aufkommen und für alles bezahlen wird.

Harriet stellt die Tasche ab und geht ins Zimmer.

Die olivgrüne Seegrastapete und das Edelholzbettgestell sind alt. Sie streicht mit der Hand über den Nachttisch und spürt eine seltsame Präsenz, als ob sie in der Schwärze ertrinken würde.

Sie hat das Gefühl, beobachtet zu werden.

Da sitzt sie, auf dem Fensterbrett, hinter der Scheibe. Die Blaumeise.

Sie mustert Harriet mit ihren aufgeweckten Augen, die Wangen leuchten weiß, die Federn auf dem Köpfchen blau. Der Vogel legt den kleinen Kopf zur Seite, dann fliegt er davon.

Die Luft ist kalt und frostig, als sie vorsichtig das Fenster öffnet. Langsam weicht sie zur Tür zurück. Im Flur bleibt sie stehen.

Schließlich kommt die Meise zurück, dreht das Köpfchen, scheint zu zögern. Dann flattert sie ins Zimmer. Harriet folgt ihr mit dem Blick. Sie wartet, bis der Vogel zur Wand fliegt.

Als er in die Tapete pickt, lächelt sie vor sich hin. Sie hat schon einmal gesehen, wie der gewandte kleine Vogel Baumrinden auf der Suche nach Insekten attackiert. Blaumeisen, die sich in ein Haus verirren, picken genauso manisch an allem und können großen Schaden anrichten.

Erst pickt der Vogel ein paarmal hastig, dann krallt er sich in die Seegrastapete und reißt Fetzen mit dem Schnabel heraus. Harriet sieht die Nacht vor sich, voller olivgrünem Staub und Gipsbröseln.

Kurz darauf steht sie an der Hauptstraße, ein Stück südlich der Tankstelle. Sie hat die Scheinwerfer der Polizeiautos im alten Teil von Augu gesehen, etwas Wichtiges muss passiert sein. Eigentlich würde sie sich gern von Sanna verabschieden, doch sie hat keine Zeit.

Sie steckt ihre Hand in die Tasche, rückt die Wärmflasche zurecht und wickelt Delilah in den Schal ein. Sie spürt die

Schlangenhaut an ihrem Handrücken, und ihr wird innerlich warm.

Ein Lastwagen fährt vorbei und bremst. Es riecht nach Benzin. Nervosität mischt sich mit Vorfreude, als sie die Stufen zur Fahrerkabine hinaufklettert.

Der Mann hinter dem Steuer ist schon älter, trägt einen Bart und einen goldenen Ohrring. Während er das Fenster herunterkurbelt, schiebt er seine Baseballkappe hoch. Seine Augen sind so klar wie kaltes Wasser.

»Wohin soll's denn gehen?«

»Nach Süden.«

In der Fahrerkabine riecht es nach Sägemehl. Er mustert sie von oben bis unten. Sie vermeidet es, direkt auf die tätowierten Hände zu schauen, die das Lenkrad umklammern.

»Kommst du jetzt mit, oder was?«, sagt er.

Schon sind sie unterwegs. Vor den großen Fenstern glüht der Himmel wie ein Vorhang über der schwarzen Erde.

Bald ist die Sonne untergegangen, die Straße wird breiter, die Dörfer rücken in weitere Ferne. Sanft legt sie die Hand auf Delilah. Blickt nach vorn auf die Straße, die Fernlichter und die Dunkelheit. Sie hat das Gefühl, durch die Luft zu tauchen. Die Welt ist tiefblau und einschläfernd.

KAPITEL 59

Ulf Boström sieht zu ihr, als sie den Vernehmungsraum betritt. Sanna setzt sich und geht die Formalitäten durch. Sie ist dankbar, dass die Staatsanwältin Borghild Björnsdotter sie die Vernehmung leiten lässt, auch wenn ihr natürlich klar ist, dass sie zuhört.

Ulf Boströms Festnahme war unspektakulär gewesen, als man ihn schließlich in der kleinen Holzkirche von Augu gefunden hatte. Er schlief in einer der vorderen Bankreihen mit einem leeren Flachmann auf dem Bauch.

Man hatte das Haus der Boströms durchsucht. Das Briefpapier, auf das die Polizei es abgesehen hatte, hatte Ulf von dem gemieteten Hof mit nach Hause genommen. Eva hatte darauf Briefe an ihr Patenkind geschrieben und einen Bogen für den Entschuldigungsbrief mit den ausgeschnittenen Buchstaben an Regina Larsen verwendet.

Jetzt sitzt er schlaff vor ihr. Ulf Boström. Seine Hände liegen müde auf der Tischplatte.

Als sie die Mappe mit den Fotos der jungen Mädchen aufschlägt, zuckt etwas an seiner Schläfe, und er wendet den Blick ab.

»Haben Sie sie?«, fragt er mit heiserer Stimme.

Sie nickt. »Ja, wir haben Ihre Frau gefasst.«

»Haben Sie Beweise gefunden, dass sie Julia getötet hat?«

»Dazu kann ich im Moment nichts sagen.«

Er nickt.

»Was können Sie mir zu den Fotos sagen?«, fragt Sanna. »Ihre Frau hat sie der Polizei ausgehändigt und sagt, sie hätte sie in Ihrem Büro im Lebensmittelladen gefunden.«

Er schiebt die Fotos von sich weg.

»Ich hatte schon lange das Gefühl, dass irgendetwas mit ihr nicht stimmt ... Aber ich war mir nie sicher, was genau das Problem war.«

Sanna zögert. Sie hat Fragen, will ihn aber nicht unterbrechen. Sie lehnt sich zurück, legt den Stift weg.

»Als ich Eva kennenlernte, war es aufregend, weil sie so anders war.«

»Inwiefern anders?«

»Ich weiß es nicht. Sie war es einfach. Hart und zerbrechlich zugleich. Sie hatte es nicht leicht als Kind.«

»Weil ihre Mutter krank war?«

Ulf trinkt aus dem Wasserglas, das vor ihm steht. Nickt langsam.

»Sie hatte ja Leukämie. War oft im Krankenhaus. Wenn sie länger dort war, schliefen Eva und ihr Vater bei ihr im Zimmer ...«

»Im Dahlströmska Sjukhuset?«

Er nickt.

»Ironischerweise war es Evas glücklichste Zeit, als sie dort zusammen wohnten.«

»Wie meinen Sie das?«

»So hat sie es beschrieben. Dort war sie glücklich. Wenn es ihrer Mutter gut genug ging, unternahmen sie tagsüber Sachen. Malten, falteten Papierfiguren ...«

Er sieht ihr tief in die Augen und seufzt.

»Wenn man ihre Mutter zu irgendeiner Behandlung wegbrachte, spielte sie allein weiter«, fährt er fort. »Sie lief durch die Flure. Manchmal schlich sie sich vor einen OP und wollte die Chirurgen bei der Arbeit beobachten …«

Ulf schwankt leicht, das Neonlicht fällt auf seine bleichen Wangen. Sanna fürchtet, er könnte ohnmächtig werden.

»Sollen wir eine Pause machen?«

Doch er spricht weiter.

»Zuhause war es die Hölle für sie. Das große Haus, das ihr Vater Nils von seinen Eltern geerbt hatte. Wenn Evas Mutter zwischen den Behandlungen zu Hause war, musste Stille herrschen. Wenn Eva zu viel Aufmerksamkeit verlangte, sperrte ihr Vater sie in einem Zimmer im Obergeschoss ein. Sie bekam nur Stifte und Papier. Dort konnte er sie ewig festhalten. Als sie an die Wände malte, nahm er ihr die Stifte weg und ließ ihr nur einen Stapel altes Schreibmaschinenpapier.«

Sanna war im Haus, als die Spurensicherung ein loses Brett unter einer Matratze entdeckte. Dahinter fanden sie Hunderte Papiervögel. Sie sah Eva vor sich, als Kind, allein, nur mit den weißen Papierbögen als Gesellschaft. Die Flügel, die sie faltete, die schmalen Hälse und Schnäbel. Wie sie sie versteckte, damit ihr Vater sie nicht fand und ihr wegnahm. Wie die kleinen leblosen Figuren in ihren Händen zum Leben erwachten.

Ulf legt die Finger der einen Hand um das Gelenk der anderen, seine Fingerknöchel treten weiß hervor.

»Das ging eine ganze Weile, dann fing sie an zu schreien und gegen die Tür zu hämmern. Als Evas Mutter wieder zurück ins Krankenhaus musste, befestigte er Matratzen an den Wänden, am Boden und der Zimmerdecke, damit sie so viel schreien konnte, wie sie wollte, und niemand sie hören musste.«

Er sieht zur Wand, fährt sich mit der Hand über den Hinterkopf.

»Das war wohl zu viel für sie ... Sie entwickelte eine Art Zwang, riss sich die Haare aus, bis sie völlig kahl war. Nils zwang sie, immer eine Kappe oder Mütze zu tragen, außerdem züchtige, bedeckende Kleidung, selbst im Sommer. Er wollte wohl, dass die Leute dachten, sie hätte eine Sonnenallergie und nicht psychische Probleme. Sie hatte kaum Freunde. Kinder ... Sie verstehen nicht ...«

Sanna dachte an Julia Larsen und die ausgerissenen Haare. An Rosie Edwalls geschorenen Kopf.

»Ich war sehr überrascht«, spricht Ulf weiter, »als Eva die Pflege ihres Vaters nach dem Unfall plötzlich selbst übernehmen wollte, ohne den Pflegedienst. Er ist ja vor ein paar Jahren zu Hause die Treppe hinuntergestürzt und hat sich schwer verletzt.«

»Wann genau war das?«, fragt Sanna.

Er sieht sie aus seinen eigentümlich glänzenden Augen an.

»Wann glauben Sie?«, sagt er leise. »Wenn ich jetzt darüber nachdenke, wird mir alles klar, aber damals habe ich es überhaupt nicht erkannt.«

Sanna denkt an Nils Zetterström, der nicht sprechen und sich kaum bewegen kann. Die steile Treppe im Haus. Hatte Eva ihren Vater gestoßen, um Zugang zum Haus zu bekommen, zu dem schallisolierten Raum?

»Julia Larsen und ich begannen, Zeit miteinander zu verbringen«, erzählt Ulf. »Es ist nichts passiert, zumindest am Anfang nicht. Dann dachte ich, sie mag mich, also habe ich es ein bisschen versucht. Sie sagte, dass sie Blumen für ein Herbarium sammelt. Ich wollte mich bei ihr gutstellen, indem ich ein paar Werkzeuge von Nils mitnahm und ihr gab. Wir lachten zusammen. Dann weiß ich es nicht mehr genau. Vielleicht nur eine Hand auf ihrer Hüfte. Aber sie flippte völlig aus. Ich bekam Angst und erzählte Eva alles. Sie nahm es ruhig auf. Es kam mir seltsam vor, dass sie nicht böse wurde …«

Julia und die Blumen. Natürlich hatte Ulf das seiner Frau gebeichtet. Eva musste ihr dann nur noch von den Herbarien ihres Vaters erzählen, um sie in das große Haus in dem einsamen Viertel zu locken.

Doch dann ging alles ganz schnell. Zwischen Julia Larsens Verschwinden und der Entdeckung ihrer Leiche vergingen kaum zwei Tage.

Sanna denkt an die Drahtsäge, mit der Julia zerstückelt wurde. Wenn Eva Boström sie aus dem verlassenen Krankenhaus mitgenommen hatte, musste sie das gemacht haben, bevor sie Julia in ihr Elternhaus gelockt hatte. Laut Jan Svensson hatte Lydia Ström jemanden im Krankenhauskeller gesehen. Die Prostituierte verschwand irgendwann im Herbst 1983. Hatte Eva also schon Monate vor Julias Entführung die Säge geholt? Wusste sie schon da, dass sie die Leiche entsorgen würde?

»Sie sagen, es war seltsam, dass Eva nicht wütend wurde, als Sie ihr von Julia erzählten … Sie glauben, Eva spürte, dass Sie Gefühle für das Mädchen hatten, noch bevor Sie es ihr erzählten?«

Er senkt den Blick auf die Fotos.

»Manche dieser Bilder wurden von der Straße aus aufgenommen, als Julia sich in ihrem Zimmer umzog«, sagt Sanna. »Können Sie dazu etwas sagen?«

Er schüttelt den Kopf.

»Warum haben Sie die Fotos gemacht?«

Er schließt die Augen. Fährt sich mit der Hand über den Mund und die scharf geschnittene Nase.

»Waren Sie in Julia verliebt?«

Er schüttelt wieder den Kopf.

»Ich träumte wohl von einem anderen Leben. Einem Leben, in dem ich ich selbst sein, in dem ich lachen und ungezwungen sein konnte. Julia war natürlich zu jung, doch das wollte ich nicht wahrhaben. Ich dachte, dass sie mich ...«

»Und Rosie Edwall? Was war da?«

»Vor ein paar Monaten wartete sie eines Abends vor dem Laden auf mich, sie brauchte Hilfe, um ...«

»Alkohol zu kaufen?«

»Ja, und dann fragte sie, ob ich Arbeit für sie hätte, um sich etwas dazuzuverdienen.«

»Also haben Sie sie gefragt, ein fünfzehnjähriges Mädchen, ob sie für Fotos posieren möchte?«

»Mir war schon klar, dass das nicht richtig war, dass sie sich verloren fühlte. Aber ich dachte, ich könnte ihr irgendwie helfen. Ihr Selbstvertrauen vermitteln. Ich weiß nicht, ob ich in sie verliebt war. Ich habe nicht viel, womit ich es vergleichen könnte. Ich war vor allem froh, dass sie Zeit mit mir verbringen wollte. Und sie erinnerte mich an Julia, sie sah ihr ähnlich ...«

Sanna nickt gespielt verständnisvoll, während sie gleichzeitig Ekel und Wut zu unterdrücken versucht.

»Ich schäme mich«, sagt Ulf. »Ich schäme mich für alles, was ich getan habe, und dass ich mich nicht mehr um Hilfe für Eva bemüht habe.«

Er blinzelt ein paarmal, bevor er weiterspricht.

»Ich glaube, ich wurde ein richtig guter Lügner«, sagt er leise. »So gut, dass ich es am Ende selbst geglaubt habe.«

Seine Nasenflügel beben, er sinkt tiefer in den Stuhl. Schwankt wieder.

Sanna steht langsam auf.

»Wir machen jetzt eine Pause.«

Sein Kopf zuckt, er holt tief Luft, ballt die Hände im Schoß zu Fäusten.

»Man stelle sich nur vor, ein Kind in einen schallisolierten Raum zu sperren«, sagt er. »Wie gestört muss man sein?«

Im Flur werden Stimmen und Lachen laut, rasche Schritte. Er sieht zur Tür, bis es wieder ruhig ist.

»Eva erzählte mir, dass sie ihm manchmal auch entwischen konnte«, fährt er fort. »Sie schloss sich dann im Bad ein, wo sie immer ein kleines Schnitzmesser versteckt hatte. Sie entkam durchs Fenster und versteckte sich im Wald, bis er sich beruhigt hatte …«

Der Wald hinter den Seen. Die Silhouetten der Papierkraniche in der Baumrinde. Sanna sieht Eva als Kind vor sich. Denkt an das Messer, mit dem Eva in die Rinde ritzte. Wie scharf es gewesen sein musste. Dann denkt sie an die Drahtsäge, mit der Eva Julias Leiche zerstückelt hat. Vielleicht war die Drahtsäge eigentlich für ihren Vater vorgesehen gewesen. Vielleicht hatte sie eigentlich ihn in Stücke sägen wollen. Doch dann kam Julia dazwischen.

Ulf bewegt sich. Sie mustert ihn. Die blauen Augen über den eingesunkenen Wangen. Die fest ineinander verschlungenen Hände. Julia musste sterben, weil Ulf Gefühle für sie hatte. In Evas Augen war das ein Verbrechen. Eva hatte sich so viele Jahre für ihren Mann aufgeopfert. Dafür verlangte sie Loyalität.

Doch niemand kann mit Sicherheit sagen, warum Eva die Taten begangen hat. Letztendlich ist sie auch nur ein Mensch. Viele Menschen sind zerstörerisch. Eva war selbst ihr ganzes Leben lang Gewalt ausgesetzt gewesen, seit ihrer Kindheit, vielleicht kannte sie keinen anderen Trost.

KAPITEL 60

Zu Hause bei Papa kratzten sie Blut und Hautreste von Julia Larsen aus dem Bad. Bei der Vorstellung wird Eva schlecht. Sie hatte alles mit starken Reinigungsmitteln geschrubbt und trotzdem einige Ecken in der Wanne übersehen. In den Ritzen zwischen der Emaille der Wanne und der Fliesenwand saßen noch Überreste von Julia.

Das Badezimmer. Wie ein verschimmeltes Herz liegt es in dem großen Haus von der Jahrhundertwende, mit einem Fenster zur Rückseite. Der alte gusseiserne Heizkörper funktioniert nicht mehr, deshalb ist der Raum immer kalt. Die Fliesen sind an den Ecken gesprungen. Die Fugen ziehen sich wie ergraute Adern über die Wände. Die Badewanne ist an einer Wand gekachelt, und jedes Mal, wenn sie Papa duschte, stieg der Dampf hinter dem Duschvorhang auf, der an einer rostigen Stange an der Decke hing.

Julia Larsen hatte sie dort hineingeschleppt, nachdem sie eingeschlafen war. Julia hatte nicht sterben sollen, nur im Obergeschoss mithilfe von Papas Beruhigungstabletten schlafen. Jeden Tag, wenn sie nach ihrem Vater sah, sah sie auch nach Julia. Doch irgendetwas ging bei der Dosierung der Tabletten schief, und Julia hörte auf zu atmen.

Zuerst ließ sie sie oben in dem schallisolierten Zimmer liegen. Doch als sie nur wenige Stunden später zurückkam, sah sie, dass die Ratten durch ein Loch in der Wand gekommen waren, und sie hatte keine andere Wahl, als die Leiche loszuwerden. Sie schleppte sie die Treppe hinunter und wuchtete sie über den Badewannenrand. Dann holte sie das Werkzeug, das sie angesammelt hatte, und machte sich ans Werk.

Es war die schwerste körperliche Arbeit, die sie je in ihrem Leben geleistet hatte. Sie hielt die Tür auf. Sie übergab sich, bis ihr Magen leer war, und weinte ungehemmt. Machte nur eine Pause, um hinauszugehen und frische Luft zu holen und etwas Wasser zu trinken. Als sie fertig war, verlor sie kurz auf dem Badezimmerboden das Bewusstsein. In ihr war alles schwarz und glühend, während sie träumte, dass in Wirklichkeit sie tot war. Als sie hinaustaumelte, um die Koffer vom Dachboden zu holen, sah Papa sie mit seinem faltigen Gesicht an und zuckte und weinte.

Sie wartete auf den Schneesturm. Der alle neugierigen Augen zu Hause halten, der den Boden peitschen und alle Spuren verwischen würde. Als es schneite, fuhr sie mit den Koffern in den Wald. Die Luft war frostig an jenem Abend. Nebel zog wie Rauch über den Seen auf. Eiskristalle füllten die Lungen, jeder Atemzug schmerzte. Sie wollte die Koffer in den See rollen, doch sie waren zu schwer. Beim Schuppen verließ sie die Kraft. Sie redete sich ein, dass es auch würdiger war, sie an die Wand zu lehnen, als sie auf den schlammigen Seegrund sinken zu lassen. So würde Julia auch gefunden werden und ein Grab mit einem Grabstein bekommen, das ihre Mutter besuchen konnte.

Manchmal empfand sie Reue, Trauer und Scham. Doch sie wollte nicht glauben, dass sie eine andere Wahl gehabt hätte. Julia Larsen war hinter Ulf her gewesen. Er war schwach, hatte sich nicht in der Gewalt, glaubte, dass ein junges Mädchen die große Leere in seinem Herzen füllen würde.

Bei Rosie Edwall hatte sie keinen Plan, außer sie auch ruhigzustellen. Doch nach dem Unfall mit Julia Larsen dosierte sie das Beruhigungsmittel niedriger, und Rosie konnte sie überrumpeln und entkommen. Als Eva sie eingeholt hatte, tauchte das andere Mädchen auf.

Sie sagen, das andere Mädchen sei die kleine Schwester von Julia Larsen. Dass Eva Glück hatte, dass sie nicht noch jemanden getötet hatte. Sie weiß nicht, ob das stimmt.

Sie weiß auch nicht, wie viele Tage sie noch in diesem Raum verbringen muss. Es heißt, sie würden ihre Psyche untersuchen, aber sie versteht den Grund dafür nicht.

Sie fährt sich mit der Hand über den kahlen Kopf. Die Perücke ist weg, verschwunden, verloren in dem Tumult in Papas Haus. Sie möchte ihre eigene Kleidung auf der Station tragen, doch man erlaubt es ihr nicht.

Es klopft. Die junge rotblonde Ärztin kommt herein, die Tür schließt sich mit einem Seufzer.

»Hallo, Eva«, sagt sie. »Wie geht es Ihnen heute?«

Eva nickt und unterdrückt ein Lächeln. Es ist schon komisch, dieser Tanz, den sie da vollführen. Die Rotblonde will sie auf unbestimmte Zeit einsperren, fragt sie aber trotzdem bei jeder Begegnung, wie es ihr geht.

Sie setzt sich Eva gegenüber. Legt einen Notizblock auf den Tisch und holt einen Stift hervor.

»Möchten Sie etwas, bevor wir anfangen? Etwas zu trinken?«

»Mir geht es gut, danke«, sagt sie so leise wie möglich.

Der Rotblonde schaut sie an, streicht sich die Haare aus dem Gesicht.

»Mögen Sie *Hänt i veckan?*«, fragt sie. »Wenn Sie möchten, kann ich bei unserem nächsten Treffen ein paar Ausgaben mitbringen?«

Eva schweigt. Zögert. Ihre Kehle wird eng.

Mögen Sie *Hänt i veckan?*

Warum fragt sie das? Nur Ulf weiß, was sie liest. Will die Rotblonde damit zeigen, dass sie mit Ulf spricht? Will sie ihr reindrücken, dass Ulf ihr vertrauliche Dinge erzählt, wie zum Beispiel, dass sie gern Klatschzeitungen liest?

Sie lächelt, sie kann sich nicht länger zurückhalten. Langsam nickt sie.

Die Rotblonde macht sich eine Notiz, dann lächelt sie zurück.

»Gut«, sagt sie. »Dann bringe ich Ihnen morgen ein paar Ausgaben mit.«

Eva nickt, fährt sich mit der Hand über den Mund und stellt sich vor, wie Ulf und die Rotblonde zusammen im Bett liegen. Nackt, eng umschlungen. Sie ist eindeutig sein Typ.

Die Rotblonde begegnet ihrem Blick.

»Wir haben gestern über Selbstwertgefühl gesprochen, Eva. Was halten Sie davon, wenn wir da heute ein bisschen weitermachen?«

Eva schweigt lange.

»Ich weiß nicht …«

Sie ist verwirrt. Versucht, die Bilder von Ulf und der Rotblonden zu verdrängen, es gelingt ihr jedoch nicht. Sie sieht ihn auf ihr, wie er mit der Zunge über ihre Brust fährt. Sie versteift sich.

Die Rotblonde legt den Kopf schief.

»Woran denken Sie?«, fragt sie.

Plötzlich stürzen die Bilder vom Blut im Badezimmer auf

sie ein. Wohin es durch den Abfluss verschwunden ist. Sie sah Ulf vor sich, wie er zu Hause den Wasserhahn aufdrehte und ein Strom Blut das Glas füllte. Einen Arbeiter in einem Klärwerk, dessen Handschuhe sich rot färbten, das Blut, das wie Öl auf dem Wasser trieb. Ein Feld, auf dem die Dreschmaschine arbeitete, Blut, das wie Grundwasser aus dem Boden sickerte.

»Eva?«

Die Stimme der Rotblonden lässt ihre Arme kribbeln. Vorsichtig schiebt sie eine Locke hinters Ohr.

»Woran denken Sie?«, wiederholt sie.

Eva lächelt, holt tief Luft und legt den Kopf ein wenig zurück.

Die Rotblonde sieht gewöhnlich aus, langweilig. Fast hässlich.

Und selbst wenn sie sich für etwas hält, werden ihre Haare bald in einer Schachtel liegen.

KAPITEL 61

Die Sonne strahlt über dem roten Holzhaus, die Luft ist feucht und von Mamas Schritten erfüllt. Jorun steht mit dem Hausschlüssel in der Hand in der Tür. Die Wangen sind von der Kälte gerötet, ihre Hände steif, doch sie will nicht hineingehen.

Den ganzen Morgen haben sie und Mama Julias Sachen in Tüten und Kisten verpackt, haben sortiert, was sie wegwerfen und was sie behalten wollen. Papa hat sein Kellerabteil leer geräumt, dort sollen die Kisten stehen, bis irgendeiner von ihnen bereit ist, sie wieder zu öffnen.

Während sie eine Weile bei Papa wohnen, soll Julias Zimmer neu gestrichen werden. Jorun will es nie wieder sehen.

Mama hat versprochen, sie zum Friedhof zu begleiten, wenn alles fertig ist.

»Sollen wir ihr Parfüm mitnehmen?«, hat sie gefragt.

»Das habe ich weggeworfen«, hat Jorun geantwortet.

Das stimmte nicht ganz. Sie war zu Andreas gegangen. Seine Mutter hatte sie ohne Fragen hereingelassen, und sie durfte in seinem Zimmer auf ihn warten. Sie sprühte das Parfüm auf sein Bett. Jetzt können er und Minna Julias Duft in den Laken einatmen.

Die Wunde am Hinterkopf spannt. Mit zehn Stichen musste sie genäht werden. Jorun bekam auch weitere Tabletten, Termine bei einem Psychologen und verschiedene Übungen, die sie jeden Tag machen soll. Die Tabletten nimmt sie nicht mehr, doch zum Psychologen geht sie. Zusammen mit Rosie. Die Zeit zusammen in dem schallisolierten Raum hat sie zu einer untrennbaren Einheit verschworen. Niemand kann verstehen, wie zusammengeschweißt sie sind und dass sie einander für immer haben werden. Dass sie sich immer umeinander kümmern werden.

Das weiß sie.

Endlich hört sie den alten Fiat mit dem Anhänger. Sie sieht, wie Papa sich die Haare kämmt, bevor er ihr lächelnd zuwinkt.

»Mama!«, ruft sie ins Haus. »Papa ist da.«

Sie geht zum Fiat, und Papa legt ihren Rucksack in den Kofferraum.

»Die Kisten stehen in der Küche«, sagt sie.

Papa umarmt sie. Sein Hawaiihemd riecht nach Leinölseife. In der Hand hält er einen zerzausten Blumenstrauß, den er Mama hinhält, als sie aus dem Haus kommt. Die roten Blütenblätter leuchten mit ihren Lippen um die Wette.

Mama lächelt verlegen. Ihre Augen sind müde, funkeln jedoch ein wenig, als sie den Blumenstrauß entgegennimmt.

»Wollen wir den Anhänger beladen?«, fragt sie.

Die beiden gehen ins Haus. Jorun bleibt beim Auto und sieht nach oben zu Julias Zimmer. Das Fenster ist schwarz und leer.

Einige Zeit später setzt sie sich auf den Rücksitz und wirft einen Blick in den Rückspiegel. Der Anhänger ähnelt einem Lastkahn, die Spanngurte ziehen sich wie Tigerstreifen über den Kistenstapel.

Als Mama sich auf den Beifahrersitz setzt, berührt sie Papa mit dem Arm, und er errötet.

»Dann fahren wir mal«, sagt er.

Julia hatte seine Augen, groß, grün. Jorun wird innerlich ganz warm, wenn sie hineinblickt.

»Was willst du heute Abend machen?«, fragt er. »Wir könnten wieder eine Moviebox ausleihen?«

»Ich wollte eigentlich lieber lesen, wenn das okay ist«, sagt sie.

Sie legt die Hand auf das Buch, das neben ihr liegt. Auf der Vorderseite ist die Zeichnung eines Waldkauzes. Es lag im Briefkasten, zusammen mit einem Zettel, auf dem ihr Name stand. Es ist abgegriffen, aus den Siebzigern, aber sie sehnt sich schon danach, den Eintrag über das Rebhuhn fertig zu lesen.

Mama und Papa lächeln sich an. Als er wieder zur Straße schaut, ruht Mamas Blick weiter auf seiner unrasierten Wange. Ein Gefühl von Ruhe und Wärme.

Jorun bleibt noch ein bisschen im Wagen sitzen, während Mama und Papa ausladen. Sie sieht durch das Fenster, wie dicht nebeneinander sie gehen, wie ihre Arme sich berühren.

Die beiden sind wieder zusammen. Sie und Mama wohnen bei Papa. Mama zeichnet keine elektrischen Stühle mehr. Die beiden schlafen eng umschlungen, und Papa macht morgens Kaffee und Rührei. Jorun liest in dem großen Vogelkundebuch und lernt etwas über das durchtriebene Verhalten des Kuckucks und die Luftakrobatik von Raben. Eines Tages wird sie mal Zoologie oder Biologie studieren, vielleicht Ornithologin werden.

Freitagabends, wenn alle anderen zu Hause vor dem Fernseher sitzen, gehen sie zu Julias Grab. Papa recht Laub und Unkraut zusammen, und Mama gießt die Blumen. Sie zünden Grablichter an und stehen eng zusammen.

Manchmal denkt sie, dass alles nur ein Traum und sie eigentlich tot ist.

Wenigstens ist es dann ein schöner Traum.

KAPITEL 62

Bei der Arbeit lässt Sanna sich nichts anmerken, doch sobald sie allein ist, suchen sie die Bilder aus Augu heim. Schweißgebadet wacht sie im Keller des alten Krankenhauses auf, und manchmal sieht sie Eva hinter sich in einer dunklen Fensterscheibe.

Die ganze Zeit kehren ihre Gedanken zurück zu dem rosafarbenen Himmel vor der Jahrhundertwendevilla, zu der Machtlosigkeit, die sie empfand, nachdem sie den Kaffee mit dem Beruhigungsmittel getrunken hatte. Im Nachhinein wurde ihr klar, dass bereits die erste Tasse Kaffee präpariert gewesen war. Vielleicht muss sie froh sein, dass es nicht schlimmer gekommen ist. Trotz allem hält sie am Kaffee fest, trinkt dafür jede Tasse extraheiß.

Torbjörn Fredriksson ist seit den Ereignissen in Augu freundlicher und verteilt plötzlich ständig Komplimente. »Du hast ja doch was auf dem Kasten, Blondie.« »Gut gemacht, Blondie.« »Blondie, könntest du dir das Beweismaterial mal anschauen?« Und er reagiert merkbar mürrisch, wenn sie sein Lächeln nicht erwidert.

Sie steht am Fenster in der Cafeteria und trinkt einen Kaffee aus dem Automaten. Torbjörn gesellt sich zu ihr und redet wie so oft über den Palme-Fall. Heute geht es um die gefundenen Kugeln.

Bereits am Tag nach dem Mord fand man die erste Kugel südlich der Tunnelgatan, auf der linken Gehsteigseite des Sveavägen. Man geht davon aus, dass diese Kugel Lisbeth Palme getroffen und verletzt hat. Am Tag darauf fand man auf der Ostseite des Sveavägen die zweite Kugel, von der man ausgeht, dass sie den Ministerpräsidenten getötet hat.

»Sie sagen, dass sie definitiv von einem Revolver mit Kaliber .357 Magnum stammt«, sagt er.

Sie nickt.

»Was hältst du von der Waffe?«, fragt er.

Sie zuckt mit den Schultern.

»Was denn? Ist dir das egal?«

»Warum ist dir nicht egal, was ich denke? Was spielt das denn für eine Rolle, was ich glaube?«

Er lächelt schief.

»Du hast mächtig Eindruck auf Rantala gemacht, Blondie. Wird Zeit, dass du dich nicht mehr selbst unterschätzt, findest du nicht?«

Er ermüdet sie. Fast sehnt sie sich nach der Zeit zurück, als die Kollegen sie einfach ignorierten.

»Eine .357 Magnum«, sagt sie. »Das kann alles von einer Smith & Wesson bis zu einer Manurhin sein …«

Rantala kommt in die Cafeteria.

»Was zum Teufel hast du mit dem Zimmer im Gasthaus angestellt?«, fährt er Sanna an.

Sie versteht nicht, was er meint.

»Ich habe eine Rechnung über eine Totalrenovierung des Zimmers bekommen«, erklärt er.

Dann murmelt er etwas von einer zerfetzten Tapete, Kratzern im Boden und Vogelkot überall, bevor er mit einem tiefen Seufzer wieder geht.

Die Geräusche vom Revier senken sich über den Raum. Jemand dreht das Radio in der Cafeteria lauter, Johnny Cash ertönt.

Es ist, als würde sie sich von außen beobachten. Hier drin brennt immer Licht, denkt sie. Hier wird es nie Nacht. Die Kollegen bewegen sich in dem weichen Licht. Aus der Ferne hört sie Rantalas dumpfe, tiefe Stimme.

Als sie die Cafeteria verlässt, fällt ihr auf, dass sie seit Tagen nicht mehr an Harriet gedacht hat. Die Erinnerung an sie verblasst immer mehr.

Fast als hätte es sie nie gegeben.

KAPITEL 63

Die Landschaft vor dem Lastwagenfenster ist dunkelblau, fast schwarz. Am Straßenrand huschen Tiere entlang und verschwinden schattenhaft über eine Wiese oder ein Feld, bevor Harriet sie erkennen kann.

In der Ferne erstrahlen Städte und Höfe. Sie kommen an Schildern mit Ortsnamen vorbei, die sie nicht aussprechen kann. Überall sind Worte und Namen, die sie nicht versteht.

Der Mann neben ihr ist schweigsam. Sie weiß, dass er aus Kiruna kommt und in seiner Freizeit auf Bärenjagd geht.

Wenn er das Radio einschaltet, wird nicht gesprochen, so lautet ihre stillschweigende Übereinkunft. Sie schaut gern aus dem Fenster, eine Hand auf Delilah. Der Bärenjäger duldet die Schlange, solange sie in der Tasche bleibt. Es wird schon gut gehen.

Draußen zieht die Welt vorbei. Manchmal schließt Harriet die Augen.

Und dann wacht sie auf.

Sie denkt daran, dass sie nicht mehr so wütend über das mit ihrer Mutter ist. Heute wäre Mama stolz auf sie gewesen. Zumindest hofft sie das.

Der Bärenjäger riecht nach frisch geschnittenem Holz und Teer und etwas anderem, vielleicht Hochmut. Denn ein gewisses Maß an Hochmut braucht man bestimmt, um einen Bären töten zu wollen.

»Also, wohin willst du eigentlich?«, fragt er.

»Nach Hause.«

Sie hat alles, was sie braucht, in ihrer Tasche. Das Geld, den Pass.

Delilah.

Und ihre .357 Magnum. Deshalb wartet sie darauf, dass die Schlange das hübsche Kaninchen wieder hochwürgt. Das Kaninchen, in dessen Innerem sich statt des Herzens der Revolver befindet.

Doch das erzählt sie niemandem.

Der Bärenjäger schaltet das Radio ein. Der Mond sieht aus, als wäre er von Schnee bedeckt. Sie stellt sich vor, wie ein Waldkauz unter den Sternen herangleitet, die geschwungenen Flügel eisenfarbene Bögen vor dem Dunkelblau des Himmels.

Und sie atmet.

Denn die Nacht ist lang.

DANKSAGUNG

Mein Dank geht an: Sofia Brattselius Thunfors, meine Verlegerin, und Katja Sundén, meine Lektorin, für eure unbezahlbare Arbeit an dem Buch. Diese Geschichte wurde in deiner vertrauensvollen Gegenwart geboren, Sofia, in Freiheit und Freude. In euren Händen ist sie gewachsen und gediehen. Eure Anmerkungen, Kommentare und Vorschläge haben Kapitel um Kapitel besser gemacht. Ihr lockt das Allerbeste aus meinen Texten hervor, und es ist eine wahre Freude, mit euch zu arbeiten. Danke, Jonas Axelsson, dass du an mich als Autorin geglaubt hast, und allen bei Bokförlaget Polaris, für euren Einsatz und Enthusiasmus. Ich danke Urban Jürgensen, der das Buch Korrektur gelesen hat, Anders Timrén, der das Cover gestaltet hat, Joel Nilsson, von dem mein Autorenfoto stammt, und Gabriella Boris, die das Audiobuch einliest.

Erik Larsson, mein Agent, ich danke dir für dein Engagement und die Arbeit mit meinen Büchern und dass du sie in die Welt hinausbringst. Deine Entschlossenheit hat meine Träume Wirklichkeit werden lassen. Dank geht auch an Elin Sandström Lundh, Moa Alfvén und alle anderen wunderbaren Menschen bei der Albatros Agency, weil ihr hinter mir steht und an mich glaubt.

Mats Holst, ich danke dir, dass du mit mir so ausführlich

über Polizeiarbeit diskutierst. Dass du mein Manuskript gelesen und mir während der Arbeit daran wertvolle Einblicke gegeben hast. Dass ich deine langjährige Berufserfahrung und Expertise in meinen Büchern über Polizei und Polizeiarbeit verwerten darf. Es ist eine Ehre, Ratschläge von dir zu bekommen.

Ich danke dir, Vivianne Jakobsson, dass du das Manuskript gelesen und die medizinischen Details überprüft hast. Außerdem dafür, dass du unermüdlich über Gräuel diskutiert und Fragen zu Krankheiten, Mord und unterschiedlichen Möglichkeiten, zu Schaden oder ums Leben zu kommen, beantwortet hast.

Ich danke Daniel Roth und Kristian Coster für ihr Wissen über Pythons. Danke, dass ihr euch die Zeit für meine Überlegungen genommen und auf meine seltsamen Fragen zum Verhalten von Schlangen geantwortet habt.

Ich danke Majsan Pense für die Informationen, wie Lebensmittelläden in den Achtzigerjahren aussahen und betrieben wurden, und wie die Läden mit dem Fleisch umgingen.

Ich danke Charlotte Hanson für die Informationen zu ellos-Katalogen und Verpackungen in den Achtzigern, außerdem für Bilder, Inspiration, Farben und die Magie dieser Zeit.

Folke Lundberg hat mir mit Informationen zum Sortiment der Pressbyrån-Filiale in Kalmar 1984 weitergeholfen, vielen Dank dafür. Und danke, Lennart Schultz, für den Kontakt zu Folke Lundberg.

Ich danke Lill Samuelsson und Ulrica Mellteg, die sich die Zeit genommen und alle meine Fragen zur Stadtbibliothek Kalmar in den Achtzigern beantwortet haben.

Wanja Andersson gebührt mein Dank, weil sie mich mit allen möglichen Büchern aus den Achtzigern als Inspirationsquellen versorgt hat.

Ich danke Isabel Dias Ramos für die Unterstützung bei den portugiesischen Sätzen und der Geschichte Portugals, für Fakten und Mythen zu der bezaubernden Berggegend Serra de Estrela und dem geliebten Ort Seixo Amarelo.

Alle, die das Manuskript gelesen, meinem ganzen Gerede über das Buch zugehört, auf Fragen geantwortet und mit den verschiedensten wichtigen Anmerkungen zu diesem Buch beigetragen haben – ich danke euch.

Außerdem danke ich allen Autorenkolleginnen und -kollegen, allen Buchhändlerinnen und -händlern und Buchenthusiastinnen und -enthusiasten, die mich antreiben und unterstützen.

Meiner lieben Familie und meinen geliebten Freundinnen und Freunden danke ich für ihre Geduld und ihr Verständnis, für Aufmunterung und Liebe in der Zeit, in der ich an diesem Buch geschrieben habe. Ihr seid das Licht vor meiner Tür. Ohne euch gäbe es kein Buch.

Zum Schluss möchte ich noch dir einen Dank aussprechen, der du liest, der du hier bist, heute.

Maria Grund
ROTWILD
SPIEGEL
Bestseller-
Autorin
Thriller